# 哈代乡村故事选

[英]托马斯·哈代 著

陈 珍 译

河北大学出版社

·保定·

# 哈代乡村故事选

出 版 人：朱文富
责任编辑：郝 健
装帧设计：杨艳霞
责任校对：王亚薇
责任印制：常 凯

图书在版编目（CIP）数据

哈代乡村故事选 /（英）托马斯·哈代著 ；陈珍译 . -- 保定 ：河北大学出版社，2022.11
ISBN 978-7-5666-2083-5

Ⅰ．①哈… Ⅱ．①托… ②陈… Ⅲ．①中篇小说－小说集－英国－近代②短篇小说－小说集－英国－近代 Ⅳ．① I561.44

中国版本图书馆 CIP 数据核字 (2022) 第 202989 号

出版发行：河北大学出版社
地址：河北省保定市七一东路 2666 号 邮编：071000
电话：0312-5073019 0312-5073029
邮箱：hbdxcbs818@163.com 网址：www.hbdxcbs.com
经 销：全国新华书店
印 刷：河北纪元数字印刷有限公司
幅面尺寸：148 mm × 210 mm
印 张：8.75
字 数：210 千字
版 次：2022 年 11 月第 1 版
印 次：2022 年 11 月第 1 次印刷
书 号：ISBN 978-7-5666-2083-5
定 价：36.00 元
如发现印装质量问题，影响阅读，请与本社联系。
电话：0312-5073023

# 译　　序

英国小说家兼诗人托马斯·哈代以其丰硕的文学成果和精湛的艺术对后世文学产生了很大的影响，在文学界享有很高的声望。哈代1840年6月2日出生在英国多塞特郡的上伯克汉普顿村，1928年11月11日卒于家乡的麦克斯门（Max Gate）。

哈代一生创作了十四部长篇小说，《非常手段》（1871）是哈代出版的第一部小说，后来陆续写了《绿荫下》（1872）、《一双蓝蓝的眼睛》（1873）、《远离尘嚣》（1874）、《贝妲的婚姻》（1876）、《还乡》（1878）、《号兵长》（1880）、《冷漠的人》（1881）、《塔上二人》（1882）、《卡斯特桥市长》（1886）、《林地居民》（1887）、《德伯家的苔丝》（1891）、《无名的裘德》（1895）和《意中人》（1897）。哈代还创作了近五十篇短篇小说，分别收于《威塞克斯故事集》（1888）、《贵妇群像》（1891）、《人生的小讽刺》（1894）和《浪子回头及其他故事》（1913）四部故事集中。哈代小说都以威塞克斯这个虚构的地方为场景，所以哈代小说也常被称作“威塞克斯小说”。哈代小说分为三类：《绿荫下》《远离尘嚣》《还乡》《卡斯特桥市长》《林地居民》《德伯家的苔丝》《无名的裘德》和短篇小说集《威塞克斯故事集》《人生的小讽刺》为“性格与环境小说”；《一双蓝蓝的眼睛》《号兵长》《塔上二人》《意中人》和短篇小说集《贵妇群像》为“浪漫与幻想小说”；《非常手段》《贝妲的婚姻》《冷漠的人》和短篇小说集《浪子回头及其他故事》为“机巧小说”，也有人把这一类小说称为“爱情与阴谋小说”。

哈代在诗歌创作方面也取得了令人瞩目的成就。虽然小说创作占据了哈代的黄金创作期，但哈代对诗歌始终不离不弃。19 世纪 60 年代，哈代开始诗歌创作，1895 年《无名的裘德》出版后，哈代放弃了小说创作，专心致力于诗歌创作，作品颇丰。1898 年出版的《威塞克斯诗集》是哈代第一部诗集，此后相继出版了另外七部诗集，有《今昔诗集》(1901)、《时光的笑柄》(1909)、《命运的讽刺》(1914)、《瞬间一瞥》(1917)、《早年与晚期抒情诗》(1922)、《人世杂览》(1925)、《冬日之言》(1928)。哈代一生共创作了 947 首诗，其中也包括从未发表过的作品，收于麦克米伦出版公司新版的《托马斯·哈代诗全集》。

哈代在戏剧创作方面也表现出了非凡的才能，他一生写了两部戏剧，即《列王》(1904—1908)和《康沃尔王后的著名悲剧》(1923)。《列王》共分三卷十九幕一百三十场，规模宏大，波澜壮阔，是一部以欧洲重大历史变革为背景的大型史诗剧，其问世后在英国文坛曾一度引起轰动，被誉为堪与《失乐园》和《战争与和平》相媲美的旷世佳作。《康沃尔王后的著名悲剧》是一部取材于欧洲古老民间传说的民间戏剧幕面剧。

哈代辉煌的文学成就是留给世界文学的无价之宝，是人类一笔不朽的精神财富。19 世纪风云变幻的多塞特及其丰富的民间文化在哈代的威塞克斯艺术世界中得到了永恒。

中国读者对哈代并不陌生，哈代也是被译介到中国的最早的外国作家之一。早在 20 世纪 20 年代哈代就被介绍到中国，1921 年 11 月 10 日发表在《小说月报》“译丛”栏目的由理白翻译的哈代短篇小说《娱他的妻》是中国最早的哈代译介。1923 年 11 月 10 日，《小说月报》上刊登了徐志摩翻译的哈代的两首诗，即《她的名字》和《窥镜》，自此“哈代”成为至今通用的译名。

哈代作品在中国的译介过程中主要以十四部长篇小说中的“性格与环境小说”为主，其中最为突出的莫过于《德伯家的苔丝》《远离尘嚣》《还乡》《卡斯特桥市长》《无名的裘德》这五部小说，它们也代表了哈代小说创作的最高成就。尤其值得一提的是《德伯家的苔丝》，据不完全统计，原著译本已有二十多个版本。哈代的诗歌和短篇小说的译介属于薄弱环节，除了部分有选择的译本外，至今尚未出现完整的翻译版本，有待于译者进一步开拓和完善。关于短篇小说翻译，迄今有张玲、张扬翻译，中国文联出版社 2007 年出版的《哈代中短篇小说选》，其中收编翻译了以《神魂颠倒的传道士》《三怪客》《萎缩的胳臂》为代表的七篇小说；另外一个译本是张成萍选译、译林出版社 2019 年出版的《一个想象力丰富的女人》，其中包括以《三个陌生人》《高岗故人来》《乡村旧闻》为代表的十篇小说，除此之外未见正式出版的短篇译作。

《哈代乡村故事选》实际上是短篇小说集，选译了《一个沉湎于幻想的女人》《两个远大抱负引起的悲剧》《为了安抚良心》《里尔舞会上的小提琴手》《讨妻子的欢心》《儿子的否决权》《西巡道上》《来了一个龙骑兵》《公爵再现——一个家族传说》《令人尊敬的劳拉》《浪子回头》十一篇。除了《一个沉湎于幻想的女人》《讨妻子的欢心》《儿子的否决权》《西巡道上》和《浪子回头》五篇已有译本外，其他的六篇都属于首次翻译出版。本选译文本涵盖了四个故事集，《一个沉湎于幻想的女人》属于故事集《威塞克斯故事集》；《令人尊敬的劳拉》属于故事集《贵妇群像》；《两个远大抱负引起的悲剧》《为了安抚良心》《里尔舞会上的小提琴手》《讨妻子的欢心》《儿子的否决权》《西巡道上》属于故事集《人生的小讽刺》；《来了一个龙骑兵》《公爵再现——一个家族传说》和《浪子回头》属于故事集《浪子回头及其他故事》。在文本选择上主要以乡村爱情婚姻为主题，除了《公爵再现——一个家族传说》这一篇外，其他都是爱情题材的小说。在手法上主要集中于哈代惯用的"偶然巧合"和"情节制胜"，小说中的人物常会被生活中的阴差阳错捉弄，最终命运蹉跎，即所谓的造化弄人，揭示了"人生的小讽刺"的真实意义，其人物很少有常规的皆大欢喜的结局，往往都是悲剧收场，突出了哈代小说的戏剧化色彩和讽刺性特征。

《哈代乡村故事选》可以让读者窥见 19 世纪英国西南乡村的社会风貌、生活状况、乡民的爱恨情仇以及他们对人生命运朴素的哲学认知，同时也可以感受到乡村生活特有的情调。本选译本的题材内容比较广泛，涉及乡村生活的诸多方面，是百年前英伦三岛乡村百态人生的文学写照。男性人物职业多种多样，有乡间牧师、龙骑兵、骠骑兵、水手、初级法官、商人、民间乐师、破落贵族等；女性人物一般都是没有什么正式职业的乡村女性。哈代短篇小说的人物和长篇小说一样，一般都是传统乡村社会的小人物，很少出现达官显贵或高门大户。在人物塑造上，哈代向来擅长塑造女性形象，女性人物较男性人物在性格上更饱满，立体感更强，圆形人物居多，比如《一个沉湎于幻想的女人》中富于想象力的马琪密尔夫人、《讨妻子的欢心》中的琼安娜、《西巡道上》中的主仆二人、《来了一个龙骑兵》中的赛琳娜、《令人尊敬的劳拉》中的劳拉，这些人物轮廓清晰完整，个性更加饱满灵动，栩栩如生；而男性人物往往属于为情节驱动的扁形人物，个性不突出，性格不饱满，感觉都是没有什么特色的一种附属存在，比如《讨妻子欢心》中的沙德拉、《来了一个龙骑兵》中的约翰、《公爵再现——一个家族传说》中的破落公爵、《浪子回头》中的杰克，这些人物给人一种朦胧之感，是一种模糊的存在，人物的个性不分明，轮廓不清晰，比较僵化死板。

哈代小说与民间文学之间有着不解之缘，二者存在深层的内在互文关系。民间文学在哈代的小说创作中发挥了至关重要的作用，为哈代小说创作提供了艺术摹本，而哈代对民间文学的艺术借鉴也提升了作品的文学价值和美学意蕴。我们习惯性地将哈代故事称为短篇小说，其实哈代本人将其界定为“故事”，分别收编于四个故事集中。我们所谓的哈代的短篇小说中，有些是情节比较完整的真正的小说形式，另外一些当属乡间的奇闻逸事，算不上真正意义上的作家文学，充其量是一些茶余饭后用来逗乐消遣的乡村趣闻。还有一些则是根据当地民间故事加工演绎而成的，哈代本人也没有冠以小说之名，尤其是收于《人生的小讽刺》中的《几个受人尊敬的故人》讲了九个昔日乡村人物的故事，或是一些乡村旧闻。哈代在写作风格上还借鉴了乔叟的《坎特伯雷故事集》的表现手法，由乡间各色人物分别讲述自己熟知的故事，这在《贵妇群像》中表现得最为典型，它其实就是十个女性的生活故事或是人生奇遇。本选集中的《令人尊敬的劳拉》讲了女主人公劳拉富有浪漫情调的人生故事，《公爵再现——一个家族传说》讲的是落魄公爵到农民克里斯托弗·斯韦特曼家逃难的具有一定传奇色彩的故事，《儿子的否决权》讲的是牧师续弦苏菲平淡无奇、索然寡味的人生经历，从严格意义上讲，这些叙事都没有推动故事发展的情节，并不具备小说的本质特征。

乡村爱情是该选译本的一个显著特色，故事以乡村爱情为主题的居多。乡间男女浪漫爱情中总会出现一些变化莫测、离奇玄幻的因素，主宰着恋爱双方的命运，尤其是女性的命运，男子一般都不得善终，从而导致恋人的爱情或婚姻美梦的破灭，因而极具讽刺意义，或让人遗憾唏嘘。水手、士兵是英国民间浪漫文学中常见的主人公，本选译本中的乡村爱情主要是水手海员、龙骑兵、骠骑兵等士兵和地方村姑之间的爱情；也有技艺高深但诡异魔幻的民间乐师与乡下姑娘之间的情感纠葛，乡土气息浓厚，地方色彩鲜明。在哈代笔下的这类爱情故事中，一类女主人公常痴迷于情感而不能自拔，呈现出一种病态心理，像《一个沉湎于幻想的女人》中的马琪密尔夫人、《里尔舞会上的小提琴手》中的卡琳、《西巡道上》中的哈汉姆夫人，她们的过度痴情给自身带来了无尽的精神痛苦，人生也因此蒙上了阴影；另一类是一味听任命运，甘于摆布，不能主动抗争来掌控命运的人，她们只知道被动地接受命运的安排，最终郁郁而终，沦为命运的牺牲品。

哈代的短篇小说不仅仅是靠偶然巧合演绎而成的离奇怪诞的威塞克斯乡野故事，从某种程度上也有对人性的暴露和对人性的深刻反思。《两个远大抱负引起的悲剧》通过父子之间的恩恩怨怨，讲述了父子亲情的伦理背离。约书亚和科尼利厄斯在前程理想与父子亲情之间产生了矛盾纠结，心怀远大抱负的兄弟俩偏偏遇上了一个吃喝玩乐不负责任的父亲，最终这位父亲成了儿子出人头地、事业发展道路上的绊脚石，也是女儿罗莎婚姻道路上的障碍。面对前程和亲情，立志投身宗教的兄弟俩无情地选择了前者，坐视不管眼睁睁看着自己的父亲淹死在乡间河道，后来还假装不知情地为这位酒后不慎落水而亡的“陌生人”主持葬礼，这是对人性卑劣何等的讽刺？作者无情地揭露了人生抱负的外衣下赤裸裸的伦理犯罪，兄弟俩从此遭受着良心的谴责，承受着心灵上的折磨，活在伦理的阴影中，得不到精神上的安宁，从而也注定悲剧一生。面对人生抱负与伦理亲情如何做出正确的选择是该故事最值得让人深思的地方。另外，《浪子回头》的主题也有积极向上、弘扬人间正能量的一面。主人公风流倜傥、放荡不羁的骑兵上尉默恩布里，在镇上牧师塞恩威的影响下，最终脱胎换骨成了一个心地善良、乐于救助穷苦教民的牧师，他主动申请到最贫困艰苦的地区工作，在卡斯特桥镇发生瘟疫的时候，他冒着生命危险，挺身而出，奋斗在抗疫的第一线，最终因操劳过度加之霍乱感染献出了年轻的生命，演绎了一段可歌可泣感人至深的人生故事。

译者对哈代及其作品已做过长期的深入研究，翻译过程中参阅了大量与哈代有关的文献，英文文本主要以华兹华斯经典系列《人生的小讽刺》和世界公共图书馆协会 2010 年发行的电子版为底本。作为乡土地方作家，哈代为了生动形象地塑造人物，真实再现多塞特的乡村风貌，营造乡土氛围，增添地方审美，在其威塞克斯小说中使用了大量的方言俗语，这是哈代小说翻译中比较难以处理的方面，需要参阅文献明确落实其真实意义。另一个比较棘手的方面是小说中大量关于音乐的描写涉及音乐专业知识，《里尔舞会上的小提琴手》集中体现了哈代创作的音乐元素。再者，哈代故事写成于 19 世纪下半叶，距今已有一百多年的历史，当时的语言具有一定的年代感，与当代英语之间还是存在一些差异，因此给翻译带来了诸多麻烦。总之，在翻译过程中译者的确遇到了许多困难和挑战，好在得到了哈代协会友人的鼎力相助，最终才产生了本选集的汉译本。其间咨询了著名的维多利亚文学研究员、哈代研究学者、哈代协会秘书长、哈代协会网络与社交媒体协调员、侏罗纪海岸线辅导机构英语语言与文学指导、Brilliant Club 辅导员、JIWS 审稿人及编辑特蕾西·海耶斯（Tracy Hayes）女士，在此对这位尊敬的女学者所提供的宝贵建议以及热情的帮助表示由衷的感谢。希望该选译本能为哈代阅读和研究尽绵薄之力，为喜欢哈代作品、热爱外国文学的人们提供一个认识哈代、了解哈代短篇小说的中文途径。由于译者能力有限，本选译本如有不妥之处，请批评指正。瓦器微鸣，以待黄钟。

陈珍

2022 年 6 月 1 日于西宁

# 目　　录

# 一个沉湎于幻想的女人

威廉姆·马琪密尔打听完了位于上威塞克斯著名水乡索伦特希的住房后，准备回旅馆找他的妻子。他的妻子和孩子们一直沿着海滩悠闲地散步，马琪密尔朝着样貌看起来像军人的旅馆行李员所指的方向走了过去。

“天哪，你们走了这么远！我都喘不上气了。”马琪密尔赶上妻子的时候，很不耐烦地说道。妻子此时边走边在读书，他们的三个孩子和保姆已经走到了前面，落下她好远了。

马琪密尔夫人从书本勾起的幻想中走了出来。“是的，”她说，“你去了这么长时间。那个旅馆真令人沉闷，我都待得不耐烦了。不过，威尔，你是在找我吗？”

“嗯，我感觉有些郁闷。当你看见那谣传的所谓通风好、舒适得很的房子的时候，你会发现实际上却很闷，让人觉得很难受。你也来看看我订的是否可以。恐怕镇上可住的房子不多，再好的我也找不上。镇上挤满了人。”

这对夫妇离开了孩子们和保姆，继续慢悠悠地走着，一起回去了。

他俩年龄相仿，长相也很般配，日子过得也算惬意，但脾气却很迥异，男的如果不是显得有些苍白乏力的话，脾气还算比较随和，女的是绝对的神经质加乐观自信，尽管这样他们也不常有矛盾。对于二者的品位和思想，除了最卑微和最高尚这两个词，真是找不出一个共性来描述。马琪密尔认为妻子的喜好和偏向有点儿愚蠢，她却认为丈夫的有些低俗，过于贪图物欲。丈夫在北方一个正在兴起的城市造枪，干着这样的营生，但一直非常敬业，全身心地投入到这个工作中；将妻子用那已经过时的优雅词汇"陷入沉思的人"来形容就再恰当不过了。埃拉是个极为敏感、情绪极易激动的女人，当她详细了解了丈夫的职业后，每当想到丈夫制造的一切都是以毁掉生命为目的的时候，由于她心地善良，身体就会本能地畏缩一下。对此她也无可奈何，只能告诫自己其中一些武器至少迟早会用来消灭害虫和动物，以此来安慰自己，恢复心灵的宁静，这些害虫和动物就像人类对待低级动物一样对比它们低级的物种很残忍。

之前她从不认为这个职业可以妨碍他成为自己的丈夫。的确，得把自己嫁出去有个生活的依靠，这是所有善良的母亲教给女儿的基本美德，这个美德使她根本没有考虑这个问题，就稀里糊涂地和威廉姆结婚了，度完蜜月后才到了该回头反思的阶段。后来，就像一个人在黑暗中跌跌绊绊地碰到了什么东西，她纳闷撞到了什么，理智地绕着转了一圈，估摸着，思量着：这是个稀罕物呢，还是平常物？里面是金银呢，还是铅块儿？是绊脚石，还是垫脚石？对她来说是价值连城，还是一无是处？

最终，她得出了一些模糊的结论，开始可怜她的主人家的迟钝愚昧，认为他需要修炼提高品位，同时也惋惜她自己，在浮想联翩中，在白日幽梦中，在夜晚的叹息中，释放短暂而细腻的情感，以此保持自己内心的活跃。这些行为即便威廉姆知道了，她也不会觉得对他有什么影响。

她小巧玲珑，身材纤细，走起路来步伐轻盈甚至有点儿轻轻的跳跃。她长着一对乌黑的眼睛，瞳孔润泽，闪着美妙的光亮，映衬出她的整个心灵世界。这种润泽光亮的瞳孔也常常使得她的男性朋友为她心痛，有时最终也使她自己心痛。她的丈夫个头儿很高，身材颀长，长着褐色的胡子。他善解人意，应该强调一下，对她总是很友好和善，总能宽容她。他说话煞有介事，一本正经，因尘世上需要武器，他感觉极其满足惬意。

夫妇两人一直走到他们寻找的那座房子前。这座房子位于面海的梯田上，前面是一个小花园，花园里长着挡风浪、防海水的常青树，石阶一直通到门廊。这座房子本来有门牌号，因为比其他的房子大得多，被勤勉的女房东另外以“科堡大宅”的别名来标新立异，其实大家都叫它“新街 13 号”。这地段目前既亮敞又热闹，可是一到冬天，就得用沙袋把门堵上，填上锁孔挡风遮雨。长期的风雨剥蚀，锁上面的油漆已经很薄，门板上的底漆和木头节子已经暴露出来了。

一直在等那位先生回访的房主人在过道处迎接夫妇二人并把他们带到了房子里。她告诉他们，她是一位职业人的遗孀，由于丈夫突然离世，使她手头有些紧张，生活开始拮据。接着她急切地说起了这座房子的种种好处。马琪密尔夫人说她喜欢这里的环境和这座房子，不过就是有点儿小，一家人不够住，除非能租到所有的屋子。

女房东带着失望的神情沉思了良久。然后她说，她非常诚恳地希望他们能够成为她的租客。可惜有两间屋子被一位单身男子长期租住。说真的，这位房客并没有按季度支付房费，可是他常年租住，况且人很好，也很有情趣，从来不给她找麻烦，因此，她不想为一个月——即便是高价——而赶走他。“不过，他也有可能，”她又说道，“会主动离开一段时间。”

夫妇俩并不想听这些，于是返回了旅店，打算找中介继续打听。他们刚要坐下来喝口茶，这时女房东却打来电话，说很感谢那位房客，他想主动让出房子两三个星期，这样也不至于把新房客撵走。

“那太好了，不过我们也不想就这样打扰人家。”马琪密尔夫妇回复道。

“哦，我敢保证，不会打搅他的！”能言善辩的女房东答道，“您瞧，与常人相比，他是个怪人，一个很另类的年轻人——喜好梦想、孤独寂寞、性格十分忧郁——当西南风拍打着大门、海水冲刷着新街、到处连个人影都不见的时候，他反而更喜欢住在这里，而不是现在这个人多热闹的季节。目前，他正好要暂时到对面小岛上的小村子去住段时间换换环境。”所以她希望他们能住进来。

第二天，马琪密尔一家如期住进了那座房子，他们觉得那房子很适合他们住。

午饭后，马琪密尔先生朝着码头的方向遛弯去了，夫人把孩子们打发到户外沙滩上玩耍后，想完全放松一下自己，仔细查看这样那样的物件，查看衣柜门上的穿衣镜的照映质量。

屋子后面是个小小的起居室，原先是那个年轻单身汉的，在这里她发现了一件更具个性的家私。破旧的书很隐蔽地堆放在一个角落，好像前任居住者没有想到这个热闹的季节引来的人会在其中翻看。女房东候在门槛处想再一次指出马琪密尔夫人没有发现但实际上她会很中意的东西。

“这间小屋子我打算自己住，”马琪密尔夫人说道，“因为这儿有书。另外，搬走的那人似乎有好些书。但愿他不介意我看他的书吧，琥珀夫人?”

“哦，当然不会，夫人。是的，他有很多书。您瞧，他自己也算是个懂文学的人。他是个诗人——是的，确实是个诗人——另外，他本人有自己的收入，能够支持他继续写诗了，当然还不足以大显身手，即便他有这个想法。”

“诗人！哦，这我还不知道呢。”

马琪密尔夫人翻开了其中一本书，在内封面上看见了主人的名字。“天哪!”她继续说道，“我很熟悉他的名字——罗伯特·陲伊——当然了，我很熟悉，还有他的作品！是我们住了他的屋子，把他从家里赶了出去?”

埃拉·马琪密尔之后独自坐了一会儿，思索着，内心充满了对罗伯特·陲伊的好奇与惊喜。她后期的经历将是对她好奇的最好的说明。她本人是一位很奋进的文学家的独生女，近一两年喜欢上了诗歌创作，努力想找到一个适宜的方式来释放压抑的情感，早年这些情感中的那份透明晶亮与激情火花似乎在琐碎烦闷的日常家务和给平庸的男人生儿育女的阴郁中消磨殆尽。这些诗上面签着非常男性化的笔名，曾在各种不知名的杂志上出现过，也有两首发表在相当出名的杂志上。在这两首中的第二首底下用小铅字印着她流露的深沉情感，上面用大铅字印着几句同样主题的出自罗伯特·陲伊——就这个人——的诗。事实上，当年他们二人都被报纸上报道的一出悲剧事件所打动，同时以此为创作灵感，编辑还在注解中提到了这种难得的巧合，说两首诗都很优秀，因此他把两首诗都刊登了。

自那以后，埃拉，抑或"约翰·艾伊"，非常用心地关注发表的签着罗伯特·陲伊名字的诗，后者处于男性的豁达从来没有想过有人冒充男人。的确，马琪密尔夫人出于某种理由为自己冒充男人的所为沾沾自喜，因为没有人相信这些情感浓烈的诗歌竟然出自一个富有进取心的小商贩的妻子之手，出自一位已有三个孩子的母亲之手，而孩子的父亲实际上只是一个小小的武器制造商。

陲伊的诗与那些名不见经传的大众诗人的诗相比，与其说精巧倒不如说更激情澎湃，与其说完美更不如说是一种奢华。既不是象征派也不是颓废派，他是个悲观主义者，那种性格适合描述把最坏的偶发事件看成是人类世界中最好的结局。因为除了内涵还钟情于优美的形式和节奏，每当强烈的诗情来不及艺术呈现的时候，偶尔他以节奏松散的伊丽莎白体来串写十四行诗，这一点每位头脑清醒的审阅人都不赞成他这种做法。

带着忧伤和无望的嫉妒，埃拉·马琪密尔常常浏览对手诗人的作品，这些作品通常比她自己卑微的诗行具有更加强烈的情感。她模仿过他，但却无法企及他的水平，因此内心不禁感到一阵沮丧。就这样几个月过去了，直到有一天她从出版商的名单中察觉到陲伊已将他无常易变的一首首诗歌汇编成一个诗集卷本，并按期出版了，诗集适时获得了或大或小的赞扬，销量足以能支付印刷费。

这一举动也给约翰·艾伊带来了启发，她也要汇集她的诗篇，已经发表的几篇再加上许多草稿无论如何也要凑成诗集，因为她没有能力出版大量的诗歌。出版费出奇的高昂；几家评论注意到了她的小诗集，可是无人问津，更没有人购买，两周后就销声匿迹了——如果说它曾经存在过的话。

诗人的心思终于改弦易辙了，因为她发觉怀上了第三个孩子，诗歌尝试的彻底失败给她的心灵留下了创伤，较之不理家事所带来的影响，那也算不了什么。她的丈夫一并支付了医药费和出版费，这事就算这么了结了。可是，埃拉虽赶不上那个时代的诗人，也不仅仅是这类人物中的平庸之辈，过了一段时间，她又一次找到了那种曾有的灵感。现在一个偶然的巧合使她出现在罗伯特·陲伊的屋子里。

她从椅子上若有所思地站起来，带着同行的兴趣搜查那所公寓。是的，陲伊本人的诗集就在其中。虽然她很熟悉诗集的内容，她还是在此大声地读了起来，好像读给她自己似的。然后招呼女房东琥珀夫人过来帮一点儿小忙，再次打听那位年轻人的情况。

“嘿，我敢保证夫人您对他产生了兴趣，您能见上他一面就好了，只是他这个人很腼腆，我估摸着您是见不到他的。”琥珀夫人似乎乐意搭理房客，为其提供信息，以满足她对前任房客的好奇心，“您是说他住这儿时间长了吗？是的，几乎两年了。就是不在这儿的时候，也留着自己的房子：这里温和的空气对他的胸部有好处，他喜欢随时回来。大部分时间是在写作或读书，一般不怎么见人，不过就这个缘故，他是个很和善的好小伙子，认识他的人都很想成为他的朋友。这年头好心肠的人不是每天都能遇得上的。”

“呀，他心肠好……人又优秀。”

“是啊，我有什么请求他一定会帮我。‘陲伊先生，’我有时对他说，‘您怎么看着没精打采的。’‘嗯，是这样，琥珀夫人，’他会说，‘我不知道你怎么看出来了。’‘干吗不改变一下呢？’我问他。一两天后他会说他要到巴黎，或挪威，要么别的地方去旅行，我向您保证他一定会回来的。”

“啊，确实！毫无疑问，他是个生性十分敏感的人。”

“没错。有些方面他也很奇怪。有一次他深夜写完了一首诗，然后在屋子里走来走去，反复念诵。地板很薄——豆腐渣房子，你知道，我自己就这么说——他老是吵醒睡在楼上的我，我索性希望他继续念诵……不过我们相处得很好。”

这只不过是一个开端，随着时间的推移，陆续出现了一系列关于那个诗坛新秀的闲谈。其中有一次，琥珀夫人引导埃拉关注她以前不曾注意到的东西：床头附近窗帘背后墙纸上用铅笔写的细小的字样。

“哦！让我瞧瞧。”马琪密尔夫人说，一边弯腰将漂亮的脸蛋凑近墙面，无法抑制内心涌起的那股温柔的好奇冲动。

“这些，”琥珀夫人摆出一副很明事理的样子说，“这些是他的诗歌的起源，也是最原初的思想。他试图擦掉大部分，可是仍旧能读得出来。我相信他夜晚醒来，您知道的，脑子里想出了诗句，随即写到墙上以免早晨起床忘了。您现在看到的一些诗句，后来我在杂志上见到过。一些是比较新的，的确，以前我不曾见过。一定是近几天前才创作的。”

“哦，是啊！……”

埃拉·马琪密尔不知何故一阵羞涩，突然让她的同伴走开，因为信息业已传达，就没必要再逗留了。意识到一种难以描摹的对人的而非对文学的兴趣，她迫不及待地想独自一人仔细品味墙上的诗句；她如愿地等到了这个时机，感觉在读诗的过程中会享受到蕴藏在其中的丰富情感。

也许因为岛外海水的拍击声，埃拉的丈夫发现不带妻子独自一人去航行，乘坐汽艇在四周游走好玩得多，因为他的妻子不是一个好水手，他并不介意独自坐着游资便宜的汽船，船上人们借着月光跳舞，突然两口子会抱紧了就地亲昵；正如他语气平淡地对妻子讲的那样，这里人员太杂，不宜把妻子带到这样的场合。就这样，虽然这位事业蒸蒸日上的制造商有很多机会可以调节生活，吸纳这附近海上的优质空气，然而埃拉的外在生活依然是十分单调乏味，一天主要就是花几个小时的时间来洗澡或在一片海滩上来回散步。可是对诗的冲动又一次汹涌而来，一股内心的火焰灼烧着她，让她几乎无法顾及周围发生的一切。

她一直读诗，直到记住陲伊的最后一小卷，利用大量的时间无谓地企图与其中一些诗篇拼个高下，最后以失败而告终，然后就放声大哭。她那可望而不可即的、近在咫尺又无法触及的艺术大师磁石般强烈吸引着她，那种个人魅力远远超越了理智，她对此无法理解。当然了，她日日夜夜都被围困在他早已习惯的环境里，这种环境实际上时时刻刻都在向她轻声诉说着他，可是她从来没见过他，触动她的那一切只是那种把期待的情感寄托在第一个碰到的合适的对象上的本能，当然她自己却对此浑然不知。

依照文明为其成果设定的情感自然法则，因过于实际，激情难以存续，她丈夫对她的爱和她对丈夫的爱一样，二者别无二致，几乎丧失殆尽，剩下的只有适当的友情而已。作为一个热情洋溢、生机盎然的女性，她需要某种养料来维系她的活力，于是开始从机缘巧合的收获中汲取营养，这种偶然所得的确为上乘佳品，远非平常俗物。

有一天孩子们在壁橱间玩捉迷藏，兴奋地从那儿拉出了一些衣物。琥珀夫人解释说，那是陲伊先生的，说完又把衣物挂回了原处。下午晚些时候，趁那间屋子没人之际，埃拉带着幻想，走到那儿，打开了壁橱，解开其中一件衣物，穿在身上——那是一件带有防水帽的雨衣。

“以利亚的披风①！”她说，“这或许能激励我与他抗衡，尽管他是个很荣耀的天才！”

---

① 以利亚是公元前 9 世纪以色列的先知。在《圣经·旧约·列王纪上》第 19 章中，以利亚将披风披在伊莱沙身上，表示收他为继承人，因此，“以利亚的披风”是权威和领袖风范的象征。——译者注（如无特别标注，本书小注均为译者注）

每当这样思索的时候，她的眼睛总是被泪水打湿，然后她转身去照镜子。他的心脏曾经在那件衣服里跳动过，他的大脑在那顶帽子下以她所不能及的水准思考过。意识到她相形见绌，与之无以能比，自惭形秽的她感觉很不是滋味。她还没来得及从这些糟糕的情绪中解脱出来，这时门开了，丈夫走进了屋子。

“究竟怎么回事——”

她害臊得涨红了脸，脱掉了雨衣。

“我从这儿的壁橱里找到的，”她说，“很奇怪地穿上了。我还有别的事可做吗？你老不在家！”

“老不在家？嗯……”

晚上，她和女房东继续聊天，她自己可能已经滋生出对那位诗人的一种近似温柔的崇敬之心，很乐意就他这个主题来一番畅谈。

“您对陲伊先生很感兴趣，夫人，这我知道，”她说，“他刚刚派人捎信，说明天下午他要过来找一些他需要的书，如果我在的话，他可能要从您的房间挑选。”

“哦，好啊！”

“到时候您就能见到他啦，如果您愿意的话！”

她答应了，内心一阵窃喜，躺在床上，对他苦思冥想。

第二天早晨，丈夫一本正经地说：“我在考虑你说过的话，艾尔，我老到处跑，把你留在家里没哄你开心。也许这是真的。今天海浪不大，我带你去坐快艇。”

平生第一回埃拉对此邀请表现出不乐意。但是当时她还是接受了。出发的时间越来越近了，她去做准备。她站着思索。想见到她真心热恋着的诗人的那种渴望压倒了其他所有的想法。

“我不想去，”她自言自语，“我不忍心离开！我不去了。”

她告诉丈夫她改变了去航海的主意。他倒也无所谓，径直走了。

接下来这一天，孩子们都去了海滩，家里静悄悄的。屋外海上吹来的阵阵海风温柔而平和，窗帘在阳光下随着海风轻轻摆动；专为这个时节雇来的外国绅士乐队“绿色西里西亚”乐队的音乐几乎把所有的居民和闲逛的人从科堡大宅吸引了过去。这时传来了一阵敲门声。

马琪密尔夫人没有听到佣人去开门，她开始按捺不住了。书就在她坐着的屋子里，可是不见人来。她按了一下门铃。

“有人在门口候着呢。”她说道。

“哦，没有，夫人！人早走了，是我开的门。”佣人回答，接着琥珀夫人本人进来了。

“太让人失望了！”她叹息道，“陲伊先生最终又不来了！”

“可是我想我听到了他在敲门！”

“不是，那是有人打听住处，走错了门。忘了告诉您，就在午饭前陲伊先生捎信来，说不必为他准备午茶了，他不需要那些书了，也不来找。”

埃拉心里很难受，很长一段时间她没能再读他题为“严酷的生活”的伤感民谣，她那颗脆弱的心很痛，没有着落，眼里噙着泪水。当孩子们穿着湿漉漉的袜子回到家中，跑上前来给她讲他们的趣事的时候，她没有察觉到她对他们的关心还不及平时的一半。

“琥珀夫人，你有住这儿的那位先生的照片吗?”提到他的名字，很奇怪，她就十分羞涩。

“怎么，有啊。就在您那间卧室壁炉架上的有装饰的镜框里，夫人。”

“没有啊，里面只有皇家公爵和公爵夫人。”

“是的，有他们，他就在他们的后面。本来那镜框是他的，我特意买的。他走的时候叮嘱我：‘看在上帝的份儿上，把我遮挡一下，不要让陌生人看见。我不想让陌生人盯着我看，我相信他们也不希望我盯着他们看。’于是我把公爵夫妇暂时移到了他的前面，他们没有镜框，皇室更适合让人装饰，不像年轻的单身汉。您拿走他们，下面就能见到他。主啊，我的夫人，如果他知道了，不会介意吧！他没想到下一个住户会是像您一样有魅力的女士，要不然他不会想着把自己藏起来，这有可能。”

“他长得帅吗?”她胆怯地问道。

“我想是。也许，有些人不这么看。”

“那我会吗?”她急切地问。

“我想您会的，尽管有些人说他是迷人，而不是帅；长着一双大眼睛，若有所思，您知道，他扫视四周的时候，眼睛里会有闪电般的光芒，这就是您希望的不靠写诗生存的那种超脱诗人应有的品质。”

“他年龄有多大?”

“比您小几岁，夫人，我想，大概三十一二。”

实际上，埃拉本人 30 岁零几个月，可她面相年轻，看起来没那么大。尽管天性还不够成熟，她也已经步入了人生的这个轨道，其中多情的女人开始怀疑终爱比初恋或许更强烈、更震撼；天哪，她很快就会步入一个甚至更加郁闷的轨道，由于女性性别中的虚荣心作祟，只有背对着窗户或半掩的窗帘，才敢接待男性访客。她回顾琥珀夫人说的话，不再谈起年龄。

正在此时来了一封电报。是她丈夫发来的，他和朋友坐着游艇顺着海峡到了巴德茅斯，第二天才能回来。

简单地吃了晚饭后，埃拉和孩子们一起在海滨闲逛到了黄昏时分，想起她房间里尚未遮盖的照片，平静中油然而生一种莫名的欣喜。有着她拿手的细腻奢华的想象，一听到丈夫晚上不回来，她克制住自己，直到能独自一人，夜很宁静，烛光闪烁，屋外大海沉寂，星光璀璨，共同营造出一种浪漫非凡的氛围，这是阳光炫目的午后无法给予的，这时她再也控制不了自己，冲到楼上，打开照片框架，继续欣赏他的帧照。

孩子们已经安排睡觉了，埃拉很快跟着睡了，其实此时还不到10点。为了满足她强烈的好奇心，她做了一番准备：脱掉多余的衣服，穿上宽松的晨袍，桌子前摆上了椅子，读了几页陲伊语句最富柔情的诗。接着把镜框拿到灯光下，打开后背，取出写真，捧在面前。

照片上的面容看上去十分迷人。诗人留着浓密的黑胡须，很有皇家气派，一顶懒散的帽子遮住了前额。女房东所描述的乌黑的大眼睛透视出无尽的痛苦；眉毛的形状很好看，那双眼睛从眉毛下面向远处看着，好像在解读面前这张脸上的乾坤奥秘，对此番光景的预示丝毫没有表现出欣喜之色。

埃拉用她那音量最小、情感最丰富、声调最温柔的声音喃喃自语："就是你多少回残忍地让我自惭形秽！"

她长时间凝视着肖像，不觉陷入了沉思，不禁暗自神伤，泪眼模糊，用嘴唇亲吻照片。接着，她神经质般地、放松地大笑起来，拭去了眼泪。

她想她多么邪恶，一个有丈夫、有孩子的妇人，却以此等有悖伦理良心的方式，让自己的心思迷失在一个陌生男子身上。哦，不，他不算陌生人！她就像了解她自己一样了解他的思想情感。事实上，这些思想和情感就如同她自己的一样，这是她丈夫从骨子里不具备的。考虑到他得养家，也许这对他来说反而是很幸运的。

"即使从来没有见过他，他更接近我真实的自我，毕竟比威尔更亲近真实的自己。"她说。

她把他的书和照片放在床边的桌子上，当她倒在枕头上的时候，她又再次读起罗伯特·陲伊的诗中她时不时标出来的最情真意切的部分。把这些搁置一旁，她把照片一端立在床上，躺下看着照片，凝神沉思。然后借着烛光又一次阅览头边墙上的一半被消磨掉的铅笔字痕。它们就在这儿——习语、对句、限韵行诗句的首部中部、大概的思想，像雪莱的诗歌残片，其中有几首情感那么强烈，那么甜美动人，那么让人心潮澎湃，好像就是他本人的气息，温暖而充满爱意，从墙体向她的面部飘散过来，那些曾经一次次包围着他的头的墙面现在同样包围着她的头。他一定常常这样抬起手，手里握着铅笔。是啊，笔迹有些侧倾，像是一个人这样伸展了手臂写画出来的。

这些诗勾勒出的诗人的世界样貌，

> 比活人更真实的形态，
> 一个个永生不灭的婴孩。①

毋庸置疑就是沉寂的深夜他所经历的思想和精神奋争，此刻，他可以放飞自我，毫不畏惧批评家们的风霜血雨。毫无疑问，这些常常是借着月光和灯光迅速一挥而就的，在青灰色的黎明时分，在大白天，这也许是不可能的。此时她的头发就散落在当他抓住了昙花一现的幻觉时放置胳膊的地方；她睡在诗人的唇边，完全浸润在他灵魂的精华中，周身弥漫着他以太一样的精神气息。

正当她沉浸在梦幻中消磨时间的时候，楼梯上传来了一阵脚步声，顷刻，她听到了丈夫沉重的脚步走在楼梯平台上，脚步声瞬间就没了。

"艾尔，你在哪儿呢？"

她无法描述是什么操控着她，但是出于本能，不能让丈夫知道她目前的所作所为，丈夫一下子推门进来的时候，她把照片塞到了枕头底下，从丈夫的气色可以看出他在外面已酒足饭饱，十分惬意。

"哦，请原谅！"威廉姆·马琪密尔解释道，"头疼吗？我没打

① 出自英国19世纪著名浪漫主义诗人珀西·雪莱的诗剧《解放了的普罗米修斯》，原诗中即用这两句形容诗人通过想象创造出生命的力量。

扰你吧。”

“不，我头不疼，”她回答道，“你怎么回来了？”

“哎，我们发现我们居然有足够的时间可以回来，我不想再耗一天，明天还要去别的地方呢。”

“需要我再下来吗？”

“哦不。我都累死了。我吃得很好，想着早点儿休息。明天早晨如果能……的话，我想 6 点钟出发。我起床时，但愿不会打搅你，你还要睡好久才醒来。”他说着径直进了房间。

埃拉一边盯着丈夫的行动，一边把照片轻轻地塞到看不见的地方。

“你确实没生病？”他说着，身体向她倾覆过来。

“没有，只是有些烦心！”

“没关系。”说着，他俯身亲吻她，“今晚我要跟你睡。”

第二天早晨，马琪密尔 6 点钟就被叫醒了，醒来伸懒腰的时候，她听到他在给自己嘟囔着：“真见鬼，到底什么东西在我身子底下噼噼啪啪地响？”想到她还没睡醒，他在身子周围摸了一把，抽出一样东西。透过半睁的眼，她觉察到，那准是陲伊先生。

“哼，真他妈的！”丈夫惊叹道。

“什么，亲爱的？”她问。

“哦，你醒了？哈！哈！”

“你什么意思？”

“有个家伙的照片——女房东的朋友，我想。不知道怎么弄这儿来了，可能收拾床的时候，碰巧从壁炉架带下来了。”

“昨天我看了，一定是那个时候不随意掉下来的。”

“哦，他是你的朋友？愿上帝保佑他那颗深情烂漫的小心脏吧！”

埃拉对她崇拜的人十分忠诚，她无法忍受听到他被取笑。“他是个聪明人！”她说，声音轻柔且有些颤抖，她自己觉得很别扭，这颤抖来得真不是时候，“他是正在崛起的诗人——我们来这儿之前占着两间屋子的那位先生，不过我从来没见过。”

“你从来没见过，你怎么知道的？”

“琥珀夫人给我看照片的时候，给我讲的。”

“哦，好了，我得起床走了。我要老早回来。对不起，亲爱的，今天不能带你。看好孩子，别让他们溺水。”

那天，马琪密尔夫人询问陲伊先生是否别的时间有可能来访。

“是的，”琥珀夫人说道，“下周的今天，要来跟附近的一个朋友住一起，一直住到你们搬走。他一定会来的。”

下午，马琪密尔确实很早就回来了，打开了一些他不在时收到的信件，突然宣布说，他和家人得比原先希望的提前 1 周搬走——简言之，也就是 3 天后。

“我们确实不能再待一周吗？”她请求道，“我喜欢这里。”

“我不喜欢。节奏太慢了。”

“那么你把我和孩子们留下！”

“你太倔强了，艾尔！有啥意思啊？我还得来接你们！不要，我们大家一同回去，稍后我们决定在北威尔士或布莱顿消停多住些时日，况且你还有 3 天时间呢。”

没能遇见这个人对她来说好像是天塌了似的，她对他的非凡才情顶礼膜拜，整个身心都和他绝对融合在一起。她决定做最后一番努力。从女房东那里得知陲伊住在对面岛上离那个时髦小镇不远的一个偏僻的地方，第二天下午，她从隔壁码头坐着小邮船过海到了那儿。

此行毫无收益！埃拉只是模糊知道他家的位置，当她幻想着找到了地儿的时候，就很冒失地向乘客询问他是否住在那儿，那人回答说不知道。如果他住在那儿，她该怎么拜访他？有些女人有这个自信，可她没有。他会认为她很疯狂。或许她可以请他来拜访她，可是她也没有那个勇气这样做。她很伤感地在这个风景如画的海边高地一直逗留到该返回小镇的时间，她坐上汽船过海返回，回家也没怎么耽误吃晚饭。

最终完全没有想到，丈夫说既然她坚持要多待几天，假如她觉得不麻烦他，她也能回家的话，同意她和孩子们继续在那儿待到周末。她暗自窃喜这延长的时间带给她的快乐。第二天早上，马琪密尔独自一人出了家门。

可是一周过去了，陲伊还是没有来。

星期六早晨，马琪密尔家的其他成员都离开了那个让她滋生了无限热情的地方。列车很无聊，让人很郁闷；充满灰尘的阳光照射在热烘烘的坐垫上；永无止境的道路上到处尘土飞扬；还有那脏兮兮的一排排铁丝网——一路陪伴她的就是这些。窗外深蓝色的海平面消失在她的视野中，一同消失的还有她心爱的诗人的家。她心情很沉重，本打算读书，却呜呜地哭了起来。

马琪密尔先生的事业蒸蒸日上，他和家人住进了一座很大的新房子，房子坐落在离他办公从业的中部城市几英里处的一片很开阔的地段。埃拉这儿的生活很孤独，郊区的生活往往如此，在节庆时节尤为明显。她有充足的时间追求嗜好，沉浸在抒情诗和挽歌的创作中。她刚从迷失中解脱出来，却又在钟情的新刊杂志中邂逅了罗伯特·陲伊的诗，这首诗一定是在她走访索伦特希前不久写的，因为里面正好含有床边墙上她见到的铅笔写的对句，琥珀夫人说那是新近所作。才下眉梢，却上心头，埃拉再也抵挡不住诱惑，冲动地一把抓起笔，以兄弟诗人的身份，用约翰·爱伊的名义给他写信，信中祝贺他能用娴熟的韵律和节奏表达触动灵魂的思想的高超技艺，与之相比，她自己在情感抒发方面只是无为地做了些唬人的尝试而已。

几天后，尽管她没敢奢望，就这个地址寄来了一封回信——一封礼节性的简短便签。诗人如是声明：尽管他不太熟悉爱伊先生的诗，但他记得曾见过这个名字，被附在一些很有前景的诗后，他说很高兴能通过书信认识爱伊先生，自然也很有兴趣关注他将来的大作。

她的信表面上看出自一个男人之手，信中她一定表现出了些许孩子气和胆小谨慎，她自己如是断言；因为陲伊以长者或高人的口气做了回复。这又有什么关系呢？他毕竟回复了；他就在那间她很熟悉的屋子里亲笔给她写了信，现在他回到了原来的那个住处。

就这样开始的书信往来持续了两个月或更长一段时间，埃拉·马琪密尔有时给他寄去她认为写得最好的诗，他很亲切地接受了，不过他并没有用心读过，也没有给她寄来他自己的诗作。好在知道陲伊把她当成了一名男子，埃拉的心很受伤，但是如果不知道的话，那就更伤心了。

然而，情势不那么尽如人意。一个献媚的小声音告诉她，只要他亲眼见她一面，情况就不一样了。本来出于女性的情怀，她要坦诚地告白，来创造相遇的机会，但还没行动就发生了一件令人高兴的事情，看来她没必要这样做。有一天，她丈夫的朋友，担任他们那个城市和郡县一家最著名的报纸的编辑，和他们一起吃饭，在谈到那位诗人的时候说，他（编辑的）的弟弟，一位风景画家，是陲伊先生的朋友，他们二人此刻刚好一起在威尔士。

埃拉和编辑的弟弟不太熟。第二天早晨，她坐下来给他写信，邀请他在回去的途中到她家稍作停留，小坐一番，同时，方便的话把他的同伴——陲伊先生一起带过来，她很想认识这个人。几天后，对方寄来回信。写信人和他的朋友很乐意接受她的邀请，在下一周的某一天往南走的路上来拜访她。

埃拉心里美滋滋的，很高兴。计划要成功了，她从未谋面的心上人要来了。“看哪，他就站在我们的墙后面，看着前方的窗户，透过窗户格子现身了。”她想象着，内心一阵狂喜。“啊，瞧，冬天过去了，大地回春，雨过天晴，鲜花盛开，鸟儿歌唱，在我们的家园都能听到海龟的叫声。”

不过也得考虑吃住的细节问题。这方面她做了最周到的准备，然后就等待那个不平凡的日子和时刻了。

下午大概 5 点的时候，她听到有人在按门铃，接着从大厅传来了编辑弟弟的声音。虽然她是个诗人，抑或她自诩为诗人，她那天也没觉得自己有多高贵，而是千辛万苦穿了一件高级面料缝制的很时髦的袍子，有点儿像古希腊的短袍，是具有艺术和浪漫气息的淑女中比较流行的那种式样，这个袍子是埃拉上次在伦敦的时候从邦德街服装店买的。来客走进起居室。她朝他身后看了一眼，没见另外有人进门。以爱神的名义，敢问罗伯特·陲伊在哪儿？

"哦，很抱歉，"经过简短的相互介绍后，画家回答道，"陲伊真是个捉摸不透的人，你知道，马琪密尔夫人。他说好了要来，然后又说不来了。我们刚背着小背包走了几英里，他满身尘土，你知道，他想回趟家。"

"他——他不来了？"

"不来了，他让我替他道歉。"

"你什么时候和他分，分手的？"她问，同时她的下嘴唇开始不停地颤抖，就像说话时打开了震音器一样。她渴望逃离这可怕的、令人厌烦的局面，跑到外面大哭一场。

"刚才在那边的收费公路。"

"什么！实际上，他刚经过我的家门？"

"是的。我们到门口的时候，发现大门很漂亮，是我见过的工艺最考究的现代铁门。——我们走到门口的时候，停下了，在那儿说了会儿话，然后他跟我道别，继续走了。事实上，他刚才心情有点儿沮丧，不想见任何人。他人很好，对朋友也很热情，可是有时情绪有些不稳定，有点儿阴郁，对事情计较过多。出于某种情趣，他的诗写得太情色，太激情，你知道，他刚遭到了昨天出版的《评论》的严厉指责，在车站他碰巧看到了一本。可能你读过了吧?”

“没有!”

“那就好。哦，不值得考虑这个，不过是一篇奉命之作，目的是讨好那些心胸狭隘的订阅者以提高发行量而已。可是，他却为此而恼怒。他说这简直是歪曲，伤人至深。他可以直面攻击，但不能容受谎言，他无力反驳，更没有能力阻止谎言的散布。这正是陲伊的弱点。他生活得很孤单自我，因此这类事情对他的影响就很大，假如他过着时髦的或商业化的喧嚣热闹的生活的话，那就另当别论，不会太在乎它。因此，他不愿意来，找借口说这房子看起来很新，很有钱，——还望你谅解。”

“可是——他一定懂得——这儿有同感共鸣！他没有说收到从这个地址的来信的话吗?”

“不，不，说了，由约翰·爱伊写的——可能是你的一个亲戚，他想，那段时间正好住在这儿?”

“他——喜欢爱伊，他说过吗?”

“嗯，我不知道他对爱伊产生过很大兴趣。”

“或者对他的诗?”

“对他的诗——据我所知，也没有。”

罗伯特·陲伊对她的房子、她的诗及其作者都不曾感兴趣。她一能抽开身，就来到育儿室，毫无必要地反复亲吻孩子们，然后突然心生厌恶，因为她意识到孩子们的长相像他们的父亲一样过于平庸。

头脑简单、不识眼色、难解风情的风景画家从她的谈话中压根没有意识到，她想见的只是陲伊，而不是他。他算是尽情享用了此次拜访的机会，他似乎很喜欢埃拉的丈夫陪着，后者对他也表现出十分的喜爱，带着他到附近到处转悠，谁也没有注意到埃拉的情绪。

画家走了刚一两天，一天早晨，埃拉独自在楼上坐着浏览刚到的伦敦报纸的时候，读到了下面一段文字：

## 诗人的自杀

罗伯特·陲伊先生，多年来深得我们喜爱的崭露头角的著名抒情诗人，上星期六晚上在索伦特希他的公寓，用左轮手枪击中右太阳穴自杀了。读者想必很清楚，陲伊先生近来以他的新诗集引起了广大公众的注意，他的诗主要以抒发浓情为主。名为《致一位未知的女人》的诗，由于通篇所表达的强烈情感引起了人们的关注，在《评论》上受到了严厉的批评——如果说不上是凶狠的话。据猜测，当然还不太确定，那篇文章某种程度上是此悲剧的导火索，在死者的写字台上人们发现了一本该杂志。据知情人透露，自从批评出现起，他的情绪一直很低落。

接下来是一则调查报告，她在其中读到了下面一封信，这封信是写给一位远方的朋友的：

亲爱的：

在你收到来信之前，我将早已解脱了一切烦恼，再也看不见、听不到、不知道周围的事情。我选择这一步的理由我敢向你保证是合情合理的、符合逻辑的，但我不想把它告诉你，给你平添不必要的麻烦。假如上帝给我恩赐一个母亲，或者姐妹，抑或一个别样温柔的、忠实于我的女性朋友的话，我或许会觉得有继续这样活下去的价值。我一直梦寐以求这样一位难得的人儿，这你是知道的；她，这位见不着的、捉摸不定的人儿，激励我完成了最后的诗集，尽管在一些场合已经谈到过，这位想象中独处的女人徒有其名，并无真身。直到最后她都没有现身，不曾谋面，更无法赢得其芳心。现在说起此事，目的是希望没有怪罪任何一位真实的女子对我残忍和冷漠而置我于死地。请转告我的女房东，我为给她带来的这些不愉快而深表歉意，至于我在那儿住过的事，相信人们很快就会忘记。银行中我的账户有充足的资金可以支付所有费用！

R. 陲伊

埃拉坐了一会儿，样子好像很吃惊，然后冲进了房间，一下子脸朝下扑倒在床上。

悲痛欲绝，心烦意乱，她彻底崩溃，完全粉碎，就这样在极度悲伤中躺了一个多小时。抖动的双唇间时不时发出断断续续的言语：“哦，只要他了解我——了解我——我！……哦，假如我见过他一面——只一次；把手放到他的额头上——亲吻他——让他知道我是多么爱他——我会为他遭受羞辱和嘲笑，为他活着，为他死去！或许这样能挽救他可爱的生命！……可是没有——没有得到机会！上帝很嫉妒，没有将幸福赐予他和我！”

一切皆无可能，相遇终成泡影。可是直到如今在她的幻觉中似乎可以相见，尽管现实中这是绝对无法实现的：

> 曾经或许有过的时光，如今却不复存在，
> 那曾在男女心中孕生的时光，
> 然而自此生活却如是荒芜。①

她给索伦特希的女房东以第三人称，以自己能控制的异常平静的方式写了一封信，附上了一金镑②作为邮资，信中告诉琥珀夫人，马琪密尔夫人在报上看到了诗人之死的伤感报道，住在科堡大宅期间她曾对陲伊先生情有独钟，这个琥珀夫人也很明白，希望琥珀夫人在他盖棺之前能剪一缕他的头发寄过来，只当对他的一个念想，同时把镜框里的那张照片也寄过来，她将不胜感激。

邮件回寄过来了，其中含有所求之物。埃拉俯在相片上哭泣，然后保存在私人抽屉里，她用白丝带把那缕头发捆住放在胸口，在隐蔽的不被人发现的地方时常取出来亲吻。

“怎么了？”她丈夫有一次从报纸上抬头问道，“趴在什么上哭？一缕头发？谁的？”

---

① 出自19世纪英国拉斐尔前派重要画家兼诗人但丁·加百利·罗塞蒂的十四行诗集《生命殿堂》中的第53首《胎死腹中的爱》。

② 英国曾用金币，面值一英镑。

“他死了！”她小声嘟哝。

“谁?”

“我不想告诉你，威尔，就现在，除非你非让我说。”她说，声音还明显带着哽咽。

“哦，好吧。”

“我不说，你不会计较吧？我改天再告诉你。”

“当然了，一点儿关系都没有。”

他嘴里吹着几节不怎么成调的曲子走了出去，来到市里他的工厂的时候，再次想到了这个事情。

他也知道最近在索伦特希他们住过的公寓房里发生了一起自杀事件。不久前见到妻子手中握着诗集，住在那儿的时候，从琥珀夫人的谈话中对陲伊也略知一二，他突然自言自语：“哎呀，就是他！……他妈的她，怎么认识他的？女人是多么狡猾的动物啊！”

后来他很淡定地放弃了这事，继续处理他的日常事务。这时家里的埃拉已经下定决心。琥珀夫人在寄头发和照片的时候告诉她了葬礼的日子，从早晨到中午，她一直想知道人们要把他葬在哪里，这个强烈的愿望始终困扰着这个多情的女子。现在管不了那么多了，让丈夫和他人对她的奇怪行为随便怎么想就怎么想吧，她给马琪密尔写了一张便条，告诉他她第二天早晨才能回家。她将便条丢在他的桌子上，然后走出了家门。

下午，马琪密尔先生早早回到了家，见佣人们神色有些焦虑。保姆把他叫到一边，隐约告诉他最近几天来夫人心情一直很悲伤，她担心她想不通出去要跳海自尽。马琪密尔寻思了一阵子，总的来看，他认为她没有去寻死。连去哪儿都没说，他就出发了，要他们不要等他。他驱车来到火车站，买了一张前往索伦特希的票。

尽管他坐的是快车，但到那儿的时候，天已黑了。他清楚如果他的妻子先他到的话，比他的车也早不了多长时间，她极有可能坐的是慢车。索伦特希的黄金季节已结束，商业街也很冷清凄凉，没几辆二轮轻便马车，当然很便宜。他问了去公墓的路，很快便到了那儿。公墓的大门紧锁着，守门人告诉他里面没人。虽然天不是很晚，但秋季的缘故，天色越来越暗，走在弯弯曲曲的羊肠小道上挺麻烦的，这路通向守门人说的那天举行了一两个安葬礼的地点。他走进草地，跌跌绊绊碰到了几个木橛子，时而俯身分辨在天空的映衬下是否能碰到人。没见到人，碰巧发现了一块被人踩踏过的地方，见有个东西蹲坐在一座新坟旁。她听到他的声音，一下跳了起来。

“艾尔，多愚蠢的举动啊！”他恼羞成怒，很不客气地说，“从家里逃出来——我根本没听说过这等事情！当然了，我并不嫉妒这位不幸的男子，可是太可笑了，你一个已婚女子还带着三个孩子，第四个很快就出生了，为一个死了的恋人这样疯疯癫癫！……你知道吗？你被锁在里面了！整个晚上你可能都出不去。”

她没做回答。

“看在你自己的面子上，希望你和他之间没有太离谱。”

“不许侮辱我，威尔。”

“注意，今后不许再发生类似的事，听见了吗？”

“好吧。”她说。

他挽着她的胳膊领着她走出了公墓。当天晚上没有回去的可能了，不希望别人看见他们这落魄的样子，他带她到车站附近的一个很寒酸的小咖啡馆。第二天一大早从那儿出发，旅途中两人几乎一言不发，心想这是婚后出现的最窝囊的状况，这是言语无法弥补的。中午时分他们到家了。

之后几个月来，两人谁也不曾冒险说起这个话题。埃拉似乎过于频繁地处于伤感和精神低落的状态，这种情况或许可以称作生离死别的悲伤。她生产第四个孩子的时间临近了，得经受一定压力，显然这也没有可能使她提起精神。

有一天，她说："我想我这回挺不过去！"

"呸！多么幼稚的预感哪！怎么就不能一直平安无事呢？"

她摇了摇头："我几乎能断定我要死了，要不是耐莉、弗兰克和苔妮的话，我会很高兴。"

"还有我呢！"

"你很快就会找个人来取代我，"她惨然一笑，嘴里嘟哝着，"你完全有权利再找一个，我敢保证你会这样做。"

"艾尔，难道你还在想那事——你的诗人朋友？"

她既没有承认他的指责，也没有否定。"这回我这病怕是好不了了，"她再次强调，"我有预感，挺不过去。"

这种想法是很糟糕的开端，事情往往就这样，实际上，6 周后，她就卧床不起了，脉搏很弱，面无血色，十分虚弱，气若游丝，为了保证胎儿的生命，她慢慢地消耗了自己的脂肪和健康。临终前她温柔地对马琪密尔说："威尔，我想向你坦露整个事情的过程——你想知道的事情——那次我们走访索伦特希。我真不知道中了什么邪——我怎么把你忘了，我的丈夫！可是我的状态很糟糕，我想你不和善，你忽略了我，你赶不上我的智商水平，而他却远在我之上，可能我需要一个更能充分欣赏我的人，而不是另一个爱我的人——”

因为很虚弱，她没能继续说下去，几个小时之后，她突然身体瘫软下去，一命呜呼了。就她对那个诗人的爱情，对丈夫只说了那么多。事实上，威廉·马琪密尔像大多数忍受了几年的丈夫一样，回想起当时的嫉妒，心里还是有些恼火，但从来没有表现出一点儿焦虑，并没有逼她供出与那位已故男人的私情，也没有过分地让自己因此而不愉快。

可是在她被埋葬了两三年后的一天，在翻找一些打算第二任妻子进门前销毁掉的纸张信件的时候，碰巧发现了信封里装着的一缕头发，还有已故诗人的照片，背面有他的亡妻写的日期。那正是他们在索伦特希待过的时间。

不知什么触动了马琪密尔的内心，他长时间若有所思地盯着那缕头发和那张照片。抱起那个要了母亲性命的小男孩儿——此时已开始学步，吵闹不休——他把他放到膝盖上，拿着那缕头发和小孩儿的头发做对比，把照片立在后面的饭桌上，详细比较两者呈现的容貌特征。

天意弄人，只能意会却难以解释，毫无疑问，小孩儿与埃拉从未谋面的那个男人之间存在着非常明显的相似之处。诗人面部那种迷梦似的特殊表情，像传承的意念，反映在孩子的脸上，头发的颜色也一模一样。

“我没那样想过，我真该死!”马琪密尔嘴里嘟囔着，“她的确在那个公寓与那家伙背叛了我！让我想想：日期是——8 月份第 2 个礼拜……5 月份第 3 个礼拜……没错……没错……滚开，你这可怜的小混蛋！你跟我什么关系都没有!”

1893 年

# 两个远大抱负引起的悲剧

## *1*

从窗户传来了村里少年的叫喊声，伴有客栈门口旅客们时而中断的笑声，可是海尔伯勒兄弟仍然在继续学习。

他们坐在水车匠师傅家的卧室里，在未经正规训练的情况下，忙着读希腊文和拉丁文。他们读的既不是荷马史诗中的不幸和挫折、阿尔戈船远征，也不是忒拜家族的灾难，那些能够煽动起想象，促使他们继续读下去的故事。他们在枯燥艰难地吭哧咀嚼着希腊文的圣约，专注于满是习语、苦涩难懂的《希伯来书》[①] 那一章。

伏天落日时分的斜阳照到了低矮的天花板上，大山羊柳的影子在墙上好像冥界鬼兵操练一样交错晃动。开着的合页窗通常传来远处的声音，眼下却传来了有人就在近前的声音。那人是他们的姐妹，一位年纪 14 岁的漂亮姑娘，她站在下面的院子里。

---

① 《圣经·新约》书信部分的《希伯来书》，共计 13 章。

“我能看见你俩的头顶！老待在那里有什么意思？我不喜欢你们出去和街上的小孩儿玩，出来跟我玩吧！”

他们三言两语敷衍了一下，没把她和她的话当成一回事。她失望地走开了。与此同时，他们听到了有人从拐角走过的单调沉重的脚步声，哥俩中的一个坐起身来。“我想他来了。”他小声嘀咕，眼睛向窗口望去。

一个身穿淡褐色老式乡下生意人衣服的男人绕过拐角踉踉跄跄走向前来。年长一点儿的儿子生气地涨红了脸，随即放下书，起身下了楼梯。年纪小点儿的一直坐着，过了几分钟，哥哥又进到了屋子。

“罗莎看见他了吗？”

“没有。”

“别人也没吗？”

“是的。”

“你对他怎么做了？”

“他在草房。我费了好大劲儿才把他弄进去，然后他睡着了。磨坊主肯琦的石头没凿好，锯木厂的大车轮在等新蹼板，可怜的人们装不上货车轮子。”

“说这个有什么用呢！”弟弟说，“啪”的一下合上了唐纳根的《新希腊英语词典》①，“哦，假如我们能留住妈妈的 900 英镑的话，我们就能干好多事情！”

“她早就预料到了这笔钱的用场！她考虑一人 450 英镑。毫无

① 《新希腊英语词典》，詹姆斯·唐纳根所作，1826 年出版。

疑问，靠这钱我们肯定能把这事认真办好。”

失去那900英镑是他们最揪心的痛。他们的母亲省吃俭用，舍不得自己花，好不容易才攒了这笔钱，一次次把到手的那点儿小钱存起来，才有了这么多。她打算用这笔积蓄实现她心中的那个鸿愿——就是把她的两个儿子，约书亚和科尼利厄斯送到大学，有人告诉过她有400到450英镑就足以能支撑每人每学期的费用，她相信他们能做到，这点她明白。可是，天不遂人愿，还没等到这一天，她就在一两年前去世了，为了这个目标过于费心操劳而损坏了健康，那笔钱就全部到了他们父亲的手里，花天酒地，海吃山喝，几乎所剩无几。钱没了，儿子们上大学拿学位的机会和希望也随之成为泡影。

“想起这个，我快疯了，”哥哥约书亚说，“我们在这儿毫无章法地学习又学习，最大的心愿就是上个国民师范，也有可能录取到神学院，被授予让人瞧不起的牧师资格。”

哥哥的愤怒转化成了弟弟脸上的淡淡的悲伤。“我们可以穿着没有学位绶带的法衣和穿着有学位绶带的一样传播福音。”他聊以自慰地说道。

“传播福音——是可以，”约书亚微微撅了一下嘴说道，“可我们不能出人头地!”

“我们可以尽量做得最好，不断磨炼。”

另一个没再说什么，二人又开始专注于他们很乏味的书本。

造成这不幸的水车匠海尔伯勒此时正在草房里打呼噜。他曾经是一位事业有成的机械师，管不住他自由散漫大大咧咧的性格，最后饮酒过度而不能自拔，从那以后，他嗜酒如命的恶习严重影响了他的生意。久而久之，磨坊主们开始到别的地方买齿轮，原先本来有两套手工操作系统，眼下只有一套在运转。他已经发现周末很难支付工人们的工钱，尽管已经辞退减员，仅剩的员工也没有充足的活儿可干。

夕阳渐渐西下，终于隐去了，村里孩子们的叫喊声听不见了，黑暗笼罩着两位学子的卧室，室外一片宁静。谁也不知道，水车师家爬满爬藤植物的墙内，有两个少年火热的胸膛里正激情涌动着两个远大报负。

几个月后，俩兄弟离开了生养他们的村子，进入小学教师培训学校学习，首先在财力允许的情况下安排他们的姐妹罗莎在一个时髦的水乡有效接受教养辅导。

## 2

一个身穿半牧师服的男子走在路上，这条路从火车站一直通向外省小镇。他边走边不停地看书，有时只抬头看看以保证不要走错了道，不要撞到其他行人。这种时刻，只要认识水车匠家以前的学生的人就会发现，这个走着读书的人就是两兄弟中的其中一个——约书亚·海尔伯勒。

这个青年脸上曾表现出的小小魄力已强化为坚定的信念。他的面容渐渐透露出他的性格。他越来越十分关切他的人生事业，一直心无旁骛地想着自己的未来，很少考虑其他，周围的所见可能会影响他的追求。他有宏伟的志向，说真的，他满怀激情，但也能克制自己，心中更多新生的计划已开花结果了，他精心地守护着未来的憧憬，以免误入歧途。

截至目前，一切都鼓舞人心。他刚刚获得第一个学校的证书就被推荐给了离他本郡很远的教区的主教，主教视其为可造之材，年轻有为，亲自教导他。他目前在教堂所在镇的神学院读二年级，不久就会授予牧师资格。

他来到镇上，拐进了后面的一条街道，然后来到一个院子，在一只脚跨进院子拱门前，把书一直捧在胸前。拱门上写着“国立学校”，由于常年风吹日晒，加上孩子们长期触摸损毁，门侧壁上的石雕图案已被磨掉了。他很快就会加入学者们抑扬顿挫的念唱。

他的弟弟——科尼利厄斯——是这儿的小学教师，此刻正用教鞭指着叫学生注意欧洲角，他放下教鞭走上前来。

“那是他的哥哥约思！”一个六年级的男孩儿悄声说道，“他即将成为牧师。现在就读于神学院。”

“科尼利厄斯也会的，只等他攒足了钱。”另一个说道。

已经好几个月没见到哥哥了，向哥哥问好后，弟弟开始讲他教授地理的计划。

可哥哥对这个话题不感兴趣。“你自己的学习怎么样了？”他问，“收到我寄给你的书了吗？”

科尼利厄斯已收到了，开始说他目前的工作。

“注意早晨的功课。你几点起床？”

“5 点半。”年纪小点儿的回答说。

“这个时节 4 点半起床一点儿也不早。说起理解字句，没有比早晨更好的时间。我真不知道为什么，当我觉得很枯燥，连会翻译的小说都读不下去的时候——觉得存在某种机械的东西。嗯，科尼利厄斯，你相当滞后了，如果想在明年圣诞节前从这儿毕业的话，那就得下大功夫。”

“我感觉已经很努力了。”

“我们需要尽快向主教提出申请给你一个岗位。当主教了解一切时，相信你会很轻松地得到一个名分。副主教，也就是我的学院院长，说当主教亲临考试现场的时候，你最好去那儿，他要亲自面见你。一定注意给他留下一个好印象。按我的情况的话，那样就搞定了，教义几乎算不了什么。科尼利厄斯，你如果谋不到牧师的话，至少会是执事。”

弟弟一直处于思索状态。“最近你收到罗莎的来信了吗?”他问，“今早我收到了一封。”

“是的。这个小丫头片子信写得太频繁了。她想家了——虽然布鲁塞尔是个非常吸引人的地方。不过，她必须很好地利用在那儿的时间。我原想她上完桑德伯尔尼高级学校后一年就够了，可我现在决定给她两年的时间，由此干一件漂亮的大事，尽管花销也比较昂贵。”

一说起他们的姐妹，两者严肃紧绷的脸放松舒展了，他们爱她胜过爱他们自己，对她的未来更是信心百倍。

“可是，钱从哪来呀，约书亚?”

“我已经筹到了。”他环视了四周，发现身边的男孩子后退了几步，“我以百分之五的利息从我们家田地隔壁的农场主那儿借的。”

“可怎么还哪？”

“用我的津贴慢慢还。不，科尼利厄斯，半途而废那是没用的。如果说不上漂亮的话，她也有望成为一个很有魅力的姑娘。多年来我都看准了这点，假如单单她的脸蛋还不能带给她幸运的话，那么如果我仔细留心、巧妙运作的话，她的脸蛋和智慧加起来一定会的。她要实现她的目标，并且和我们一起携手并进，将来出人头地的话，浑身上下都必须是个富有才华的、举止优雅的女子。她一定能行，你就等着瞧吧。我就是自己挨饿，也不能让她从那个学校辍学。”

他们环视了一下他们所在的学校。对于科尼利厄斯，这里一切很自然，很熟悉，可在生性高冷、人情淡漠的约书亚看来，这里的景象使他觉得很不舒服，他有一种位高而难以俯就的感觉，这个卑微的学校是他曾经离弃的那种小地方。“当你走出这个地方，站在你的讲坛顺利完成第一次布道的时候，我会很高兴的。”

“你也会说我受人引导过上了富足的生活，你就看好吧。”

“啊，这样，不能小看了教会。那里有任何一个精力充沛的教友可干的高尚的工作，你会慢慢发现的。”他非常热烈地说道，“信仰缺失的浪头你得扶正，对于旧主题的新观点你得解释，以理念上的真实替换文字上的真实①……”他陷入了憧憬职业生涯的幻想中，告诫自己这对基督教来说是很艰难的，而不是什么自豪之处。他肩负了一大套的教义，准备不遗余力地来捍卫它，只为了勇士们

① 实际地奉行圣经理念而不是咬文嚼字。

赢得的荣耀。

“假如基督教可以伸缩变通，能够与时俱进，我想，她就会延续。”科尼利厄斯说，“假如不能与时间演进的话——你或许不相信，前几天，我在书摊上花了 9 便士买了一本威廉·帕雷[①]的《基督教的证据》，最好的版本，宽边，保存得特别好，我当时想，照这样下去，基督教的日子一定不好过。”

“不，不！”另一个很生气地说，“这只说明了这样的防范是没必要的。人眼可以看见真理，无须毫不相干的佐助。再者，我们既然投身基督教，就一定要坚守她，无论是否。我目前快要读完爱德华·包法利·蒲赛[②]的《教父的图书馆》。”

“你会成为主教，约书亚，读完之前！”

“啊！”另一位感叹道，凄苦地摇了摇头，“也许我会——也许我会！可是我的神学博士或者法学博士呢？没有这类的加持怎么做主教？大主教蒂洛森是服装制造商索尔比的儿子，可是他被派去读了克莱尔大学。把牛津和剑桥作为母校来赞美，这与我无缘——与我们无缘！上帝呀！每当我想起我们本应该成为什么的时候——多么美好的前景都被那个该死的、无用的……给毁了——”

“嘘，嘘！……不过我也这么认为，跟你一样。最近我已经看得清清楚楚了。你本来早该拿上学位了——可能当上了大学教师——我也该按部就班地实现我的梦想。”

---

① 威廉·帕雷（1743—1805），英国神学家、哲学家，1794 年出版了《基督教的证据》，1802 年出版了《自然神学》。

② 爱德华·包法利·蒲赛（1800—1882），英国神学家，高教派，牛津运动的重要成员。1843 年因异端学说被迫离开了牛津大学传教士的岗位。

“别再说这个了，”另一位说，“我们应该尽量做好自己。”

他们伤心地透过布满尘土的一片玻璃向窗外望去，窗户太高了，只能看见高高的天空。渐渐地，挥之不去的烦恼又一次袭上心头，科尼利厄斯的一句耳语打破了沉寂：“他来找过我！”

约书亚脸上活跃的脉动僵死了，脸就像炉渣一样枯燥，顿时失去了生机。“什么时候的事？”他很快问道。

“上周。”

“这么远——他怎么来的？”

“坐火车来的。他来要钱。”

“啊！”

“他说他要来找你。”

约书亚无奈地做了答复。哥俩儿谈话的主题毁掉了那天下午的美好想法。晚上他回去了，科尼利厄斯陪他到车站，火车把他拉到了方涛神学院，他在火车上并没有像来时那样看书。难以除却的烦恼仍然像一个污点一样盘踞在他广阔的生活中。第二天他和其他学生一起坐在教堂的唱诗班，回想起那烦恼，教堂彩色玻璃投射到地板上的绚丽的紫色光影也黯然失色。

时至下午，教堂庭院一片死寂，好像礼拜日礼拜时间教堂的草地一样，只能听见乌鸦不停地聒噪。约书亚·海尔伯勒吃完了清淡的午饭，来到图书馆，在这儿站了一会儿，从大窗户看对面的绿色草坪。见一个男子缓缓地在草地上走过，这人穿着粗斜纹布的外衣，头戴一顶十分破旧而绒毛杂乱不堪的白帽子，胳膊上还挽着一个个头高大的吉卜赛女人，这女子带着长长的黄铜耳坠。那人打量着教堂西侧的门面，海尔伯勒认出了父亲的体型和特征。那女的是谁他不知道。约书亚刚刚反应过来，副主教，也是学院院长，从大门走出来，来到了穿过院子的一条小道上，这位年轻人对他比对主教本人更加尊重。那一对男女迎面碰上了这个尊贵的人物，使约书亚很荣耀的是，他的父亲转身向副主教打招呼。

他无法猜到他们之间说了什么。当他站在那儿，浑身冒着冷汗的时候，只见他父亲很熟悉地把手搭在了副主教的肩上，后者身体往后缩了回去，随即很快后退几步，以此表达了他此刻的感受。那女子似乎没说什么，当副主教走过了的时候，他们继续朝学院的大门走去。

海尔伯勒沿着走廊飞快地跑出了一个侧门，以便在他们到达前门之前可以把他们拦住，他们正朝前门移动。他在一丛月桂树后面撵上他们。

“我的天，这不是那小子吗！行啊，好家伙，约思，这种场合你连个音信都不给你老爸，连一点儿烟草都不寄，害得他走这么多英里的路来找你！”

“首先，这是谁呀？”约书亚·海尔伯勒口气冷冷地，很严肃地问，一边用手指着那个带着大耳环的高大健硕的女人。

“他妈的，这女人！你的继母！难道你不知道我结婚了？有天晚上，她从市场把我扶到了家，我们就商量好，达成一致。是不是啊，赛琳娜？”

“哦咦，上帝为证，千真万确我们是这样做的！”那女子小声说道。

“哎呀，你住的这是什么地方啊?”水车匠问道，“看着像教养院?”

约书亚听着，一脸茫然，显得很无奈。内心很厌恶的他打算问他们是否需要什么，比如吃饭什么的，结果被他父亲的话打断了：“嘿，我们来找你想叫你过去和我们一起在公鸡与瓶子客栈[①]吃百家饭，我们在那儿住了一晚，正好顺路拜访在彼尼格集市的女子的朋友，他们在那个集市打算在帐篷里待一两个晚上。至于‘公鸡’处的饭食我根本尝不出来，可是要说酒，他们有我多年来一直品尝的最名贵的老汤姆[②]。”

“谢谢，可我不能喝酒，我吃过午饭了，”约书亚回答道，他坚信他父亲的品酒能力，从他呼出的气中就能知道一切，“你知道我们得遵守这儿的规矩，眼下不能让人看见我在公鸡与瓶子客栈。”

“哦，他妈的，那就不用来了，尊敬的牧师阁下。也许你不介意给不屑被人看见的那些人请客哦?”

“丝毫不介意，”年轻人毫不含糊地说道，“你已经吃饱喝足了。”

“那我可真得谢谢你，顺便问一句，刚才我们遇见的那个腿像捻线杆、系着鞋带的牧师家伙是谁?他觉得我们要毒死他似的!”

约书亚冷冷地告诉他那是学院院长，然后谨慎地问道：“你告诉他来见谁了吗?”

父亲没有回答。他和他身材魁梧的吉卜赛老婆——如果是他老

---

① 客栈的英文为“Cock and Bottle”。

② 一种杜松子酒。

婆的话——没有再逗留，消失在大街的方向。约书亚·海尔伯勒回到了图书馆。尽管生性坚强，他还是对着书痛哭流泪，那天下午他远比那不受欢迎的水车匠更伤心。当天晚上，他坐下来给弟弟写了一封信，信中讲述了发生的事情，表露了父亲的吉卜赛妻子新添的耻辱，说明了攒够钱劝诱这对夫妇移民到加拿大的计划。“这是我们唯一的机会，”他解释说，“这事本身是很疯狂的。对于欲想获得轰动成功的画家、雕刻家、音乐家和作家来说，这并不是什么缺点，甚至有时反而会成为他们创作来自社会的弃儿和放荡人的极佳素材，可是对于一个英国国教牧师来说，科尼利厄斯，这就是致命的！要在教会成名，你必须在以下方面赢得人们的信任：第一，是个绅士；第二，是个有资产的人；第三，是个学者；第四，是个传教士；第五，可能是个基督徒——可是通常首先得是个绅士，需要全身心地投入。我是个名不见经传的机械师的儿子，我得面对这个事实，如果他是值得尊敬的体面的人的话，我也能把握住机会。基督教的本质是谦卑，在上帝的眷顾下，我本来可以厚着脸皮硬撑。可是这层与流浪汉及卑鄙下作之人的关系太可怕了！假如他不接受我的条件，拒绝离开英国的话，这将是我的灭顶之灾，会置我于死地。我们怎么生存，怎能放弃我们的高远志向，又怎么能让我们的姐妹罗莎屈就于一位吉卜赛后妈呢？”

## 3

一天，内罗伯尔尼教区沉浸在一片激动之中。教众刚刚结束早晨的礼拜走出了教堂，谈话的主题是新来的副牧师海尔伯勒先生，在牧师不在的情况下，他第一次公开主持礼拜。

就礼拜这等仪式，村民们的情绪从来没有高涨到可以用“激动”这个字眼来描述的地步。这个静静的老教区一个世纪来已成常规的嗡嗡声似乎终于告一段落了。他们相互像叠句一样重复经文：“哦，主啊，你是我的救世主！”人们记得，就在今天，除了在场的人的私下闲聊以及对本周新闻的总结，布道成了人们从教堂门口到院子大门之间谈论的话题。

他们的脑海中整天萦绕着新来者精彩的布道。这个教区擅长信仰无差别论（冷漠主义），来参加晨礼的小伙子、姑娘、中老年人一次次被海尔伯勒的讲道迷住了，他们或多或少委婉地表现出了他们的感受，哪怕是具有欺骗性的虚伪的微微一笑，这种全新的强烈感受使他们异常害羞。

40 年来，这些放荡的村民习惯了老牧师对他们的灵魂管控，听到新教派牧师的布道，十分激动，更令人好奇的是，海尔伯勒的布道对众多庄园主包括地主们都产生了影响。这些人自以为他们知道怎样才能不去理会这仅仅是耸人听闻的布道，怎样才能忽略牧师的夸夸其谈而捕捉布道的关键内容，然而如今他们竟然和其他会众一样，臣服于这个新手的魅力。

费尔默先生这个地主是个年轻的鳏夫，他的母亲仍在人生之盛年，在儿媳生孩子去世后回归到管理家族大宅的老位置上。儿媳生了一个身体很虚弱的小女孩儿。费尔默自从失去妻子到目前一直隐居，过着很消极的生活，没有目的，情绪比较低落。他很高兴协助母亲操持这个缺乏生机的家，主要负责管理不太大的庄园。今天早晨海尔伯勒布道时费尔默夫人坐在儿子旁边。她性情欢快，为人直爽，亲自负责营销及提供施舍事项，特别喜欢老式鲜花，常常在淫雨霏霏的日子在村子转悠，走访教区居民。内罗伯尔尼仅有的这两位有头有脸的人也和村民们一样，被约书亚的口才所折服。

几天前海尔伯勒刚到教区的时候就有人把他介绍给了费尔默母子。他们的兴趣被点燃了，等了一会儿，等到他从教堂的法衣室出来，和他一起沿着教堂小径走着。费尔默夫人热情赞扬了本次布道，提到了他的到来给教区带来的福气，她希望他已经找到了舒适的住处。

海尔伯勒有点儿害羞，告诉她他已经在一个农夫家找到了非常舒适宽敞的房子，还说了农夫的名字。

她担心他会觉得孤单，尤其是晚上，希望他们能经常见到他。问他何时能够跟她共进晚餐，那天能否方便——对他来说住在乡下的第一个礼拜日晚上一定很无聊。

海尔伯勒回答说，他非常乐意跟他们一起进餐，可是他恐怕得谢绝。“我根本不是一人，”他解释说，“我妹妹刚从布鲁塞尔回来，她与你们一样觉得我一个人很凄苦，已来这儿要陪我住上几天，一直到把我的房子收拾停当，一切安顿好才走。她太累，没来参加礼拜，现在正在农场等我呢。”

“哦，带上妹妹——那岂不更好！我很想认识她。但愿我早知道就好了！请一定转告她，我们真不知道她来了。”

海尔伯勒向费尔默夫人保证，他一定把信息转告她，可是至于她能否来，他不敢打保票。其实这事是他一手决定的，罗莎几乎完全忠实于他的想法。他没把握的是她的着装，因此决定那天晚上她不该草率进入庄园，这样会对她自己不利，等以后穿着得体配得上去的时候，也许还有好多机会再去。

他大步流星地走到了农场。此时此刻，这是他作为这地方副牧师的第一个上午的成果。一切进展如此顺利，他被授予牧师资格。他身处一个很舒适的教区，因教区牧师体弱多病，他几乎独自管理教区。他已经开了个好头儿，算是开门红，缺少学位绶带似乎也没为难他什么。另外，苦口婆心，几经劝导，再加上支付了可观的一笔钱后，父亲和那个皮肤黝黑的女人已经被船运往加拿大，在那儿他们几乎不会太影响他的志趣。

罗莎出来迎接他。“啊！你应该像一个乖巧的姑娘一样去参加礼拜。”他说。

“是的，以后我也希望去。可是我通常很讨厌教堂，在我心里连你的布道都看不上。这太糟糕了！”

说话如此随意的姑娘面容姣好，身材高挑，窈窕灵动，身穿平纹细布裙子，举止风骚随便，是英国姑娘从国外学过来的那种，几个月的本土生活就会将其涤荡殆尽。约书亚的举止正好与之相反，他非常严肃古板，过于顾虑世事而不曾丝毫放纵自己的情绪。他一本正经、口气果断地给她讲了费尔默家的邀请。

“说好了，罗莎，我们必须去——就这么定了——如果你有适合在难以预料的这种场合穿的裙子的话。当然了，你没有想到把晚礼服带到这样一个偏僻的地方吧？”

可是罗莎来自不合时宜的城市，在举止方面被弄得有些措手不及。“不，我想到了，”她说，“人怎能知晓可能发生什么。”

“好嘞！我们 7 点出发。”

夜晚渐渐来临，黄昏时他们出发了，罗莎用手撩起斗篷下的裙裾以免沾上露水，她的周身鼓起了一个大风袋，腋下夹着绸缎鞋。她想进了门道再换鞋，可是约书亚不许她这样，坚持让她在一棵树下换，这样他们进家时就看着好像不曾走过路似的。他非常在乎这样的细节，然而罗莎却把所谓的走路、穿衣、吃饭等所有这一系列的事情只当是一种消遣。对约书亚来说，这可是人生迈出的重要一步。

作为副牧师的妹妹，她的饭桌礼仪可谓更出乎意料。费尔默夫人的惊讶溢于言表。进屋前她曾盼望着一个多加、马大或罗达①，此刻脸上略过凄楚失望的神色。可以猜测，假如这位年轻姑娘陪伴哥哥来到教堂的话，就不会有今天在内罗伯尔尼庄园举办的晚宴。

可是她的儿子，年轻的鳏夫的感觉却大不一样。他像一个嗜睡者，夏日中午醒来，却希望才是黎明时分。他当着他们的面情不自禁地伸展双臂，打着哈欠，强烈地感觉到自己突然被一个不曾预见的东西所唤醒。当他们在饭桌旁就座的时候，他首先摆出一个地方统治者的神态跟罗莎说话，可是不曾认识的陌生女子很快引起了他的兴趣。这位来自布鲁塞尔的姑娘见他看着她的嘴、她的手、她的身段体型，好像他难以理解这都是怎样生就的，然后进入了一种奇

---

① 三者都是《圣经·新约》中的人物。多加（Dorcas）是一位热衷慈善事业的女性，在约帕（Joppa），她缝制衣服施舍贫民；马大（Martha）是马利亚和拉撒路的姐姐，曾服侍耶稣，是耶稣复活拉撒路的见证人；罗达（Rhoda）是马利亚家的使女。

妙无比、不可名状的心满意足的境界。

他说话不多，而她却十分健谈。尽管在这一带人们很敬畏他们，在她看来，费尔默一家人对她家人般的亲切使她感觉不到拘谨。这位乡绅沦落得消极被动，近一年来被生活的阴影笼罩着，直到今晚他才似乎记起了活在这人世间的意义。他的母亲起初还心生疑虑，此时似乎意识到应该尊重儿子自己的感受，开始把注意力转移到约书亚身上。

尽管他有先见又偏执于目的，晚宴的结果还是超出了海尔伯勒的期望。在编织他的远大抱负的同时，他曾把妹妹视为一个聪明的小姑娘，等着他凭借他的能力让人注意她，可是眼下他突然意识到她的身体天赋对他们的作用胜过他的聪明才智。当他耐心地挖掘地道的时候，罗莎似乎要飞越高山。

第二天，他写信给弟弟，兴奋地告诉他罗莎在庄园意想不到地首战告捷。弟弟目前住在神学院他原先住过的房间。接下来他收到弟弟的一封祝贺信，同时还有一个让他很失望的消息——他父亲不喜欢加拿大，吉卜赛老婆抛弃了他，他心情很郁闷，想要回国。

最近，约书亚·海尔伯勒成功的喜悦使他忘记了长期的烦恼，这烦恼最近也被距离遮蔽了。可是烦恼现在重新纠缠着他，他在简短通知中比弟弟预见了更多。它是一团巴掌大的乌云。

## 4

接下来的 12 月份，圣诞节前一两天，费尔默夫人和儿子在紧临庄园东面的宽宽的砾石铺成的小路上来回散步。到 11 点半时，天一直下着毛毛雨，他们才转身回去吃午饭。

“你看，亲爱的妈妈，”儿子说话了，“是我地位的特殊性才使她用那种渴望的眼神看我。当你考虑到当初我的脚是怎么开始跛的，我的生活是怎样被毁掉的，我很厌恶出头露面，我没有政治抱负，我主要的目的和希望就在于教育好安妮给我留下的小孩儿，你一定会发现我是多么渴望有一位像海尔伯勒小姐这样的妻子，她可以防止我成为一个毫无建树的平庸之人。”

“假如你喜欢她，我想你就应该得到她！”母亲巧妙委婉地回答道，“可是你得知道她不会和你一样满足于这里的生活，一门心思地去抚养你的孩子。”

“这正是我们之间看法上的差异所在。她没什么资质，就像你说的无名小卒，在我看来这正是她的长处。她无显赫亲戚，这会限制她的野心。据我对她的了解，能生活在这里是她的全部希望。假如需要她待在家里的话，她就不屑于跨出园子的大门。”

“阿尔伯特，你爱上了她而且愿意娶她，就想出实际理由叫人尊重你的选择。好吧，就按你的意思办，我不会压制你，因此干吗征求我的意见呢？毫无疑问，你打算此刻就去求婚。是不是，就现在？”

“绝不是这样。我只是心里反复琢磨这个想法。如果在以后的继续交往中，她的表现跟现在一样好的话——嗯，我会留意的。现在你承认喜欢她。”

“我乐意承认。她第一眼看着很有魅力。可是把她当作你孩子的继母！你似乎急于想撇开我！”

“根本不是。我并没有你想得那么草率。我不会仓促做出决定。可是我有了这个念头，当即就向你提起而已，妈妈。如果你不赞成，就直说。”

“我无话可说。如果你拿定了主意，我就会尽力做得最好。她什么时候来？”

“明天。”

这段时间副牧师家紧锣密鼓在做大的一系列准备，他已经是有房之主了。这年早先罗莎两次长达两三周待在这儿，她已经深深地打动了那位绅士。她又要来了，同时他的弟弟科尼利厄斯准备搞一次家庭派对。从中部地区出发的罗莎夜里晚些时候才能到，可是科尼利厄斯下午到，约书亚离开火车站步行走过田野去迎接他。

约书亚朴素的住宅里一切都准备停当，他出发了，平生第一次内心充满了喜悦和感激。他小有名气，弟弟的圣职前景看好，发展顺利得出人意料，即使手头还有更令人激动的事情，他也渴望和弟弟一起切磋经验。从小时候他就认定，在民风古朴的乡村地区，比起其他职业或追求，宗教不花什么代价就会赋予人一定高度的社会声誉，目前的事态似乎就在证明他观点的正确性。

走了约莫半个小时，他见科尼利厄斯沿着小道走了过来，几分钟后，兄弟俩迎面相遇了。科尼利厄斯的经验一向没有约书亚的经验那样让人瞬间产生兴趣，可是他的个人地位非常喜人。他展现出的抑郁寡欢的样态叫人难以描述，起先约书亚只当是过分勤奋后的疲惫，他接着谈到了罗莎晚上到的事情，以及这第三次来访很可能有的结果。“小子哎，下个复活节前，她就会成为他的妻子。”约书亚得意却不失庄重地说。

科尼利厄斯摇了摇头。“她来得太晚了！”他回复道。

“你什么意思？”

“看这儿。”他拿出了《方涛报》，指头指着其中一段，约书亚读了。看起来是即决法庭[①]做出的裁决，是一起普通违反治安行为的案子，其中男性当事人因打破镇上的玻璃被判坐牢 7 天。

“这又怎么样？”约书亚问道。

“有天晚上我正好在街上，这个违法的人是我们的父亲。”

“不会吧——怎么可能呢——我给了他许多钱让他发誓留在加拿大的呀？”

“他回国了，一切安好。”科尼利厄斯语气同样阴沉地提醒注意他的信息。他目击了现场，没被父亲发现，听他说他要去看他的女儿，她即将嫁给一位富有的绅士。这个不幸事件的有幸之处是水车匠的名字被打印成了约书亚·阿尔伯勒。

“功败垂成！我们将要在胜利的前夕功亏一篑！”哥哥说道，“他怎么猜到罗莎很可能要嫁人了？天哪！科尼利厄斯，你总是注定带来坏消息，难道不是吗？”

“确实，”科尼利厄斯说，“可怜的罗莎！”

几乎要哭了，他们很伤心，觉得很耻辱，兄弟俩走过了剩下的路，来到了约书亚的住处。傍晚，他们动身去接罗莎，用一个两轮轻便马车把她接到了村子。当她进屋准备和他们一起就座的时候，

① 小治安裁判法庭（Petty Sessions），或叫简易法庭。

她对此事尚不知情。看着她，他们几乎忘却了他们的隐痛。

第二天，费尔默一家人来了，此后两三天是一段很热闹的时间。毋庸置疑，乡绅为情所困，已下定决心。礼拜日，科尼利厄斯宣读主持礼拜仪式，约书亚布道。费尔默夫人对罗莎表现出母亲般的慈爱，看出来她已经做好决定，体面地欢迎这个必然的结果。这位漂亮的姑娘还要与这位女长辈度过一个下午，张罗过圣诞节期间在庄园为村民举办的庆祝活动。之后留下来吃晚饭，傍晚两位兄弟来接走她。他们也被邀请用餐，但因有事由他们没有接受。

这个事由是一件糟心见不得人的事。他们要去见他们的父亲——当天要从方涛监狱获释，他们打算劝服他不要到内罗伯尔尼。他们想尽办法要把他送回加拿大，送到中部地区他的老家——只求他不要坏了他们的计划，毁了他们姐妹的美好姻缘，此时这个婚姻正处在悬而未决的关键时刻。

罗莎一被庄园的朋友接走，兄弟俩没来得及吃饭喝茶就启程。水车匠但凡写信就写给科尼利厄斯，后者从衣服口袋里拿出那封简短唐突的让他们付出此行的信，边走边读。父亲前天晚上一被释放就发送了这封信，并明确申明写信时他已经出发，正在前往内罗伯尔尼的路上；没钱了，他得一路步行；第二天大约 6 点他估摸要经过位于两地中间的艾维尔镇，在那儿的城堡客栈他要小酌几杯，希望租一辆双驾马车或类似的车能在那儿接他，不至于让他像个流浪汉一样给他们丢脸。

“听起来好像他也考虑我们的身份。”科尼利厄斯说。

约书亚知道隐藏在父亲话中的讽刺，什么也没说。一大半路上，二人一直沉默不语。当他们来到艾维尔镇的时候，街上已是万家灯火，这里的街坊邻里不怎么认识科尼利厄斯，再者，他没有穿牧师服，因此，他决定他应该到城堡客栈打听一下。在门廊暗处有人给了他答复，他所描述的这个人在厨房吃了饭，在大约 15 分钟前离开了客栈。他喝了酒，情况比较糟糕。

科尼利厄斯带着消息来到外面见约书亚的时候，约书亚说："如此说来，我们一定遇见了他，错过了！我想起来了，我们确实碰到了一个走路摇摇晃晃的人，在亨德福德山那一面的树下，太黑没看清。"

他们迅速原路返回，可是往回走了好长一段路都没识别出一个人来。然而他们走了大约四分之三的路的时候，他们意识到前面有不规则的脚步声，隐约看到一个发白的人影。他们疑惑地跟了上去。那个人碰见了另一个赶路的人——在这偏僻的路上能够碰见的唯一的一个人——他们清楚地听到他在问去内罗伯尔尼的路。那个陌生人回答了他——千真万确——最近的路就是在第二座桥边的栅栏台阶处拐进去，然后沿着分叉穿过草地的小路走。

兄弟俩来到台阶，走到了那条小路，走过了两三块草地的时候才开始提起了烦恼的话题，透过眼前的树可以看见内罗伯尔尼庄园的灯光。他们的父亲没有继续走，靠着附近树篱潮湿的边沿坐了下来。看着他们的身影，他喊道："我要去内罗伯尔尼，你们是谁？"

他们走近他，告诉他他们的真实身份，提醒他在便签中亲自提议的计划，他们应该在艾维尔镇见面才是。

"真他妈的，我给忘了！"他说，"得，你们想要我怎么样？"口气分明像吵架的样子。

他们谈了好长时间，逐渐转入冷酷的话题。他们首先暗示他不要来村里。水车匠从口袋拿出内装一夸脱酒的酒瓶，挑衅他们，说如果有友好之意，自认为是男子汉的话，就应该喝酒。多年来兄弟俩都没有碰过酒，仅此一回还是喝的好，以免毫无意义地激怒他。

“里面装的是什么?”约书亚问。

“一点儿掺了水的杜松子酒。不会伤着你的。就用瓶子顶。”约书亚喝时，父亲用手抬起了瓶子的底部，害得他不由得咽下了足足一大口。酒一下肚，就像融化的铅一样。

“哈，哈，就要这个劲儿!”老海尔伯勒叫道，“这可是纯酒精——哈，哈!”

“可你为什么这样骗我!”约书亚说，尽管想努力保持冷静，最终还是没能控制住自己。

“因为你欺骗了我，小子，忽悠我，驱逐我到那该死的国家，还打着为我好的旗号。”

“你们这样糊弄我，这一对虚伪的家伙。想除掉我，你们得逞了——不折不扣。可是，他妈的，现在我跟你们是平手！我要毁了你们传教的灵魂。我的女儿要嫁给本地一位乡绅。我获悉了这个消息——我在报上见的。”

“还没说定呢——”

“我知道这是真的。我是她父亲，我要将她交给新郎，否则我就要大吵大闹讨个说法，我给你们说清楚！那儿是不是那位绅士住的地方?”

约书亚·海尔伯勒很苦涩无奈。费尔默本人尚未正面宣布，他的母亲还没有争取过来，父亲在郊区的出现注定会毁了曾经建造的美好的希望殿堂。水车匠起身了。“如果那就是那位乡绅的住处的话，我打算去拜访一下。托她的福气，刚从加拿地[①]到这儿——哈，哈！但愿没有给这位绅士带来伤害，对方也不要伤害我。不过我要摆正在这个家的位置，仰仗我的权利，灭别人的威风！”

“你已经赢了！你领的那个女人呢——”

“女人！她是我宪法一样合法的妻子——比在你未出生前的你母亲还合法一点儿！”

约书亚多年来听人小声嘀咕，他父亲当初刚认识他母亲的时候就诱骗了她，后来才做了结婚补救，但是以前从来没有从他父亲那里听到过。这是最要命的打击，他简直无法忍受。他身子往树篱后靠了一下。“完了！”他说，“他要毁了我们大家！”

水车匠继续往前走，得意地挥舞着拐杖，俩兄弟站着一动不动。他们可以看见他邋遢的身影沿着小路气愤却自豪地走着，头上照着内罗伯尔尼庄园阳光屋投过来的光。此刻屋内阿尔伯特·费尔默可能正和罗莎坐在一起，拉着她的手，求她共享他的家业。

那个踉踉跄跄的白褐色的身影继续向前晃动，成了此时美好光景的瑕疵，他的身影越来越小，突然消失在堤坝旁。水中响起了挣扎扭动的声音。

“他掉水里了！”科尼利厄斯说道，开始朝父亲掉下去的方向冲

① 加拿地（Canady）是加拿大的不规范读音，醉酒的海尔伯勒先生说话带着浓重的多塞特口音。

过去。

约书亚从发呆中清醒过来，在另一方还没跑出十步前，冲到了他的身旁。“停下，停下，你在想什么?”他声音嘶哑地小声说，一把抓住了科尼利厄斯的胳膊。

“把他拉出来!”

“是啊，是啊——我也这么想。可是——等一下——”

“可是，约书亚!”

“她的人生和幸福，你知道——科尼利厄斯——你的名声还有我的——我们出人头地的机会，一共三人——”

他使劲儿紧紧攥住弟弟的胳膊，当他们气喘吁吁地站着的时候，堤坝里的溅水声和挣扎声还在不停地响着，他们见上方从庄园阳光屋发出的希望之光透过秃枝来回摇晃的树在眨巴着眼睛。在他们的停顿中，本来有时间可以救他不止两回。

水中的挣扎声和溅水声渐渐变弱了，他们听到咯咯的声音:“救救我——我要淹死了! 萝茜——萝茜!”

“我们去——我们应该救他。哦约书亚!”

“是，是! 我们应该!”

他们还是没有动，只在等待，互相抱着对方，每个人都有着同样的想法。他们的脚沉重得像绑了铅袋一样，不听他们的意志使唤。草地上一片寂静。在这儿，他们想象着可以看见人影在阳光屋移动。那儿的空气似乎发出温柔的亲吻。

科尼利厄斯最终走上前，约书亚也几乎同时走了上去。两三分钟后，他们来到了小溪岸边。刚开始水里什么都没看见，虽然水不是很深，天色也不是很暗，如果父亲躺在河底的话，他浅色的凯斯米尔大衣是能看得见的。约书亚看看这边，又看看那边。

“他漂进了下面的水道。”他说。

堤坝步行桥下水流突然变窄，只有原来的一半宽，流过桶状的拱形水道或地下水道。这座桥是打草季节供车辆穿河进入草地而建的。时至涨水季节，水都涨到了水道顶部，时而涟漪拍打顶部发出咕咕的声响。就在这个位置，他看见了一个发白的物体溜了下去。一会儿就不见了。

他们来到较低的一端，可是什么都没出现。他们花了好长时间，试图在两端与水道里的人取得沟通，可是毫无效果。

“我们应该早点儿来！”良心发现的科尼利厄斯说。此时他们已是筋疲力尽，浑身冒汗。

“我想我们应该。”约书亚声音很沉重地说。他在河岸上发现了父亲的拐棍，迅速捡起来插进了莎草丛生的泥地。然后他们离开了。

“我们要不要说这个事故？”当他们来到约书亚家门口的时候，科尼利厄斯悄悄说。

“有什么用呢？毫无益处。我们必须等到他被人发现。”

他们进屋，换了衣服，然后朝着庄园走去，大约 10 分钟后，他们来到了庄园。除了他们的姐妹只有三个客人——附近的一个地主和他的妻子，还有一个体弱多病的老牧师。

尽管最近刚分开，罗莎还是激动地握住了他们的手，脸上洋溢着幸福的喜悦，好像好多年不见似的。“你们的脸色看起来很苍白。”她说。

兄弟们回答说他们走了很长的路，有些疲惫。屋里每个人似乎都有满肚子的趣闻：乡绅的邻居及其妻子很精明地看了看四周，费尔默本人殷勤备至几近兴奋地扮演着东道主的角色。11 点钟，他们走了，因为距离不远，路比较干爽，所以谢绝了主人家提供的马车。乡绅特地陪他们在黑夜里走了比平时礼节性的路长很多的一段路，稍微避开其他人，态度神秘地向罗莎道了声晚安。

走在路上的时候，约书亚极力装出很愉快的样子问：“罗莎，情况怎么样?”

“哦，我——”她开始支吾做答，激动得忍俊不禁，“他——”

“没关系——如果你不方便的话。”

她很激动，刚开始断断续续连话都说不连贯，她曾经带回来的老练的风度已荡然无存。镇定一下，她又说：“我没关系，没啥事儿。他只是想问我将来的一些事，我当时回答他没关系。他还没有问，要来和你商量。本来今晚要商量，我叫他别着急。我相信明天他一定来!”

## 5

时至 6 个月后的夏日，割草工和打草工在草地上干活。对面的庄园动不动就成为他们劳动时谈论的焦点，乡绅的所作所为，乡绅年轻的妻子、副牧师的妹妹——是此刻最令人羡慕的、最有趣的——也会受到干活人适当的苛责。

罗莎很幸福，可以说是女子最幸福的状态。她对父亲的厄运并不知情，有时纳闷——可能出于一种慰藉——他为什么没有从他加拿大的假定有的家写信给她。婚后不久，她的哥哥约书亚已被推荐到了一个小镇，科尼利厄斯随即继任内罗伯尔尼的副牧师职位。

兄弟俩一直焦虑地等待有人发现父亲的尸体，然而始终没有发现。他们每天都期盼着有男子或儿童从草地跑来汇报希望的消息，可是这个人始终没有出现。一天天过去了，日子累积，一周周、一月月逝去了，婚礼早就举办过了：约书亚敲钟，宣读誓约就任了新教区的牧师，从没有过关于水车匠的惊人消息。

可是现在，就在 6 月，人们割草地上的草，水道闸口得打开疏通水道，好让水流出水渠方便割草工干活。这时发现了尸体。有男子手拿长柄镰刀俯下身子，探视地下水道，见有东西缠在水道底部近期露出水面的水草上。一两天后，进行了验尸调查，可是尸体无法辨认。鱼和水浪不停地侵袭水车匠，再加上他也没有手表或其他能够辨别的标志性物品，最后做了无名人氏意外溺水身亡的裁定。

既然尸体是在内罗伯尔尼教区发现的，就应该在当地埋葬。科尼利厄斯写信给约书亚，请求他来宣读仪式，或派人过来，他本人不能做。约书亚没有派陌生人来，他本人亲自来了，默默地看了殡葬承办人递给他的验尸官的结论：

“我，亨利·贾尔斯，外威塞克斯中部地区的验尸官，这里宣布埋葬验尸陪审团验审的不明身份的成年男性尸体……”

约书亚·海尔伯勒按规定结束了仪式，然后到弟弟家会合。谁也没有接受到他们的姐妹家共进午餐的邀请，他们希望一起讨论教区事宜。尽管他们已经拜访过她了，不希望再次见她，下午她还是来了。她明亮的双眼、褐色的头发、小花帽、柠檬色的手套、面带羞涩的美带给公寓喜悦的光芒，让心情压抑的他们几乎难以招架。

“我忘了告诉你们，”她说，“我结婚前一两个月发生的一件奇怪的事——我想跟今天你们埋葬的这个可怜的人出的意外事故有关。那天晚上，我在庄园等你们来接我。我和阿尔伯特在冬天花园，我们悄悄地坐着，都没说话，这时我们好像听到了从草地传来的一个叫声。我们开了门，阿尔伯特跑去拿帽子的时候，把我一个人留在那儿，又叫了一声，我神情激动，感觉听到了我的名字。阿尔伯特回来的时候，一切静悄悄，没听到声音，我们断定那只是醉汉的叫声，并不是呼救声。我们两人都忘了此事，直到今天举行这个葬礼才想起来了，那或许就是这个陌生人的叫声。当然这个名字也有些蹊跷，可能他的妻子或女儿的名字正好跟我的一样，可怜的人儿！”

她走了之后，兄弟俩都沉默无语。后来科尼利厄斯说：“约书亚，此事得留心。迟早她会知道。”

“怎么知道？”

“我们中的一个。你想人心又不是铁打的保险柜，你想我们能永远保住这个秘密吗？”

“是的，我想有时就是。”约书亚说。

“不。会泄露的。我们还是告诉她。”

“什么，毁了她——杀了她？让她的孩子蒙羞，由于我们的缘故拆倒费尔默整个吉祥的宅子？不！如果我说出去，就让我淹死在他淹死的地方！绝不能说，绝不。科尼利厄斯，你也要同样发誓!”

科尼利厄斯似乎被人鼓了劲儿，没再说啥。自那以后他好长时间没有见到约书亚，当年年底费尔默家添了一个儿子——继承人。一周多的时间里，村民们每晚撞钟，费尔默先生的啤酒使他们喝得很快乐。当施洗礼的日子到来的时候，约书亚又一次走访内罗伯尔尼。

那天聚在一起的所有人中，牧师兄弟感觉最没兴致。他们的脑海中萦绕着一个穿凯斯米尔衣服的鬼魂。夜晚他们一起走在田野间。

“她过得不错，”约书亚说，“你老在这儿走路，科尼利厄斯，很有可能继续走到天黑，我能看出来。我，同样，过着卑微的生活——我到底是什么？……说实话，教会对人们来说只是一个可怜的没落的希望，特别是当人们的激情开始衰减的时候。外面社会改革者有更好的机会，因为那里他们不受教条和传统的束缚。拿我来说，我宁愿继续修磨坊，享受自由，过粗茶淡饭的生活。”

他们几乎不由自主地一起拐弯来到河岸，沿河走着，这会儿止住了脚步。他们站在他们非常熟悉的堤坝边沿。有闸口，有河道，透过清澈的水可以看见卵石河床；可以听到教堂的钟声，兴高采烈的村民仍在撞钟。

“嘿，看见了——我把他的拐棍就藏在那儿了！”约书亚说，往莎草方向看着。下一刻，在吹过来的微风中，就在那个位置什么东西闪了一下白光，引起了科尼利厄斯的注意。

从莎草处长出了一棵笔直的小白杨，小树苗的叶子闪动着白光。

“他的拐杖长高了!”约书亚又说道，“这是一根比较粗糙的——从树篱上砍的木棍，我记得。”

每当风吹过来，小树就变成白色，他们再也看不下去，走开了。

“每天晚上我都会看见他，”科尼利厄斯喃喃自语……“啊，我们小读一下我们的希伯来文吧，约思！‘耶稣……他因那摆在前面的喜乐，就轻看羞辱，忍受了十字架的苦难。’① ——轻看侮辱，忍受了十字架的苦难——这就是伟大所在！可是我现在经常觉得我愿在这个相同的地点结束这烦恼。”

“我自己也这么想。”约书亚说。

“有一天，我们很可能会。”他的弟弟默默地说。

“很可能。”约书亚心情低落地说。

日日夜夜，寂静无声的时候都要惦记那个意外事故，他们转身往家走去。

1888 年 12 月

① “Jesus... who for the joy that was set before him endured the cross, despising the shame.” (Hebrews 12：2)《新约·希伯来书》12—2：“他因那摆在前面的喜乐，就轻看羞辱，忍受了十字架的苦难。”此处喻指兄弟俩虽壮志已酬，沉重的负罪感却要伴其度过余生，这就是得失之间的哲学辩证。

# 为了安抚良心

## 1

无论是维护道德意义上的功利主义还是直觉理论，毫无疑问，总有那么几个思想敏感的人，对他们来说，某种补偿行为明明是彻头彻尾的无谓之举，却偏偏成为行动的诱因，然而，有必要而敦促行动之时，却常常滋生出听任不管的借口。密尔伯尔尼先生和弗兰克兰德夫人的情况尤其说明了这一点，也许更多。

当地十字路口的清道夫没几个熟悉的人，其中最熟悉的莫过于密尔伯尔尼先生，他每天来来回回穿行在熟悉而安静的伦敦大街。他住在伦敦大街 11 号，但不是房屋持有人。他年纪至少有 50 岁，习惯和那些同龄人一样富有规律，这些人有确保自己受雇于人的学问，然而自己却并无职业。他几乎总是一到街的尽头就右转，然后继续顺着邦德街来到他的俱乐部，大约 6 点钟沿着完全相同的路线步行回家；或者，如果去吃饭的话，晚一点儿坐出租车回家。大家都知道，他虽然不像很富有，但手里还是有点儿资产。作为一个单身汉，他宁愿租住在唐妮夫人最上等的出租屋里也不想拥有自己的房子，他以 10 倍以上的租金租用家具。

认识他的人都不想与之深交，或产生很深的友谊，因为他的举止怪里怪气，性情索然寡味，引不起人们的兴趣。他这个人既没什么心事，又没什么隐藏，也没什么表露。他说话很随意，从这点一般就能看出他出生在乡下，是威塞克斯某个地方的人，年轻时来到伦敦，在银行供职，晋升到负责人岗位，投资顺利的父亲去世后，他继承了一笔收入，这笔钱使他早早就退休，结束了职业生涯。

密尔伯尔尼已经有好几天不舒服了，有天晚上，晚饭后宾顿医生从紧邻的他自己开的诊所过来，和密尔伯尔尼一起围着火炉抽烟。病人没那么疼痛，不需要征求医生的治疗意见，因此，他们一起谈一些无关紧要的话题。

“我是个孤独的人，宾顿——一个孤独的人，”密尔伯尔尼见机说道，情绪阴郁地摇了摇头，“你不知道我这样的孤独……年龄越大，我对自己越发不满意。今天由于一件意外事件，我更是比平常受到一事的困扰。与生活中所有其他事情相比，它更让我不满，那就是对未曾实现的 20 年前的承诺的回忆。一般事情上我还算是个守信之人，就因为这个缘故，我曾经发过一誓，但没能信守。如今它在我的记忆中无限放大，尤其一天的这个时间。你懂得夜里由半睡半醒的感觉所带来的烦扰——好像门或窗户没有拴上，或者想起大白天有来信没有回复。就这样，那个承诺时不时地折磨我，今天尤其严重。”

谈话停了，他们继续抽烟。密尔伯尔尼眼睛盯着火，可是心思却凝聚在英格兰西部的一个镇。

“是啊，”他继续说，“虽然这些年因生活的忙碌和追求的压力，这个承诺被束之高阁，被深藏尘封，但我从来没有彻底忘记。如我所述，尤其今天，《法律报道》上的一件类似事件再一次使它活灵活现地回到了我的脑海。可是，不管我三言两语给你讲什么，毫无疑问，一个活在世上的人，听了我的故事后，你肯定会对我的‘面皮薄，不禁批’的个性付之一笑……我出生在外威塞克斯的图恩伯勒，21 岁那年来到大城市，离开前曾有一段浪漫回忆，在那个小镇赢得了和我年纪相当的女子的芳心。我答应要娶她，就因为这个承诺，我至今都是单身。”

“那个古老的故事。”

对方点了点头。

“我离开了那个地方，当时我认为我做了件聪明事，那么容易就摆脱了纠缠。可当我活得时间久了，那个承诺重新来烦扰我——说真的，不全是良心的刺痛谴责，也是作为一个有血有肉的人对自我的一种鄙视。假如我求你借给我 50 英镑，来年的仲夏应该还，可是我没还，我就会觉得自己是个下三烂，尤其是在你急需钱的情况下。我信誓旦旦地给那姑娘许下了诺言，然后却无情地食言了，好像这样做是聪明之举，而非卑鄙行为。为此这位可怜的受害者被一个孩子拖累，而我虽然给予了金钱上的资助，却没能真正得到惩罚……唉，这种报应似的烦恼使我总是翻起陈年旧怨。你或许不相信，尽管已过多年，一切皆成过眼云烟，她一定快变成老妇人了，我也将步入老年，诚然，这承诺仍常常在伤害我的自尊心。”

“哦，我能理解。一切取决于人的性格。这等事成千上万的人都会忘得一干二净，你也会，很可能，假如你结婚，有了家庭的话。她结过婚吗?”

“我想没有。哦是的——她根本没结婚。她离开图恩伯勒，之后在隔壁郡的艾克森伯里换了个名字，那儿谁也不认识她。我很少去那个地方，有一次路过艾克森伯里的时候，我得知她就常住那儿，是个音乐教师或类似的职业。两三年前我不经意间听到的就那么多。可是自从我们初次相识我再也没有见过她，就是遇见了，也认不出来。”

“孩子活着吗?”医生问道。

“当然活了几年，”朋友回答，“我不敢说现在还活着。是个小姑娘。过了这么多年，这会儿或许已经结婚了。”

“那位母亲——可是个体面的值得尊敬的女人?”

“哦是，是个理性、文静的姑娘，在一般人看来似有魅力又无魅力，也就一般般吧。在我们相识的时候，她的社会地位没我的高。我父亲是律师，我想我告诉过你。她是音乐作坊的小姑娘。很明显我娶她就是屈身俯就。后来结果也是如此。”

“好吧，我是说，20 年后你才想起要做补偿，很可能为时已晚。毫无疑问，到这时事情已经自然修补了。你最好打消这个念头，只当是你无法左右的一次作孽吧。当然了，如果母女俩都活着，或者一方活着的话，你可以赠予他们一些财产，如果你愿意，而且拿得出钱的话。”

“嗯，我拿不出多少，我的亲戚都过得紧巴巴的——或许比她们还拮据。但这不是关键。如果我很富有的话，我想我也无法用钱来纠正过去。我没有许诺要使她富有。相反，我告诉她我们二人很可能会贫困潦倒。可我的确承诺要娶她为妻。”

“那就去找她，兑现承诺吧。”医生起身离开时开玩笑地说。

“啊，宾顿。这当然只是个玩笑。可是我压根儿就没打算结婚，我很满意我目前的生活。我天生就是个单身汉，本性啊，习惯啊，一切都是。再者说了，尽管我还敬重她（因为她没有一丁点儿的错），可我连爱她的影子都没有，根本不爱她。在我心目中，她是你对其有好的评价而无兴趣的那种女人。纯粹抱着改邪归正的想法，我要去找她，打算完成这个心愿，但我并无兴致。”

“你没有认真考虑这个问题？”他的朋友惊讶地说。

“有时我想如果行得通的话，我也愿意去找，不过正如我说的，只是想找回一个正直人的感觉。”

“但愿此项计划你能有好运，”宾顿医生说，“你可以马上起身，把你的冲动付诸实际。可是，毕竟沉寂了 20 年了，我还是建议你不要莽撞。”

## 2

医生的建议被前面说的密尔伯尔尼严肃的情绪和原则意识抵消了，这情绪和原则常常近乎宗教情感，在他的胸膛已涌动了数月，甚至数年。

可是，此等感觉并没有立马生效，促使他采取行动。他不久治愈了头疼脑热的小恙，因一时冲动亲口把这种良心之事吐露给别人而感到懊恼。

可是这股促成冲动的力量虽然处于潜伏状态，却一直在他身上存在，最终日渐强大。结果在他得病及秘密公开后大约 4 个月，密尔伯尔尼在一个气候温和的春天的早晨，在帕丁顿火车站坐上了西去的列车。在孤独使其面对自己的人格的那些时刻，他时不时想起这个没能兑现的诺言，这些断断续续的想法最终促成了他的这次行动。

一两天前，在查看邮政地址通讯录的时候，他产生了这个决定性的动机。他发现他 20 年未曾谋面的那个女子仍然住在艾克森伯里，用的是离开他俩共同的故乡小镇一两年后取的名字。她从国外回来时，带着一个小孩儿，成了年轻寡妇，住进了原来那个城镇的寓所。她的情况显然发生了一些变化。女儿和她住在一起，她们的名字在通讯录上写作“莉奥诺拉·弗兰克兰德夫人和弗兰克兰德小姐，音乐舞蹈教师”。

密尔伯尔尼先生下午到达了艾克森伯里，甚至还没来得及把行李拿到镇上，他就去找那两位教师居住的房子。房子坐落在镇中心开阔地段，因此没费功夫就找到了，锃亮的黄铜门牌上显眼地写着她们的名字。仅知道这点儿信息，他犹豫再三，还是没有进去，最终在对面玩具店的上面暂居下来，弄到了一个起居室，它正好面对弗兰克兰德家的类似的起居室或客厅，那儿正在上舞蹈课。安置在这儿，他就能间接地、不被人怀疑地来打探并观察对面女士们的性格，这是他刻意为之。

他得知那位寡妇——弗兰克兰德夫人和她的独生女弗朗西斯在一起。她性情开朗，口碑很好，对待学生既精力充沛又细心专注。她招了许多学生，女儿帮她做课业辅导。她在镇上小有名气，虽然她的舞蹈在世人看来算不上什么大的营生，她确实是个思想严肃的女子，有教书的一技之长，也就不得已以此谋生。教书之余还帮助慈善销售，协助举办神圣音乐会，进行音乐朗诵资助海外殖民地的传教事业，以及这个开明国家的其他热情活动，以达到职业和信仰的平衡。她的女儿是复活节和圣诞节装点教堂的那群年轻妇女中最积极的一员，她是其中一个大殿的风琴师，预订了一个银汤盆的奖品，准备赠予尊敬的沃克先生，以表达对他的辛苦付出和尽职尽责的感激之情——6 个月来他一直在教堂担任副领唱并负责音准工作。总的来说，这对单纯的母女似乎是艾克森伯里上流社会中典型的一对。

作为一种简单自然的职业广告方式，她们让音乐室的窗户开了一点儿，好让人在日出与日落之间的任何时辰都能愉快地享受美妙的古典音乐片段带来的快乐，这些音乐是在那儿上音乐课的 12 或 14 岁的孩子演奏的。不过，据说弗兰克兰德夫人的主要收入是靠短期出租钢琴，或为制造商代售钢琴得来的。

这一信息使密尔伯尔尼很高兴，可信度很高，比他希望的好得多。他急于一睹过着如此无可挑剔的生活的两位女子的尊容。

他未久等就瞥见了莉奥诺拉。他到达后的那个早上，她站在自家门口的台阶上，打开了阳伞。她头发花白，身体消瘦，但不是面黄肌瘦，早年那些日子里有时吸引他的那张脸已换成了一张低调善良、历经沧桑、思绪万千的脸。她穿一身黑，成为寡妇身份的象征。接下来女儿出场了，她就是母亲的拷贝，不过皮肤光滑、身体圆润、神态坚定，如莉奥诺拉，步伐轻盈，让他依稀追忆起她那个年龄时他自己的走姿，他隐约发现了几分相似。

第一次他下定决心要拜访她们。可是首先他第二天早晨要给莉奥诺拉递个便条，表明他拜访的请求，提议晚上拜访，因为白天她一直忙工作，抽不开时间。他有意将便条写成那种无须回信的样子，因为这种回信可能写起来很别扭。

没有回信。很自然他本不该为此感到惊讶，然而他有种受挫的感觉，尽管她只是一番矜持，不想主动回复，本来信上没要求回复。

8 点钟，这是他擅自决定的时间，他穿过街，仆人很勉强地接待了他。弗兰克兰德夫人——她就这么叫自己——在二楼前面宽大的音乐—舞蹈室，并没有在他所希望的私人小客厅接待了他。这给他们多年后的第一次相遇染上了一些令人不快的正式的公务色彩。他曾经负心了的女子站在他面前，在他这个都市人的眼里，她都穿着考究，举止很有尊严感，甚至到了有点儿僵化的地步。她当然不高兴见他。可是冷落了 20 年后他还能奢望什么呢！

“你好，密尔伯尔尼先生。”她愉快地问，好像他是一个碰巧来访的人，“我只能在这儿接待你，因为楼下我女儿约了个朋友。”

“你的女儿——也是我的。”

“啊——是，是，”她仓促回答，好像别的已记不起来似的，“对我公平起见，或许说得越少越好。请你把我当成一个寡妇。”

“当然，莉奥诺拉……”他说不下去了，因为她的态度很冷漠。那种期望的悲伤的指责场面都看不到了，经岁月的沉淀而屈于一种微妙的场面。他只好开门见山，直奔主题。

“你很自由，无所牵挂，莉奥诺拉——我是说就婚姻而言。没有人领受过你的承诺，或者——”

“哦，是的，很自由，密尔伯尔尼先生。”她有些惊讶地说。

“那么我来告诉你我此行的原因。20 年前，我许下诺言要娶你为妻，我现在来是为了兑现这个承诺。愿上天原谅我的迟到！”

她越发吃惊，但没有慌乱。她的情绪好像变低落了，赶忙推辞：“在人生的这个阶段，我——恐怕不能动这样的心思了。”过了一会儿她说：“它会把事情搅得过于复杂。目前，我有像样的收入，不需要任何帮助。我没有结婚的打算……什么让你现在跑来凑这个热闹？要我说，这似乎有点儿太离谱了！”

“确实——我敢说的确如此，”密尔伯尔尼含糊其辞地回答，“我一定要告诉你冲动——我的意思是出于激情——与本行动没有关系。我想和你结婚，莉奥诺拉，我很想娶你。可这是关乎良心的事，兑现承诺的事。我给了你承诺，然后溜之大吉，很不光彩。我想在我有生之年抹去这种羞耻感。没问题，我们可以相爱如初的。”

她疑惑地摇了摇头：“我很感激你的想法，密尔伯尔尼先生，可是你也得考虑一下我的感受。你看，我本人没有结婚的想法，不想结婚，即使和你结婚可以安抚你的良心，也没有任何理由要改变我的现状。我在本镇受人尊敬，这是我用艰辛的努力换来的，简言之，我不希望改变它。我女儿也在订婚、准备结婚的节骨眼儿上。

这个青年一定会成为一个好丈夫，从各方面考虑都是比较理想的婚配。他这会儿就在楼下。”

“她可知道我的情况?”

“哦不，不。上帝不允许让她知道！对她来说，父亲死了，埋了。因此，你看，一切很顺利，我不想打扰他们的进展。”

他点了点头。“很好。”他说，起身要走。可是到门口却转身回来了。

“还有，莉奥诺拉，”他又劝说道，“我是专程来的，并没想到会造成什么麻烦。你不过就嫁给一个老朋友嘛。你考虑考虑？想想女儿，我们就应该结合，这是天经地义的事。”

她摇了摇头，紧张地跺着脚。

“好吧，我不强求，”他又说，“我也不打算离开艾克森伯里。你能允许我再见到你吗?”

“可以，我不介意。”她不情愿地回答。

他所遇到的障碍虽然没能唤醒他对莉奥诺拉早已沉寂的激情，但使他意识到只有抵挡她的冷漠态度才能让他心灵平静。他频繁拜访。与姑娘的第一次见面是一次试探性的考验，尽管他没觉得像他希望的那样被她吸引，她没有使他情绪激动。她母亲给她透露了“老朋友”的来访，她对此流露出十分的不情愿。他的希望都不投母女俩的胃口，很长一段时间密尔伯尔尼给弗兰克兰德夫人丝毫没能留下好感。他的殷勤没有给她们带来快乐，反而是一种干扰。他对她的坚定感到吃惊，仅当他暗示他们结合的伦理原因的时候她才有所动摇。“严格地说，”他会说，“我们作为诚实人，应该结婚，就这么个理儿，莉奥诺拉。”

“我也这么看，”她很快说，“一开始我真的被打动了。可我找不到这样做的动力。时隔多年，我真想不通为了荣誉现在我得嫁给你。你清楚我本来早就在合适的时间嫁给你了。现在补救有什么用呢？”

他们站在窗口。一位留着少许络腮胡，身穿牧师服的年轻人来到了楼下的门口。莉奥诺拉很有兴致地羞红了脸。

“他是谁？”密尔伯尔尼先生问。

“我的弗朗西斯的恋人。实在对不起——她不在家！啊！他们已经给他说了她在哪儿，他去找她了……希望无论如何这场追求会有好结果！”

“为什么不呢？”

哼，他无法结婚，弗朗西斯很少见他，他已经离开了艾克森伯里。他原先在这儿担职，现在是 50 英里开外的艾维尔镇圣约翰的副牧师。他们彼此之间有个心照不宣的约定，可是——就因为我们的职业，遭到他一些朋友的反对。不过，他看清了这些反对意见的荒唐，倒也没受什么影响。

“你我结婚就会有助于这场姻缘，如你所说，而不会阻挠它。”

“你觉得是这样？”

“当然会，因为可以让你完全摆脱这个职业。”

不经意地他找到了好歹打动她的办法，他也就顺水推舟。这个想法传到了弗兰克兰德夫人女儿的耳朵里，使她不再那么反对他。密尔伯尔尼放弃了艾克森伯里的住处，有规律地来回穿行，他最终使她改变了态度，勉强表示同意。

他们在最近的一个教堂结了婚，不管怎样，音乐舞蹈有关的那份善意最终将她的房产卖给了一个迫不及待想住进去的接手人，密尔伯尔尼夫妇决定住在伦敦。

## 3

密尔伯尔尼在其老地盘拥有房产，但不在老街上，密尔伯尔尼夫人和他们的女儿摇身一变成了伦敦人。因为恋人乐意变动，弗朗西斯对本次搬迁非常配合。这样他更方便从艾维尔镇走 100 英里到伦敦见她，还能经常顺便打理其他约定事项，比起往回反方向走 50 英里，在那儿除了应她所求陪伴她之外无事可干。这样他们就在伦敦住了下来，房子彻底装修一新，连阁楼都没落下，在西区一条小却时髦的街上。房子的前面部最近经烟囱清理工的修容，刮擦一新，呈现出亮丽的黄红色的砖，过路者见了为之惊讶，这些墙砖在厚厚的烟垢下尘封了 50 年之久。

由于缔结婚姻，两位女子的社会地位得到了明显的提升。可是，随着初次住在伦敦的欣喜和站在世界中心的荣耀感的消退，她们开始觉得伦敦的生活比在艾克森伯里的时候有些乏味，那小镇虽不起眼，但四分之三的人都认识，享受着互相点头问好的快乐。密尔伯尔尼先生没有责备妻子，他也不能责备。他早年对她的冷酷无情、尖酸刻薄以及岁月的流逝带来的不良影响或许在她内心不断滋长，尽管如此，他那种壮志已酬、自信重建的自豪感总是被抛掷到天平上她的那面，压倒了所有的反抗。住了大约一个月后，一家人决定到怀特岛上的一个水乡过一周，其间珀西瓦尔·科普牧师（前面所说的那个年轻的副牧师）会来看望他们，尤其是弗朗西斯。这对年轻人正式订婚的消息尚未宣布，不过很明显他们的相知最终只会以婚姻而告终，这至少对任何一方都不是伤心失望的事。弗朗西斯不是那种多愁善感的人。她的确属于专横的那类，说千道万，这位年轻的姑娘还没有实现父亲对她的期盼。可是，像任何一个父亲一样，他诚心希望她能幸福并为此而操劳。

科普先生被介绍给了家里的新当家的，和他们一起在岛上待了两三天。他来访的最后一天，他们决定坐出租的小潜艇冒险航行两小时。旅行潜艇还没走远，除了副牧师，大家都发现他们并不太适合在微风中航行。可是他好像喜欢这种经历，其他三人尽可能忍受不适，既没做出苦相，也没埋怨。后来这位年轻人观察到了他们不舒服，连忙下令调转船头驶向海岸。在返回海港的途中，他们面面相觑，沉默不语。

这种情况下，像熬夜、疲惫、心烦、恐惧，晕船会在脸上表现出明显症状，经常使个体表现出与其常态之间的巨大差异，突显能反映本质特性的外部表情。在这种时刻，熟知的脸上会显露出意想不到的面貌，那种样子常常伴着埋在坟墓的或被遗忘的祖先们的幽灵的显现。具有特殊或专有特征的家族样貌在正常情况下被千篇一律的表情和神态所掩盖，此刻却强烈地呈现在眼前。

弗朗西斯坐在她母亲的丈夫的身旁，对面是科普先生，在乏味的海上归途中自然得到副牧师的倍加呵护，刚开始露出善解人意的微笑。当中年父亲和他的孩子都面色灰暗的时候，弗朗西斯脸上漂亮的红晕凝结成了斑块，圆润的身型从他们熟悉的娴静之美变成基本轮廓的时候，科普逐渐被二人之间的相似所触动，这种相似只在不舒适时显露，惬意时不会共同表现出来。密尔伯尔尼先生和弗朗西斯在微恙的时候二人长相奇怪而惊人地相像。

这难以解释的事实深深地吸引了科普的注意力。他忘了冲弗朗西斯微笑，握着她的手，抵达海岸的时候，他像一个神情恍惚的人呆坐了良久。

在回家的路上，他们恢复了面色和身型，相似性渐渐消失了，弗朗西斯和密尔伯尔尼先生又一次被性别和年龄常见的差异所遮蔽。在海上旅行中，好像揭开了一层神秘的面纱，短暂地揭示出过去奇怪的童话剧。

晚上他很随意地对她说："你的继父是你母亲的表哥吗，亲爱的弗朗西斯?"

"哦，不是。"她说，"没有亲戚关系。他只是她的老朋友。你为什么会想出这样的事来?"

他没有解释，第二天早晨启程去操心艾维尔镇的事。

科普是个诚实的小伙儿，而且人也精明。回到艾维尔镇圣彼得街安静的家中，关于旅行中显现出来的情况，他很不愉快地思忖良久。它所讲述的故事足够清楚，第一次他的处境让他很不舒服。他在艾克森伯里遇见了作为教民的弗兰克兰德一家，被弗朗西斯吸引，一路稀里糊涂发展到订婚阶段，没有确定订婚的原因是自己尚不能结婚。弗兰克兰德家的过去显然有神秘故事，碰巧他尚未决定通过婚姻进到一个感觉神秘的家庭。因此，他坐着叹息，一方面舍不得失去弗朗西斯，另一方面天性不喜欢与那些其祖上经不起最严格的调查的人有瓜葛。

旧式的激情恋人绝不会计较这些而犹豫不前，但是科普，即使在教堂，他的情感还是严苛讲究——明显受了本世纪各种堕落风气的熏染。他有段时间没有写信，有意拖延，就因为受这种疑虑的困扰，提不起兴头。

同时，密尔伯尔尼一家回到伦敦，弗朗西斯越来越焦虑。和母亲谈起科普时，她天真而委婉地提到了科普的好奇问题——她母亲和她继父之间是否存在表兄妹关系。密尔伯尔尼夫人让她再说一遍，弗朗西斯重复了她的话，同时用打探的目光观察她的长辈的反应，结果很明显。

“这到底是怎么回事，他怎么会问这么令人震惊的问题？”弗朗西斯问道，“这会不会跟他不给我回信有关系？”

她母亲往后退缩了，但没有告诉她，弗朗西斯现在也开始产生了疑心。那天晚上她碰巧站在父母亲房间的外面，第一次听到他们激烈争吵的声音。不和谐的苹果的确降临到密尔伯尔尼家了。房间里的景况是这样的，密尔伯尔尼夫人站在梳妆台前，望着坐在紧邻的梳妆室的丈夫，他两眼盯着地板。

“你为什么第二次来打扰我的生活？”她很严厉地质问，“你为什么因你的良心来纠缠我，迫使我为了摆脱你的胡搅蛮缠接受了你？弗朗西斯和我过得很好，我平生唯一的愿望就是她能嫁给那个优秀青年。现在倒好，这婚事被你的无情骚扰给搅黄了！你为什么又一次出现在我的世界，引起这种丑闻，来毁坏我好不容易挣来的荣誉——无人知道的，通过多年辛苦劳作才换来的荣誉！”说完她低头把脸搁在桌子上动情地放声哭了起来。

密尔伯尔尼先生没有吱声。弗朗西斯几乎整夜不合一眼，第二天早晨吃早饭的时候还是没有收到科普先生的来信，她请求她母亲到艾维尔镇去看看这个年轻人是否生病了。

密尔伯尔尼夫人去了，当天就回来了。弗朗西斯焦急憔悴，到火车站接她。

他可大安？尽管他没病，是否大安，母亲也说不上。

她终究悟出了一个道理，当一个男人想拒人于千里之外的时候你去找他，这就是个错误。坐着出租车和母亲一起回家的途中，弗朗西斯再三要求知道那个直接让她的情人离她而去的秘密。至于那天在艾维尔镇和他见面时说的原话，无法从密尔伯尔尼夫人的口中原本套出，但是她至少承认，科普和弗朗西斯关系疏远基本上归咎于密尔伯尔尼先生来找她并且和她结婚。

“他为什么来寻找你？你又为什么非得嫁给他？”悲伤的姑娘问道。所有的证据在她敏锐的头脑中拼接完整了，她的脸渐渐涨红，她问母亲，他们指的是否确有此事。母亲承认了。

年轻女子的脸因屈辱而涨红，继而又因羞辱而涨红。像科普先生那样谨小慎微的牧师情郎，在发现她不寻常的出生的时候，怎么能求她做他的妻子呢？绝望的她默默地用手蒙住了双眼。

密尔伯尔尼先生在场的情况下，她们起先压抑了她们的痛苦。可是她们渐渐地被情绪所左右，饭后当他躺在椅子上睡着的时候，密尔伯尔尼夫人的怒火终于爆发了。凄楚的弗朗西斯也向着母亲一起奚落这个像幽灵一样闯进她们预设的许门①婚宴的男人，责怪他将她们美好的前景变成了惨痛的失败。

“妈妈，你怎么这么懦弱，竟然引狼入室——很明显他是你的灾星——时隔这么久，更何况还接受他做你的丈夫？如果你早告诉我，我还可以好好给你参谋一下！不过我想，尽管我很悲惨，即使他已经永远毁了我的人生，我也没有权利指责他！”

“弗朗西斯，我确实隐瞒了信息，他这样的人对我来说是个十足的诅咒，我早就看出跟他没必要再啰嗦什么了！可是，他就是不听劝，他一直说什么他的良心我的良心的，最后我糊涂了，就答应了他！……把我们从一个宁静的小镇带出来，在那儿我们受人尊敬，也有许多熟人——这是一件多么糟糕透顶欠考虑的事啊！哦，那些日子我们多么知足啊！我们有我们的社交圈，人们门当户对，相互没有过高的奢望期盼。在这里，社会给予的越多，越不值得追求。他说伦敦社会那么光明美妙，堪称一个新世界。对于伦敦人或许如此，可对我们两个孤独的女子，那又算什么呢？在我们眼里，那只是过眼云烟！……哦傻子，我当初就是个傻子！”

密尔伯尔尼此刻睡得没那么实，他听见了这些几乎是诅咒的谩骂，还有更多类似的责难。家里没有祥和可言，他又去了俱乐部——自从和莉奥诺拉结合以来，人们很少在这儿见到过他。家庭矛盾的阴影使他在这儿也觉得不舒服，他无法像以前一样手拿晚报踏实地坐在最喜欢的椅子上，享受着独身主义者的那份惬意，感觉

---

① 希腊神话中的婚姻之神。

他在哪儿，哪儿就是他的世界中心。现在他的世界成了椭圆，有两个中心，而他的只是次要的。

艾维尔镇的那位年轻的副牧师仍然躲闪不前，态度捉摸不透，吊着弗朗西斯的胃口。显然他是在观望事态。密尔伯尔尼几乎默默地忍受了妻子和女儿的奚落，可是渐渐地他开始沉思，好像在考虑新主意。说什么最终毁了她们生活的尖刻的叫骂声很激烈，终于有一天，密尔伯尔尼很冷静地提出要搬回到乡村，没必要到艾克森伯里，如果他们愿意住进有点儿老旧的庄园主宅第的话，他发现有房出租，离科普先生住的艾维尔镇一英里。

母女很吃惊，尽管她们把他看成是带来瘟疫的人，她们还是乐意接受这个计划。“虽然我想，”密尔伯尔尼夫人对他说，“科普先生直截了当地问你过去的事的话，你逼得没办法就会告诉他，这下就全完了，会粉碎我对弗朗西斯的一切希望。她一天天地越来越像你了，尤其是发脾气的时候。人们会看见你们在一起，注意到这个，那时真不知道会出什么事！”

“我想他们不会看见我们在一起。”他辩解说。可是当她一再坚持的时候，他没有跟她争吵。搬家的事最终定了，要住进镇上的房子去，又有搬家具的人和小货车的打扰，乱糟糟的，直到卸了所有能搬的东西，打发走了佣人，才消停下来。在这期间，他把妻子和女儿安置到了旅馆，亲自跑了两三趟到艾维尔镇监督新房的再次安装和地面改善。一切办完后，他回到镇上和她们碰面。

房子收拾停当，可以接她们入住，于是他告诉她们，就剩下那点儿路了。他陪她们和她们的个人行李来到火车站，说还得在镇上做短暂逗留，需要和律师处理一些事务。她们走了，有些疑虑和不满意，只因深爱的科普还没任何迹象。

“假如我们独自住在这里的话，”密尔伯尔尼夫人在火车上对女儿说，“就不会存在贸然暴露真相的事情了！但是就顺其自然吧！”

房子坐落在一片榆树林中一个可爱的小地方，她们非常喜欢。成为新住户后，科普先生是第一个拜访她们的人。发现她们离他这么近，过得这么高档优雅，他很高兴（尽管他没有说出来）。可是，他还没有恢复恋人的身份。

“你父亲毁掉了一切！”密尔伯尔尼夫人喃喃自语。

可是 3 天后，她收到了丈夫的来信，这丝毫没有使她惊讶。信是从布伦[①]写来的。

信一开始就长篇大论，说明他如何处置他的财产，自从他们分手他一直在忙于这事。这件事情的关键内容是密尔伯尔尼夫人发现自己成了一个太太，拥有以个人不动产形式存在的一笔钱，这钱能让她过上舒服的生活。弗朗西斯获得了一大笔钱的生活利息，如果将来她有孩子的话，本金将归她的孩子所有。信的其余部分如下：

我懂得有些没尽的责任不能用迟来的补救来遮盖。我们罪恶的行为不是被隔离在过去，只等时机来抹去。像移动的植物，它们会延伸，重新生根，直到毁掉最初的茎都无法杀死它们。我找你犯了大错，我承认，这种情况下，无论采用什么样

① 布伦（Boulogne），法国北部海港，与英国海港多佛（Dover）有直接的海上渡轮航线。

的措施，也不该是结婚，你我最好再也不要见面。你最好不要找我，你也找不到我。我给你留下了足够的钱供你生活，我们再次见面只有害而无益。

F. M.

简而言之，密尔伯尔尼从那天起继续玩起了消失。可是一次搜寻调查显示，密尔伯尔尼一家到艾维尔镇后不久，一位英国人——没有用密尔伯尔尼的名字——住在布鲁塞尔，假如碰到的话，密尔伯尔尼夫人会认出这个男子。在接下来的夏天的一个下午，这位绅士在浏览英语报纸的时候，他看见了弗朗西斯小姐结婚的公告。她成了尊敬的科普夫人。

"感谢上帝!"绅士说道。

金钱的满足远不是幸福。他曾经被坏良心压抑着，现在同样承受着曾压迫安提戈涅[①]的沉重的精神负担。他奉行高尚的习规，换来的却是不体面的放纵。偶尔他的仆人得从他经常光顾的俱乐部搀扶他回寓所，只因他过量饮酒而不能自理。可是他不会伤害别人，即使一直喝酒，也少言寡语。

1891 年 3 月

① 古希腊悲剧作家索福克勒斯著名悲剧《俄狄浦斯王》中俄狄浦斯和其母伊俄卡斯忒的女儿，因违背克瑞翁的旨意，为了躲避惩罚而自杀。

# 里尔舞会上的小提琴手

“说起博览会，世界博览会，诸如此类的东西，”那位老绅士说，“哪怕拐过街角就能看，我也懒得看现在举办的那些玩意儿。我印象很深，将永生不忘的，并且让我浮想联翩的唯一的博览会，是这类博览会的第一回，堪称所有博览会之母，现在来说属于往昔的玩意儿——1851 年在伦敦海德公园举办的万国工业博览会。年轻的一代无法想象当年它给正值盛年的我们带来的新奇感。为了纪念这个非凡的时刻，一个具有实在意义的名词居然演化成了形容词。当时有如此的表达，如‘博览会’帽子、‘博览会’剃须刀、‘博览会’手表。不仅如此，甚至还有‘博览会’天气、‘博览会’心情、‘博览会’情人、‘博览会’婴儿、‘博览会’妻子。”

“在南威塞克斯，那年很多方面都形成了时间界线或过渡分水岭，出现了堪称时间断崖的现象。由于地理位置的‘过错’，呈现在我们面前的是古代与现代的直接碰撞，这很可能是自诺曼征服①以来绝无仅有的年份这个乡村地区发生的事情。”

这些言论让我们继续谈论不同的人物，这些人优雅朴实，在那

① 1066 年的诺曼征服。

个年代居住并穿行于我们那个狭窄、平缓的地带。这里尤其有三个人，他们那点儿不寻常的过往奇怪地在某些节点与万国博览会联系在了一起，他们比生活在斯蒂克福、梅尔斯托克、艾格顿这类世界偏僻犄角旮旯的其他任何人与博览会产生了更密切的联系。这三个中最有名的要数沃特·奥勒默尔——如果那是他真名的话——我们这个阶层的长辈对他非常熟悉。

他善于博得女人的喜欢，人们说——他非常受女人青睐——俊朗的外表掩盖了他包藏的祸心。他对男人就没有什么魅力，有时甚至还会受到排斥。他是个音乐家、花花公子，实际上他是个万金油，理论上讲是个兽医，谁也不清楚他的正经职业是什么，他在梅尔斯托克村租住了一段时间。谁也不知道他是哪儿人，有些人说他在附近第一次出现是在格林山羊集展演中担任小提琴手。

村子里许多有头有脸的人都艳羡他征服老实单纯的姑娘的本事——一种有时似乎有那么点儿神奇魔法的能力。虽然他没英国绅士风度，但他人本性并不坏。他的皮肤是深橄榄色，乌黑的头发散发着一股怪味儿，非常油腻湿滑——悄悄抹了油膏后越发显得黏糊糊的，这使得他在初到舞会的时候闻起来有股灯油里浸泡过的“小伙挚爱”（青蒿）的气味。有时他戴着有卷的假发——双排的——几乎水平披在头上。但是有时卷发很明显不在的时候，人们就断定这些根本不是自来卷的。一些对他由爱生恨的姑娘给他取了个绰号叫“拖布”，就因为他浓密的头发长长地披在肩上。时间久了，知道这绰号的人越来越多了。

他的小提琴可能跟他拉琴时的着迷劲儿有很大关系，说句公道话，这股劲儿本身自成风格，彰显个性，就像巡游的传教士所具有的那种。其中的音调即刻让人深信，拖布没能成为帕格尼尼[①]第二的原因完全在于懒惰成性，没能勤学苦练，没有下足功夫。

演奏过程中他自始至终闭着眼睛，不看乐谱，就这样，由着小提琴肆意滑动，奏出乡下人听过的最朴实的音乐。在那种祈求式的表达中似乎有一种言语诉说，能让一个门柱内心深感疼痛。他能让教区里的每个对音乐敏感的孩子在几分钟内激动得痛哭流涕，仅演奏他最拿手的古老舞曲——上个世纪的乡村吉格舞曲、里尔舞曲、醉人的快步舞曲——这些舞曲的精髓还残留在新方阵舞和加洛普舞曲中，只有那些具有好奇心的或为数不多的老派的人能识别出来，像沃特·奥勒默尔在他们年轻的时候受到这种舞曲的熏染。

他的时代比老梅尔斯托克唱诗班乐队稍微晚一点儿，这个乐队包括杜威一家、麦尔还有其他人——事实上，他在那些有名的乐师退出乐队成为教会公职人员之后才逐渐站稳了脚跟。他们对于音乐一片赤诚，看不起新人的音乐风格。西奥菲勒斯·杜威（车户鲁本的弟弟）常说新式音乐尽是轻浮炫耀，全无“沉稳执着”可言，又毫无虔诚之意——纯粹是迷惑人心。这很可能是对的。不管怎么说，很显然拖布有生以来从来不演奏教堂音乐，他平生从来不上教堂，从来不曾坐在梅尔斯托克教堂唱诗班的演出廊台上，在那儿其他乐师曾无数次演奏崇敬的赞美诗。他的全部曲目都是魔鬼的旋律。“在他当演之年，他演奏不了沃尔德第一百首，也演奏不了铜制蛇形管。”车户常说。（铜制蛇形管在梅尔斯托克被认定为特别难

---

① 帕格尼尼（1782—1840），意大利著名作曲家、浪漫派音乐家、小提琴演奏家。

吹奏的乐器。)

有时拖布对成年人的灵魂也会产生前面所说的迷惑效果，尤其是对生性脆弱敏感又简单淳朴的年轻妇女。卡琳·艾斯彭特就是这样一位。在遇见他之前，她已经订婚快要结婚了。卡琳是那些妇女中受拖布奥勒默尔的迷魂偷心曲影响最大的一位，她感到很不舒服，而且还心痛，最终受伤。她是一个漂亮的、意志薄弱的、不善言辞的姑娘，她作为同性伙伴最大的缺点是动不动就发牢骚。这段时间，她不是拖布租住的梅尔斯托克教区的住户，而是住在沿河下游好几英里外的斯蒂福德。

人们确实不知道她是何时何地第一次认识他的，可是故事说的是，在一个春天的夜晚，他们要么开始认识，要么友情有了发展。当时她正经过下梅尔斯托克，碰巧在他家附近的桥上稍作休息，身体懒洋洋地靠在防护栏杆上。拖布习惯性地坐在他家门口的台阶上，为了愉悦过路人，从小提琴的E弦阴险地拨动出三十二分音符和六十四分音符，当围在他周围的小孩子脸颊上滚下热泪的时候，他却哈哈大笑。他知道卡琳假装专注于拱门下的河水涟漪，实际上，她在听音乐。一时间一阵疼痛袭上心头，同时一种狂野的欲望在无限舞动的迷雾中轻快地滑翔。为了摆脱痴迷，她决心继续赶路，可是她必须在他演奏的过程中从他身边经过。她向前方的拉琴人偷看了一眼，使她慰藉的是，她发现他闭着眼睛，放弃了提琴，她这才大胆地大步继续前行。可是，当她靠近他时，她的脚步就开始谨慎起来，脚步和着音乐的节拍越发扭动不止，最后几乎一路跳将起来。就要到他对面的时候，她又瞥了他一眼，她发现他睁着一只眼睛，一边窥视她，一边对她动情的样子微笑。她无法控制自己的走姿，情不自禁地雀跃，经过他家后一直持续了好长一段路程，卡琳好几个小时无法摆脱那种奇怪的着迷状态。

那天之后，无论附近何时有舞会，如果拖布奥勒默尔演奏，只要卡琳收到邀请，她都会设法出席，哪怕有时得走几英里。相对而言，他在斯蒂福德演奏的次数比起别的地方要少。

其他能证实他对她的魔力的现象听起来甚是奇异，需要神经学家来做充分解释。她家位于斯蒂福德村街道的中央地段，这里是下梅尔斯托克和东 5 英里的默尔福德之间的公路，她父亲是教区牧师，每晚天黑后她都在家安安静静地坐着。在这里，没有一刻的先兆，就在父亲、姐姐及前面提到的小伙子之间平常的聊天中，她好像突然受了惊吓，会从壁炉角的座位上一跃而起，朝天花板往上蹦，然后放声大哭起来，半个小时后才像往常一样平静下来。当时这个小伙子不知道她的魔怔，还痴心地追求她。父亲知道她歇斯底里的毛病，一直格外担心小女儿的这种病症，生怕这是癫痫病发作的一种症状。姐姐朱丽叶却不这么想。朱丽叶搞清楚了其中的原因。每当跳之前，贴着壁炉角落的格外敏感的耳朵才有可能听到顺着烟道传来的外面沿着公路走动的男人的脚步声。卡琳不由自主地弹起的根源就在她一直等候的脚步声里。这个行路人正是拖布奥勒默尔，这个姑娘对他很熟悉。可他不是来看她的，而是来找另一个女子的，那是他心仪的女子，住在离卡琳姑娘家两英里外的莫福德。有一次，仅有一次，卡琳没有控制住言语，此时她的姐姐正好在场。“哦——哦——哦——!”她哭喊，“他去找她，没有来找我!”

说句公道话，他刚开始根本没有多想，也没有怎么跟这位生性敏感的姑娘说过话。可是不久他发现了她的秘密，忍不住顺势撩拨戏耍她那颗极易受伤的心，算是他在莫福德恋爱中的一段插曲。两人混得很熟，但是偷偷地，比较隐蔽，除了她姐姐和她的情人内德·黑普克罗夫特，斯蒂福德村几乎再无人知道他们在交往。她父亲不赞成她冷落内德，姐姐也持同样的观点，希望她能克制自己，不要神经质似的痴情于这位不知底细的男子。最终，卡琳的这位有男人气概的质朴的追求者爱德华[①]认识到，他的求爱实际上已经毫无希望。他是个体面的机械师，地位远远高于名义上是马兽医的拖布。在离开她之前，他直爽地问她最后的问题，问她是否愿意嫁给他，当时当地，眼下还是永远不会，当然他几乎没有希望能得到肯定的答复。虽然她父亲支持他，姐姐也支持他，但他没有和拖布一样把小提琴拉得像蜘蛛线一样勾魂摄魄的能力，他感觉自己像旋花一样疲软，渴望有东西依靠。的确，黑普克罗夫特对音乐没有丝毫的天赋，没唱两首曲子就跑调儿，更别提演奏了。

如内德所料，从她口里得到的那个“不”字还是促使他开启了新的生活，尽管早有这个预兆催促他另拿主意。他用那样悲伤的恳求语气告诉她，他决心不再折磨她了，她再也不会因远远地在街道或巷道看见他的身影而痛苦。他离开了那个地方，直奔伦敦。

通往南威塞克斯的铁路正在修建中，还没有开放运营，黑普克罗夫特像许多有恒心的前辈那样整整走了 6 天才到了都城。他是吃

① 内德（Ned）是爱德华（Edward）的昵称。

苦耐劳的老一辈工匠阶层中的最后一个，用那种早就过时的旅行方式走到那个大型劳务中心，在早到无法记忆的那个年代这可是司空见惯的。

在伦敦，他干着他的老本行，循规蹈矩地过日子。他比许多人更幸运，他毫无私心，任劳任怨，所以从一开始就很受人欢迎。接下来的 4 年中他一直有活儿干，从没有失业。在现代观念上，他既不超前也不落伍。作为工匠，他的技艺有了提升，可是社会地位却丝毫没有改变。关于他与卡琳的爱情，他始终保持缄默冷峻。毫无疑问，他常常会想起她，可是一直工作缠身，没有闲暇；再者，在斯蒂福德也没有亲戚，他跟故乡那块儿地方没有什么往来联系，也没有回去的念头。安静地居住在兰贝斯的他，劳动之余到周围闲转。他有着女人般的天赋，自己做饭，打理长筒袜后跟，逐渐把自己塑造成终身不娶的单身汉。就因为这个行为，有人一定会亮出那个经典理由：时间无法抹去他心中的小卡琳·艾斯彭特的形象。这也可能不完全正确，或许另有解释：他天性无须异性服侍就可以活得很舒适。

他在伦敦做机械师的第四年正赶上已经提到过的那年的海德公园博览会，为了建造巨大的玻璃大厦这个史无前例的壮举，他每天都在辛勤劳作。这是国家和企业充满希望和真抓实干的年代。虽然黑普克罗夫特以自己卑微的方式成为这次运动的中心人物，但他像往常一样平静地艰难前行。然而那年他注定要有惊喜，为开幕式建造玻璃大厦的那份嘈杂忙碌刚结束，世人见证了开幕式盛况，人们从地球的四面八方涌到这里，这时他收到了卡琳的一封来信。就在这天，他与斯蒂福德之间四年的沉默被打破了。

看得出她用颤抖的手写了这份字迹歪歪扭扭的信，她告诉他的老情人，她费了好大周折才弄清楚他的地址，然后介入迫使她写信的主题。她极尽温柔地说，4 年前她竟然拒绝了他，她很愚蠢，她头脑发昏，她的固执倔强给她带来了多少次的悲伤，尤其是后期。至于奥勒默尔先生，他几乎和内德同时消失了，现在哪儿无从知晓。假如内德再次向她求婚的话，她愿意高高兴兴地嫁给他，一辈子做个温顺的小妻子。

我们可以从中判断，收到消息，内德·黑普克罗夫特一定感觉到一股暖流在周身涌动。毫无疑问，他还爱着她，即使不排除其他别的快乐，从他的旧情人卡琳那里收到消息，本身就是一件令人愉快的事，对他来说已死去多年的她又像当初一样复活了。内德早已认命，满足于孤独的命运，对此他不大可能表现出太多的欣喜。不过，最初的惊喜过后，思索后产生的一阵激动表明，她对他表露的衷心深深地打动了他。经过权衡，作为一种策略，当天他没有回信，第二天也没回，第三天也没回。他在做认真思考。当他确定回信的时候，口气温和，恰到好处，其中夹杂着大量严谨缜密的推理，这种温和本身足以表示他对她的直爽和坦诚很满意，她曾经在他心中占有的那份地位是可以恢复的，虽然还算不上持续稳固。

他告诉她——当他写信的时候，面对夹杂在句子中的逗趣调侃的那几个词时，他的嘴唇都在幽默地抽搐——还告诉她白天这个时间她都可以过来找他。他需要的时候，她干吗不去找他呀？很明确，她已经打听到他还没有娶妻，可是假如后来他看上别人了怎么办？她应该请求他的原谅。他仍然是那个惦念她的人。可是考虑到当初那么玩弄他，让人家那么痛苦，她不能指望他到斯蒂福德来接她。可是如果她来找他，向他道歉，还是比较妥当。知道了她内心深处是个乖巧的小妇人的话，嘿，是的，他会娶她。他又说，比起他第一次离开斯蒂福德，或者几个月前，这次他请她过来比较方便，因为万国博览会的缘故，通往南威塞克斯的叫巡游车的新铁路线现在开通了，因此她此行一个人来比较轻松。

她在回信中说，他太善良了，在她对他态度忽冷忽热后，还如此大度地对待她。尽管她担心旅途遥远，从来没坐过火车，仅从远处见火车经过，她还是真心欣然接受了他的邀请。她说她确实对不住他，请求他的原谅，她争取永远做一个好妻子，弥补损失的岁月。

接下来的时间和地点都详细地做了安排。卡琳告诉他，怎样在人群中认出她，她要穿有枝条的紫丁香图案的新棉袍。内德高兴地回复，她到的那天早晨就娶她，然后他请一天假带她去看博览会。一个初夏的午后，他按计划从工地上出来，急忙赶到滑铁卢火车站接她。英国 6 月份的天气历来很湿冷，毛毛雨中，他在站台上候车的时候，心里却很温暖，似乎又有了为之生存的希望。

旅游列车是旅游史上一次绝对崭新的启程，在威塞克斯线上仍然是很新颖的，可能在各地都是很新鲜的。人群蜂拥到沿线各站，想一睹长长的火车道两旁罕见的风光，不过他们只是去看看，并没想真的坐车尝试。蒸汽火车早期试车期间，供没钱人坐的下等车座是敞开的车厢，无法挡风遮雨。那天下午天气潮湿，这些车厢中那些一路前往伦敦的乘客有很多没戴帽子，在长途旅途中不幸遭遇了很糟糕的境遇，各个脸色铁青，脖子僵硬，打喷嚏，被雨淋，冰冷到骨髓。事实上，他们倒像是整夜坐着敞篷船在激流险浪的海上航行的人，而不是内陆观光的游客。女人撩起袍裙盖在头上还能多少遮挡一下雨，可是撩起袍裙时却裸露出大腿，各个看起来样子很狼狈。

火车进站之后，那些男男女女就吵吵嚷嚷、推推搡搡地拥挤着下了车。内德放眼搜寻，很快就认出了那个身材苗条的小女子，身穿她描述的有枝条的紫丁香图案的衣服。她胆怯地微笑着走到他跟前，虽然被雨淋得湿漉漉的，长时间被风吹得瑟瑟发抖，模样依旧很好看。

“哦内德!”她急促而语无伦次地说，“我——我——”他把她拥在怀里亲吻，她当即感动得泪如泉涌。

“你浑身都湿了，可怜的宝贝！但愿没感冒。”他说。打量了她和她随身带的各种各样的包袱，他注意到她手里还牵着一个蹒跚学步的小孩子，一个3岁左右的小女孩儿，她的连衣帽和其他游客的一样湿漉漉的，一张嫩脸同样冻得发青。

“这是谁——你认识的人?”内德好奇地问道。

“是的，内德。她是我的。”

“你的?”

“是的——我亲生的。”

“你亲生的孩子?”

“是啊!”

“那父亲是谁呢?”

“你追求我之后，我喜欢上的那个人。”

“哎呀——我的天哪——”

“内德，我信中没有提到，因为，你明白，这很难解释！我当时想我们见面的时候我再告诉你生她的来龙去脉，远比信里写得好！希望你能原谅就这一回，亲爱的内德，不要责怪我，我跑了这么、这么远的路来了!”

“这就是说是拖布奥勒默尔先生的，我推测!”黑普克罗夫特说，脸色苍白地盯着她们，吃惊地向后退了一两步。

卡琳倒抽一口气。“可是他已离开好几年了呀!”她恳求道。

“之前我从来没有跟哪个小伙子来往过！我很倒霉，他第一次玩弄我，我就怀孕了，其实乡下一些姑娘老干那事!”

内德继续沉默，思索着。

“你会原谅我吗，亲爱的内德?”她又恳求道，同时突然开始哽咽，“毕竟我没有欺骗你，因为——因为如果你愿意的话，你可以打包让我们回去，虽然几百英里的路，又湿又冷，夜晚来临了，我还没带钱!”

“我究竟该怎么办哪!”黑普克罗夫特呻吟着。

雨天从来没见过一幅比这一对无助的人更凄惨的景象，她们站在巨大的、破败的、满是水坑的站台上的时候，一阵小雨从屋檐下向她们时不时扑来。清晨从斯蒂福德出发时穿上的漂亮衣服粘上了泥巴，全湿透了。她们一脸的疲惫，满眼对他的恐惧。孩子开始看着好像在想她又犯了什么错误，一直吃惊地不敢说话，一会儿泪水从她胖乎乎的脸上流了下来。

“怎么了，我的小姑娘?”内德僵硬地问。

“我真想回家!”她出声了，听那口气她心都碎了，“我的小脚脚冷，我还没吃面包和黄油，还没有呢!”

“这一切我真不知该说什么好!”内德说话了。当他低头转身走了几步的时候，他自己的眼睛湿润了，然后目光直视她们。孩子忍不住喘着粗气，眼中默默地滚动着泪水。

“你想吃面包和黄油，是吗?”他说，语气装得很硬。

“是——的!”

“好吧，我一定给你弄点儿！当然，你应该吃些。你也要吃些，卡琳。”

“我确实有点儿饿了。可是我能忍忍。”她小声说。

“老乡不该这样做，”他没好气地说道，“喂，过来!”他撵上小孩儿，又说道：“我想今晚不管怎样，你得住在这儿！要不你们怎么办呢？我弄些茶和吃的，至于我们这事，我确实不知道该说啥！这是出去的路!”

他们一直赶路，谁也没说话，不久就到了内德的住处，离得也不远。在屋里，他帮她们弄干衣服，安顿得很舒服，准备茶水，她们道了声谢，坐了下来。这个现成的家给他屋子增添了一份温馨，让他有了做父亲的感觉，他突然觉得自己成了家里的当家的。顿时他转向那孩子吻了一下现在热乎的脸蛋，眼巴巴地看着卡琳，也亲了她。

“我不知道怎么把你们千里迢迢送回去，”他心情落寞，声音低沉地说，“你既然赶这么远的路专程来投奔我。你得信任我，卡琳，表现出对我的诚意。喂，感觉好些了吗，我的小姑娘?”

孩子微笑着点点头，嘴里塞着食物。

“来时我确实信任你，内德，一直会的!”

于是，也没有明确同意要原谅她，他就默认了上天给他安排的命运。婚礼那天从教堂回来（他没料到会那么快，因为需要时间贴结婚布告），如他所承诺的，他带她去了博览会。在其中一个家具陈列馆里，他们站在一面大镜子附近的时候，卡琳很吃惊，因为镜子里现出了长得十分像拖布奥勒默尔的人影，太像了，似乎无法相信那就是那位艺术家本人。有些东西包围着内德、她和孩子，因此无法直接看到他本人，等一绕过那些东西，就看不见拖布了。无法知道那时候他是否真在伦敦。卡琳一直坚决否认她准备去见城里的内德是出于某个谣言，说拖布也已经去那儿了，但没有合理的根据怀疑这个否定。

之后，这一年过去了，世界博览会拉上了帷幕，成为往事。被圈了 6 个月的公园里的树再次见到了微风和暴雨，草地又重新变绿了。内德发现卡琳成为一个好妻子和好伴侣，虽然她把自己塑造成所谓比较低廉的那种妻子，以为她像另一个家用物件，一个廉价的茶壶，它煮出的茶比昂贵的茶壶煮出的更好喝。一年秋天，黑普克罗夫特发现可干的活儿很少，看来冬天的光景更惨淡。因为两人都土生土长在乡下，他们想回到他们的自然环境里生活。他们二人达成一致，做了如此决定，他们应该离开压抑的伦敦住所，内德在他的老家找些活儿干。在找工作和自己的住所期间，妻子和女儿暂住在卡琳父亲家。

卡琳和内德头顶着一片云，静静地走在阔别两三年的故乡的路上，一阵阵强烈的自豪感渗透在她娇小的身躯里。回到她曾经被人瞧不起的地方，操着地道的伦敦口音，春风得意的伦敦妇人那可是一个乡下世界不可能每天见识的大胜利。

火车在离斯蒂福德最近的路边小站没停，他们三人继续往卡斯特桥走。内德想，这是个很好的机会，可以提前打听一下他曾经小有名气的那个市镇的作坊里雇工的事。一路走着感到有些凉意，脚下地很干，正是黄昏时分，月亮正要升起来。卡琳和小女儿继续往斯蒂福德走，让内德在后面快步撵，在半路一座房子那儿接上她，那房子是远近闻名的一个小客栈。

尽管女人和孩子都有些疲惫，还是双双惬意地走着，这条路她记得很清楚。在3英里的路途中，她们经过了马大哈威廉池塘——布鲁恩熟悉的地标，慢慢靠近静女店——一家坐落在艾格顿荒原低处边沿的僻静的路边旅店，已经被荒废多年了。走近客栈时，卡琳听到里面传来许多声音，这是以前这个时间习惯上不曾有的，她得知那天下午附近举办了一个肉畜拍卖会。她想孩子和她都需要休息，然后就走了进去。

客人和顾客冲到了过道，卡琳刚跨过门槛，一个看着认识的男人双手端着玻璃杯和茶杯出来，朝斜靠在墙的朋友走去，看见她，非常殷勤地让她喝酒，一种加了杜松子酒的烈性啤酒。他给她倒了一杯，一会儿嘴里说："没错，这位是小卡琳·艾斯彭特，是下面斯蒂福德的？"

尽管她不太想喝这种饮料，但既然是请她喝，她还是接了，喝了，招呼她的人请她再往里走，进去坐下。一进屋子，她发现在场的所有人都紧紧地靠墙坐着，有一个空椅子，她也照样坐上了。接着看清了他们的位置。对面角落站着拖布，在用松香擦抹他的琴弓，看起来和原来一模一样。那帮人把屋子中央腾出来要跳舞，他们又准备要跳了。她为了挡风蒙了面纱，她想他没有认出她，也不可能猜出孩子的身份。使她欣喜的是，她发现她能如此平静地面对他——这是她的伦敦生活赋予她的女性尊严。她还没喝完杯中酒，舞会就张罗起来了，跳舞的人排成两排，音乐响起，花样舞开始跳起来了。

接着卡琳的情况发生了变化。她的体内迅速出现一阵颤抖，双手抖动几乎无法放稳杯子。不是舞，也不是舞者，是那把古老的小提琴奏出的音乐，让这位伦敦来的媳妇兴奋不已，这些音乐对她产生了以前熟悉的那种魔力，这种魔力常常使她失去自控意志的能力。这一切怎么又回来了！小提琴手靠着墙，他那颗硕大的、油漉漉的、拖布一样的头，“拖布”下面是闭着眼睛的脸。

她先是出神了一会儿，随后便放声大笑，同时又热泪流淌，只因那熟悉的演奏方式，那熟悉的乐曲。队列最后面一个舞者的舞伴掉队了，他伸出手比画着示意她顶替。她不想跳舞，用手势央求说她不跳，想在原地坐会儿。其实她央求的与其说是那位舞者，还不如说是那首乐曲和它的演奏者。小提琴手和他狡猾的乐器曾在卡琳心中引起的那种跃动的激情，像过去一样牢牢拴住了她，其中可能还有掺了杜松子酒的辣啤酒的功劳。

尽管很疲惫，她还是领着小女孩儿，投进了后排的舞蹈阵型，和其他人一起飞旋起来。她发现她的舞伴们大部分是邻近村子和农场的人——布鲁恩、梅尔斯托克，还有别的地方。渐渐地，在她激情舞动的时候，她被人们认出来了。她希望拖布停下来让她的心得到休息，不再受他的折磨，脚也需要休息。经过好长一段时间后，跳舞终于停了，她得再喝点儿那种酒来提提劲儿。她喝了些，觉得很虚弱，被歇斯底里的情感搞垮了。她克制自己，没揭掉面纱，如果可能的话防止拖布认出她。几个客人已经离开了，卡琳匆忙擦拭了一下嘴唇，也转身准备走。可是，一些留下来的人说马上就要跳一曲叫五人里尔舞的舞，其中两三人恳求她加入。

她以累了还要赶路去斯蒂福德的理由谢绝了邀请，这时拖布用D大调挑逗性地拉起了声音尖细的《我心爱的情郎》，营造出跳里尔舞的开场氛围。他一定认出了她，尽管她不知道，因为这是所有挑逗乐曲中她最抵挡不住的一曲——就是他们初次相识的那日她靠在桥上的时候他演奏的那曲。卡琳绝望地走到屋子中央和其他四人一起舞动了起来。

此时此刻里尔舞激起了舞者更加狂热的激情，为的是消耗掉普通的花样舞不够强劲无法消耗的多余精力。大家知道，或许不知道，五位里尔舞者站成十字形，由每排三人轮换表演，按顺序跳到中间的人从两个方向跳。卡琳很快发现自己来到了这个位置，即整个表演的核心区域，她没办法出来，因为曲子转到了第一部分，没有给她出来的机会。现在她感觉拖布认出了她，所以有意为之，尽管每当她偷看他的时候，他总是闭着眼睛装出对自己头脑外的一切漠然无知的样子。她继续顺着她的路线形成的 8 字形滑动，小提琴手以一种十分高超的手法，在乐曲中引入了活生生的野浪而挠心的甜美声音，由此在不断变化中产生出忽高忽低的强烈感染力，透过神经放射出让人痛苦万分的阵阵痉挛，一种极度幸福的折磨。

屋子在旋转，乐曲响个没完没了，大约 15 分钟后，跳舞的仅有的另外一个女人吃不消掉队了，筋疲力尽地瘫在长凳上喘气。

里尔舞顿时变成了四人舞。拖布他演奏这类曲子的时候，卡琳无论如何要中断，可是她没有力气，或幻觉中没有力。10 分钟又过去了，蜡烛周围笼罩着一团尘雾，石头铺成的地上布满了沙尘。接着又一个跳舞的人退出了，一个男人，走进过道疯狂地找酒喝。瞬间花样舞变成了三人舞，拖布与此同时将舞曲调成了“精灵舞”，更适合小阵容表演，不比他的弓弦创造出的别的乐曲逊色。这些乐曲作为爱情的给养一直让她心醉情迷。

三人里尔舞跳个不停，四五分钟后就跳得她剩余的两个舞伴完全崩溃，跳完最后一步，像前面两位一样，瘸着进了隔壁房间找东西喝去了。就剩下卡琳一个人跳，她戴着面纱快要闷死了，那个舞池除了她自己、拖布和他们的女儿再空无一人。

她突然撩起面纱，眼睛直直盯着他，好像在求他和他富有磁力的音乐退出舞池。拖布睁开他的一只眼睛，好像首次仔细打量她，做出梦幻般的微笑，把他喧闹的大舞会上舍不得浪费的寡言少语的情感表达都投进了音乐。一大堆能让雕像流泪的细腻的小半音继续直接飞出了他那古老的乐器，好像它就要死于被压抑其中的久久无法释放的情感，自从它在意大利或德国某个城市初次成形并调音之后一直压抑到了现在。拖布一只黑眼睛流露出的目光好像在说："亲爱的，你走不了，不管愿意不愿意!"这目光使她内心滋生出一阵绝望挣扎，她要与他抗争，阻止他把她累垮。

她继续独自舞蹈，像她想的那样抗争。可是实际上，她亦步亦趋甚是悲惨，受旋律起伏的摆布，迷惑她的人睁开的双眼，像木钻一样有穿透力的目光盯着她，牵制着她，同时他脸上一直保持着一种淡淡的微笑，装出假象示意——是她自己的快乐在引导她前行。假如她要离开，该给他说什么呢？一种可怕的窘态也在悄然未识地催她继续跳动。孩子开始被这奇怪的状况整得很苦恼，走上前啜泣："别跳了，妈妈，别跳了，我们回家吧!"一边抓住了卡琳的手。

突然卡琳跌跌撞撞地倒在了地上，翻滚过来脸朝地趴在地上，一直趴着。拖布的小提琴届时发出了小精灵般的最后的尖叫声，他快速从九加仑装的啤酒桶上走下来，这是他的乐坛。他走向正不安地俯身探视母亲的小女孩儿。

到后屋喝酒、换换气的客人听到了一些不寻常的声音，全部跑了进来。他们用风箱吹她，并且打开了窗户，努力想救活可怜虚弱的卡琳。她的丈夫内德正如前面讲的，在卡斯特桥耽搁了一阵，正在这个节骨眼儿上，他也在那条路上走着。透过打开的窗扇传来了激动的声音，使他很吃惊的是，他听到有人提起他妻子的名字，他穿过其余的人来到现场。卡琳在抽搐，放声大哭，好长时间都拿她没办法，他叫了一辆马车准备把她带到斯蒂福德。黑普克罗夫特焦急地询问这到底怎么回事，当时聚会的人们解释说，以前在当地小有名气的那位小提琴手近日又来到他过去经常光顾的地方，晚上他不请自到在客栈演奏并举行了一场舞会。

内德询问了小提琴手的名字，他们说叫奥勒默尔。

“啊!”内德惊呼了一声，向四周看了看，“他在哪儿，在哪儿——我的小姑娘又在哪儿?”

奥勒默尔消失了，还有那小女孩儿。黑普克罗夫特一般来说是个不声不响、性格比较温顺的人，可是此刻脸上却流露出一种令人可怕的刚毅。“该死的家伙!”他大喊道，“我要砸烂他的狗头，哪怕明天受绞刑也行。”

他向放在火炉旁的火钳冲了过去，迅速从过道跑了出去，人们跟在他身后。房子外面，公路的另一侧，一大片黑乎乎的荒原朝着它不易到达的深处阴沉沉地隆起，形成一个带峡谷的高原，伸向天空。在两三英里处，雅尔伯里灌木林后面紧连着迷雾岗的冷杉林——此刻，正是一个但丁式庄重肃穆的地方，足可以保证隐蔽一列排炮，更不用说是一个男人和一个小孩儿。

一些人投奔到他这边，更多的人沿公路寻找。他们一起走了大约 20 分钟，毫无收获地返回客栈。内德在高背长椅上坐下来，双手紧抱着额头。

“唉——那男人真是个傻子，这么多年来一直傻乎乎的，他还觉得那孩子是他的，好像真当成自己的来养!”他们小声耳语，“其实大家都知道不是他的!”

“不，我没想她是我亲生的!”内德声音嘶哑地哭喊道，一边启开手抬头往上看，“可是她就是我的，完全一样的！我没养育她吗?

我没供她吃喝，教育她？没跟她玩儿吗？哦，小凯丽——跟着那流氓走了——走了！”

“不管怎样，你的夫人没丢掉啊，”他们说着安慰他，“她把喝的酒都吐出来了，慢慢会好起来的，她对你来说比一个非亲生的孩子重要。”

“她没有！她对我来说没那么重要，尤其现在她把小姑娘弄丢了！凯丽才是我的整个世界！”

“嘿，没准明天就会找到。”

“啊呀——会找到吗？不过，他不会伤害她——确实不会！嗯——卡琳现在咋样？我准备好了。车在这儿吗？”

人们把她抬到车上，他们心情沮丧，迈着沉重的步伐向斯蒂福德走去。第二天她平静了许多，可是突发症状还没有消除，她的心愿似乎破碎了。对于孩子，她异常平静，没看出她有多担心，内德反倒是成天沉浸在对这个非亲生的孩子浓浓的父爱中。真心期盼过一两天捣蛋的拖布能把孩子还给他们，可是时间在流逝，人们再也没听到过两人的任何消息。黑普克罗夫特喃喃自语，也许他给卡琳施了某种邪恶的音乐魔咒，就像当年他捉弄她一样。一周周过去了，他们还是既没有获得小提琴手的下落，也没有得到小女孩儿的线索，他怎么诱拐小女孩儿跟他走的始终是个谜。

现在内德只能在附近找些零工干，突然对他的家乡那地儿产生了厌恶之感。这时一个谣言通过警察传到了他的耳朵，说有人在伦敦附近的集市上看见了样子差不多的一个男子和孩子，男的拉小提琴，女孩儿踩着高跷跳舞。因此他对首都重新燃起了强烈的兴趣，这个念头催促着他，几乎没有时间收拾行李就返回那里。虽然只要有闲暇他就站在附近街上，希望能找见她，可是他还是没找到丢失的孩子。夜里他时常惊醒，叫道："那流氓折磨她，要她养他！"听到这个，他妻子会牢骚满腹地回复道："内德，别再这么折腾自己了！你搞得我休息不好！他不会伤害她的！"接着又睡着了。

人们普遍认为凯丽和她父亲移居到了美国。毫无疑问，拖布把女孩儿当成十分理想的伴儿，他训练她，让她用跳舞挣来的钱养他。就这样，此刻他们可能正在靠他们的能力表演，他一定是个快接近 70 岁的老流氓，她也是个 44 岁的女人了。

1893 年 5 月

# 讨妻子的欢心

## 1

一个冬天的下午，由于天空中低沉的云团，海文普尔镇的圣詹姆斯教堂内的光线慢慢暗了下来。这是个礼拜日，礼拜仪式刚刚结束，站在讲坛上的牧师双手蒙着脸，要解散了，跪着的会众们高兴地舒了一口气，正准备起身离开。

此刻万籁俱寂，在教堂都能听到海港沙洲外大海的咆哮声。接下来教堂执事的脚步声打破了一片宁静，按往常一样，他要去打开教堂的西门，好让会众出去。可是他还没走到门道，门闩就从外面抬起了，在灯光的映衬下，出现了一个身穿水手服的男子的黑影。

教堂执事往旁边挪了一步，水手随手轻轻地关上了门，向前走到教堂大厅，站在了祭坛的台阶上。牧师站起身来，目光从他私有的小小的祈祷文——这个经文在这个教区已经用了那么多年，他已然视其为己有——上移开，抬头凝视着这位突然闯入的人。

“请原谅，牧师先生，”水手说道，他对牧师说话的声音所有会众都能很清楚地听到，“在一次海难中我侥幸逃过一劫，为此来这里想表达对上帝的感恩之心。我得知这样做再合适不过了，不知您能否允许？”

牧师停了一会儿后，口气迟疑地说：“当然，我不反对。按理说这种要求要在礼拜前提出，这样就能在普通感恩环节中用合适的词语来表达。但是，如果你愿意，我们可以诵读一下海上暴风雨后用的祈祷文吧。”

“嗯，好的，我不介意。”水手回答道。

于是教堂执事指导水手看祈祷书中集中写感恩的那页，牧师诵读此页，水手就地跪下来，也跟着声音清晰地逐字重复着感恩经文。在整个过程中吃惊得一动不动的人们也跟着机械地跪了下来，可是他们继续关注着这个水手孤单的身影。他正好处于祭坛台阶中央，一直跪着，面朝东方，帽子放在一旁，双手合十，他根本没有意识到他在人们眼中的形象。

感恩仪式结束后，他站了起来，人们也跟着站了起来，所有人都一起走出了教堂。水手一出来，仅有的剩余的日光照在他脸上，老街坊们开始认出了他，不是别人，是沙德拉·乔利夫，在海文普尔镇好几年不见的一位青年。这个镇上的小伙子很小的时候父母就亡故了，因此小小年纪就出海谋生，在纽芬兰做生意。

他边走边跟这个那个老乡聊天，告诉他们自从多年前离开故乡后，他成了船长，拥有了自己的双桅帆船，天意使然，这帆船和他本人在一次大风中得以幸免于难。此刻他慢慢靠近两位在他前脚就要走出教堂院子的姑娘，他进来的时候她们一直坐在教堂的大厅，饶有兴趣地观察着他的一举一动，后来一起走出教堂的时候还在谈论他。一个姑娘身材娇小，性情温婉；另一个身材高大壮硕，神情严肃。乔利夫船长从上到下打量了一会儿两位姑娘，从她们蓬松的卷发、后背和肩膀，一直看到脚跟。

“这两位姑娘是谁呀?”他小声问他身边的人。

“小个子的那个是艾米丽·汉宁，高个子的那个是琼安娜·菲帕德。”

“啊！我想起来了，没错。”

他走近她们，亲切地偷偷瞥了她们一眼。

“艾米丽，你不认识我了吗?”水手说，他褐色的眼睛愉快地看着她。

“我想我认识你，乔利夫先生。”艾米丽羞怯地说道。

另一个姑娘黑色的眼睛直直地看着他。

“琼安娜的模样我记不清了，”他继续说道，“可是我知道她和她的家人，感觉挺熟的。”

他们一起边走边聊，乔利夫讲述他死里逃生的详情，一直来到艾米丽·汉宁家住的斯卢普巷的拐角，然后艾米丽点了点头，微笑着跟他们分开。不久水手也和琼安娜告别了，并没有什么事由或约会，他转身朝艾米丽家的方向走去。艾米丽和父亲住在一起，她父亲自称为会计，不过女儿经营着一个小小的文具店以贴补父亲因生意不稳定而造成的青黄不接。一进门，乔利夫发现父女俩正准备喝下午茶。

“哦，我不知道是午茶的时间，”他说，“嗯，很高兴能喝上一杯。”

他一直待到喝了茶，过了好长时间之后，又讲了些海上的生活故事，还把几个邻居叫到家里一起听。那个礼拜日的晚上，艾米丽·汉宁对这位水手芳心暗许。接下来的一两个礼拜内，他们之间有了进一步的了解，关系更加亲密。

第二个月，一个月光皎洁的夜晚，沙德拉正走在东去的一条又长又直的路上，准备走出小镇，去到地势较高的郊区，那里的房子更加时髦——如果靠近这个古老的港口还有什么能称得上时髦的话，也就算这儿了。他走着走着，见前面有个人影，从她往后看的样子，他以为是艾米丽。可是当他走到近前的时候，才发现是琼安娜·菲帕德。一番殷勤问候后，他走在她身旁。

“你继续往前走吧，免得艾米丽吃醋！”

他似乎没理会她的建议，还是和她走在一起。

一路上走着，到底说了什么，做了什么，沙德拉已经记不清了，可是琼安娜愣是想方设法要把他和她温柔年轻的情敌艾米丽断开。自那以后，人们见乔利夫经常跟着琼安娜·菲帕德，却很少和艾米丽在一起。很快码头上到处谣传，说出海归来的老乔利夫的儿子要和琼安娜结婚，这可让艾米丽很失望。

不久这个谣言到处都传得沸沸扬扬。有天早晨，琼安娜收拾打扮一番准备去散步，她向小十字路口处的艾米丽家走去。对朋友因失去沙德拉而十分伤心的消息，她早有耳闻，她夺走了沙德拉，为此她的良心受到了谴责。

琼安娜对水手不是十分满意。她喜欢他的关怀呵护，也觊觎婚姻带来的尊严，可是她不是很爱乔利夫。一个原因是，她很有抱负，而他的社会地位还不及她，一般来说漂亮女人总有机会嫁个地位比她高的人。很长一段时间她想着，假如她的朋友艾米丽心情很糟糕，放不下他的话，不妨就把他还给艾米丽，她也不会太舍不得。为此她给沙德拉写了一封绝交信，把信拿在手上，打算亲自看望艾米丽，如果她的朋友真的很痛苦的话，她就把它寄出去。

琼安娜来到斯卢普巷，往下走进了文具店，这个店的位置比人行道低。每天这个时段，艾米丽的父亲绝对不会在家，看起来好像艾米丽也不在家，因为无人应答来访者。因为顾客很少到店里来，店主 5 分钟不在也无关紧要。琼安娜在小店等待。艾米丽以女人的本能别出心裁地在店里布置了一些本身不值什么钱的东西，以遮掩存货不足的缺陷。这时琼安娜见一个人影在窗外停了下来，看似专注于考虑 6 便士书、包纸、线上挂的印刷品。来者是沙德拉·乔利夫船长。他往屋里窥探，以保证艾米丽一人在里面。不愿在有艾米丽气息的地点与他见面，冲动之下，琼安娜从后面与店铺相通的门悄悄溜了出去。以前她常干此事，因为和艾米丽的友好关系，她可不必拘礼，自由出入。

乔利夫进了小店。透过玻璃隔断上薄薄的帘子，琼安娜看见他因为没见到艾米丽很失望。他正要出来，这时艾米丽的身影黑乎乎地出现在门道，她办完事急匆匆赶回了家。一见乔利夫，她吃惊地往后退了一步，好像她又出去了一样。

“别跑开，艾米丽，别跑！”他说，“你还怕什么呀？”

“我没害怕，乔利夫船长。只是——只是我见你太突然了，嗯，把我吓了一大跳！”听她声音就知道她的心跳得很明显。

“我只是路过来拜访一下。”他说。

“来买纸吗?”她在柜台后面急促地问。

“不，不是，艾米丽！你为什么跑到后面了？干吗不待在我的旁边？你好像在恨我。”

“我不恨你。我怎么可能恨你呢?”

“那就出来吧，我们可以像基督徒一样坦诚相待。”

艾米丽突然一阵大笑，走了出来，走到小店开阔的地方，站在了他身旁。

“亲爱的人儿。”他说。

“你不该给我这么说，乔利夫船长，因为这些话应该说给别人听。”

“啊！我知道你的意思。可是，我敢以我的生命打赌，今天早晨我才明白，你有点儿在乎我，或者说我做了本不应该做的事。我对琼安娜有好感，可我也知道，从一开始她只是像一个朋友一样关心我。我现在搞清楚了谁才是我应该求娶做我的妻子的人。艾米丽，你知道，一个人长期在海上航行后从海上回家的时候，他就像蝙蝠一样茫然——对于女性，他都看不出谁是谁。对他来说，她们看起来都一个样，美丽的人儿，哪个来得容易就首选哪个，根本不去考虑她是否爱你，他不久会不会更爱另一个人。一开始我就倾心于你，可是你总是往后躲，那么害羞，我想你不想让我打搅你，于是我就找琼安娜了。”

“别再说了，乔利夫先生，别再说了！”她说着，嗓子噎住了，

“下个月你就要娶琼安娜了，现在这样——这样不太好。”

“哦，艾米丽，亲爱的!”他喊道，她还没反应过来，娇小的她就被他一把揽在了怀里。

躲在帘子后面的琼安娜脸色苍白，想止住眼泪，却没能够。

“你才是我应该像男人一样爱并且娶为妻子的人。我从琼安娜说的话里明白这一点，她愿意对我放手！她想嫁给地位更高的人，我知道，她只是出于好心才答应嫁给我，像她那样漂亮的高个子姑娘不该嫁给一个平庸的水手。你才是我的最佳人选。”

他对她亲了又亲，她柔软的身体因他的拥抱而激动得颤抖。

“我真不知道——你确信——琼安娜要跟你分手？哦，你能确信吗？因为——”

“我知道她不想让我们痛苦。她会放过我的。”

“哦，我希望——我希望她会！你走吧，别再待了，乔利夫船长!”

他却一直待到一个顾客来买一便士一根的密封蜡，这才退了出来。

看到这一幕，琼安娜浑身妒火中烧。她环视四周，想找条路逃走。她出去时绝不能让艾米丽知道她来造访。她从客厅爬到了走廊，然后从那儿爬到了房子的后门，在那儿悄无声息地来到了街上。

那爱抚亲吻的场景使她改变了所有的决定。她不能放沙德拉走。一回到家，她就烧了那封信，告诉她母亲如果乔利夫船长来访的话，就说她身体很不舒服，不能见他。

但是沙德拉没来拜访。他给她送来一个便条，用简单的语言表达了他的感觉，请求她允许他取消婚约——她本来就暗示过他，她对他的感情只为友谊而已。

眺望着海港以及远处的小岛，沙德拉在他住的寓所等啊等，等琼安娜的回复，可是她并没有回复。再也忍受不了这种悬念，天黑后他走上了大街。他禁不住来到琼安娜家一探究竟。

她母亲告诉他，她身体很不适，不想见他，究其原因是收到了一封他的来信，这信使她十分伤心。

“也许您知道信的内容，菲帕德夫人？”他说。

菲帕德夫人承认她知道，又说这让她们非常痛苦。沙德拉因感觉自己犯了莫大的罪责而十分内疚，连忙解释说，如果他那封信让琼安娜痛苦的话，那一定出于一个误解，因为他原想这对她是一种安慰。如果不是这样，他将言而有信，请她权当他从来没写过那封信。

第二天早上，他收到了那年轻姑娘的口信，叫他晚上从一个集会上接她回家。他照办了。

走在从市镇大厅到她家的路上的时候，她挽着他的胳膊，说：“我们一切和好如初，是不是，沙德拉？你错投了信吧？”

“和好如初，”他回答道，“如果你说是这样的话。”

“我希望如此。”她喃喃低语，想到艾米丽，她脸上看似很坚定。

沙德拉是个有宗教信仰的、小心谨慎的人，他尊重自己的言语犹如尊重自己的生命。不久，沙德拉和琼安娜举办了婚礼。估计艾米丽比较冷静的时候，乔利夫态度尽可能委婉地向艾米丽传达了他所犯的错误。

## 2

婚礼过后一个月，琼安娜的母亲死了，夫妇俩不得不操心很实际的事情。现在双亲都不在了，琼安娜受不了丈夫再次出海的念头，可是，问题是，他在家能干什么呢？他们最终决定在大街上开一个小杂货铺，当时等待着进货，实现小卖铺的美好向往。沙德拉对开铺子一窍不通，琼安娜也不懂经营之道，但他们希望学着做。

他们所有的精力都投入到杂货生意的经营上，虽然不是很成功，还是持续经营了好多年。他们生了两个儿子，母亲琼安娜对他们特别溺爱，全心呵护，寄予厚望，但她对丈夫却从来没有热烈地爱过。可是天不遂人愿，小店的生意始终没能兴隆，她对儿子的教育和事业所抱有的远大梦想在现实面前只能降低档次。他们接受了最普通的教育，不过生在海边，他们对所有类似航海艺术和航海经历等对这个年龄段的孩子有吸引力的方面比较敏感。

除了他们自己亟须料理的家务外，乔利夫婚后生活中最大的关注点在于艾米丽的婚姻大事。阴差阳错，原本蛰伏在难以预料的犄角旮旯里的被曝光发现了，而显而易见的却被擦肩而过。镇上一位生意兴隆的商人看上并爱上了这位性格温婉的姑娘。这个人是个丧偶的鳏夫，年龄比女方稍大几岁，好在还处于盛年时期。起先，艾米丽公开宣称她绝不会嫁给任何人，可是禁不住莱斯特先生长时间默默的坚持，最终还是勉强答应了这门婚事。作为他们婚姻的结晶，他们也有了两个孩子。随着孩子们一天天成长，他们有出息，艾米丽对人说，她从没想到她活得如此幸福。

这位富商的家是那些用砖建成的、坚固耐久的楼群中的一座，那些高楼外观气势宏伟，在风格老旧的小镇上常常显得格外扎眼。富商家正面对大街，几乎就在乔利夫家杂货店的对面。琼安娜每当看到纯粹因贪心不足被她夺权篡位的那女人以富婆姿态居高临下地俯瞰那卑微的橱窗的时候，她内心十分苦涩，她的小店铺里摆着布满尘土的棒棒糖、一堆堆葡萄干、罐装茶，她就靠它们来主宰自己的命运。生意已经萎缩，琼安娜被迫亲自在店里干活，而艾米丽·莱斯特却坐在马路对面宽敞的客厅里，可以看见她在柜台后面忙前忙后，招呼那些可怜的手拿两分钱的顾客，受他们的差遣，她还得感念这些人的恩惠，走在街上也得对他们表示客气，然而艾米丽却和她的孩子及家庭教师在街上欢快地蹦跳，与镇上和附近最体面的人物谈天说地，这一切让琼安娜感到无比屈辱与羞愧。这一切都是她没有放手沙德拉·乔利夫的结果，她其实并不怎么爱乔利夫，只是在玩弄他的感情，把他的情感引入了歧途。

沙德拉是个善良诚实的人，他一向对琼安娜诚心实意，以实际行动忠实于她。时间剪断了他对艾米丽的爱的翅膀，换成了对孩子们的母亲的忠诚，他早已忘记了年轻时的冲动与幻想。在他看来，艾米丽只是一个朋友而已，艾米丽对他的看法也一样。也许，如果琼安娜找到了嫉妒的最不起眼的原因的话，她可能会感到更加满足，因为压根就没必要嫉妒。就在艾米丽和沙德拉完全默认琼安娜精心策划的结局的同时，琼安娜却找到了滋养她贪心的养分。

沙德拉本来就没有面对众多竞争者的情况下拓展零售生意所需要的心胸狭隘的精明天分。当顾客问杂货商，他是否真不建议买那推销商软磨硬泡硬让他进的鸡蛋时，他会做这样的回答："当你布丁里没放鸡蛋的话，很难尝出布丁里面鸡蛋的味道。"当问他，他的"真摩卡咖啡"是否是真摩卡的时候，他会生冷地说："权当是小店铺的一种理解吧。"致富方式可不是这种路径。

一个夏日，当对面的大砖房把强烈的阳光的热反射进小店铺的时候，没有他人，只有夫妻二人，琼安娜看着对面艾米丽的门，一位富有的来访者把车停在了门口。之后艾米丽的举止中可以看出很得意的样子。

"沙德拉，事实上，你不是做生意的料，"他妻子不高兴地小声嘀咕，"你本来就没学过开店铺，一个人就像你一样初来乍到在一个陌生的行当不可能赚大钱的。"

乔利夫就这一点同意她的观点，其他任何事情也一样顺从她的意思。"我根本不在乎发财赚大钱，"他心情愉悦地说，"我很幸福，好歹我们能平平安安过日子。"

她再次透过遮挡瓶装咸菜的屏风看了一眼那豪宅。

"平安度日——没错，"她辛酸地说道，"可你没见曾经那么穷的艾米丽·莱斯特现在多么富有！她的儿子都会上大学，肯定的，再想想你自己的儿子——只能上教区学校！"

沙德拉的思绪飞到了艾米丽身上。

"没有人，"他幽默地说，"像你那样对艾米丽好过，琼安娜，你警告她远离我，了结了你我之间那点儿假模假样的胡闹，致使艾米丽有权利对冲她走来的莱斯特说‘好的，我同意嫁给你’。”

这快要让她疯了。

“别提过去的事了！”她请求他，语气既伤感又坚定，“可是如果你不为自己着想的话，请你为孩子和我想想，我们怎样做才能富起来？”

“嗯，”他说，开始严肃了起来，“说实话，我虽然从来不想这样说，但一直觉得自己不是做生意的料。我似乎需要更大的空间来甩开膀子大干一番，在更开阔的天地来打拼一场，而不是在这里跟朋友和邻居来斗法。如果我按我自己的方式搞的话，我可以和其他人一样富有。”

“希望你能做到！你有什么招数啊？”

“再次出海。”

她就是把他一直窝在家里的那个人，因为她不想过水手的妻子们半寡妇样的生活。可是现在她的雄心战胜了本能，她说：“你觉得那样真能成功吗？”

“我相信只能这样，别无他法。”

“你打算出海吗，沙德拉？”

“并不是为了乐趣，我告诉你。海上不存在家里后面客厅能享受到的这种快乐，琼安娜。说真的，我一点儿也不喜欢大海。我从来就不怎么喜欢。但如果考虑到你和小伙子们的命运，那得另当别论。这是像我一样生为海员长为海员的人的唯一出路。”

“需要好长时间才能赚到钱吗？”

“嗯，这得看情况，也许时间不长。”

次日早晨，沙德拉从五斗柜的一层抽出了回来头几个月穿过的航海服，刷去了上面的飞蛾，披在身上，向海港走去。港口还在做纽芬兰的公平交易，但不比从前多了。

不久他把所有积蓄都投资购买了一艘双桅船的部分所有权，并被任命为船长。几个月的沿海生意磨掉了在陆上开杂货店期间养成的软弱积习，春天，双桅船驶向纽芬兰岛。

琼安娜在家和儿子一起生活，儿子们此时已快要长成身材魁梧的小伙子了，以各种各样的方式在海港和码头忙碌着。

“没关系，让他们干点儿活儿，”爱他们的母亲自言自语，“目前我们的家境只能这样。等到沙德拉回来的时候，他们也才十七八岁，他们就会离开港口，完全由辅导老师负责他们的教育。有了钱，他们很可能会成为和艾米丽·莱斯特的两个宝贝儿子一样有教养的绅士，既学过代数，还懂拉丁文！”

沙德拉回家的日子临近了，到了时候却没见他来。琼安娜确信没有理由焦虑，帆船在返回途中多有变数，这种确信是很有根据的。比计划时间晚了大约一个月的一个潮湿的深夜，有人宣布船已靠近，很快就传来了水手沙德拉经过走廊时沉重单调的脚步声，他进家门了。儿子们出去了，没有见到他，琼安娜独自一人坐着。

夫妻俩久别重逢的亲热劲儿过了之后，乔利夫解释了拖延的原因，是因为一份小小的投机合同，其结果还不错。

“我本来就决心不让你失望，”他说，“我想你承认我没有！”

说着他拉出来一个帆布袋子，像杰克杀死的巨人的钱袋①，装得圆圆鼓鼓的。她在火炉边的矮椅上坐着，他解开袋子，把里面的东西全部倒进她的怀里。一堆金镑和几尼（那个年代世界上还用几尼）突然“哗啦啦”一声倒进她怀里，把她的袍子都拽到了地上。

“看看！”沙德拉得意地说，“亲爱的，我告诉过你，我能做到，我是不是做到了？”

不知为何，因有了财产而产生的那阵激动后，她的脸上又失去了那种荣光。

“是有了许多金子，不假，”她说，“嗯——就这些吗？”

“就这些？嘿，琼安娜，你知道吗？那一堆你可以数到 300 呢。这是一大笔财富！”

“是的——是的。一笔财富——从海上评价，可是从陆上评价呢？”

好在她暂时不去考虑那些钱的问题。不久，儿子们回来了。下一个礼拜日，沙德拉感谢了上帝的恩惠——这次是以教众通常采用的感恩形式完成的。可是几天后，当谈起这笔钱投资的问题时，他说她似乎没有他希望的那样满意。

“唉，你瞧，沙德拉，”她回答道，“我们是以百数的，而他们是以千数的（说时头朝街对面点了点），你出海后他们做了一辆双驾马车。”

“哦，是吗？”

---

① 出自英国童话故事《杰克与巨人》，其中杰克杀死的吃人的巨人有一个装满了金币的袋子。

“我亲爱的沙德拉，你不知道世界是怎么运转的。我们竭尽了全力。可是他们富，我们还是穷!”

稀里糊涂大半年过去了。她悲伤地在家里和铺子里转来转去，孩子们仍然在海港或周围忙碌。

“琼安娜，”有一天他说，“从你走来走去的样子，我明白钱还没挣够。”

“还不够，”她说，“我的儿子得为莱斯特家的船掌舵，我曾经在她之上!”

乔利夫是个不善与人论争的人，他只是嘟哝他想再出一次海。他认真思考了好几天，有天下午从码头回到家，他突然说：“亲爱的，我愿意为你再出海航行，一定，假如——假如——”

“干什么呀，沙德拉?”

“使你按千数钱，而不是按百数。”

“假如什么?”

“假如我能带上儿子的话。”

她脸色顿时变得很苍白。

“沙德拉，别说这个。”她急促地回答道。

“为什么?”

“我不想听！海上有危险。我想让他们成为体面的人，不想让他们有危险。我不能让他们在海上冒生命危险。哦，我决不能，决不能!”

“好吧，亲爱的，那就不带儿子。”

第二天，一阵沉默之后，她问了一个问题：“如果他们跟你去的话，我想，利润就会大不一样吧？”

“那将是我一人干的收入的 3 倍。在我的眼皮子底下，我亲自调教，将来他们一定远比我优秀。”

随后她说：“再给我讲讲这样的事。”

“嗯，小伙子们在处理船只的时候会跟海员大师一样聪明，我敢保证！在北海，没有比这个海港的沙洲更怪异的地方，他们自小就在这儿锻炼。他们又那么沉稳。在许多年龄比他们大一倍的人身上，我不曾发现他们的这种沉稳和可靠。”

“海上很危险，据说现在也有战争的传言？”她很不安地问道。

“哦，嗯，是有风险。不过……”

这个想法开始膨胀放大，它摧毁并压制了母亲的心。艾米丽越来越傲慢得意，简直叫人无法容忍。沙德拉的妻子不由得向他唠叨他们相比之下的贫困。小伙子们和他们的父亲一样和蔼亲切，当谈到海上冒险的话题的时候，都跃跃欲试。尽管像父亲一样，他们对大海并不太感兴趣。但当详述了这个提议的时候，他们都踌躇满志，激情满怀。

现在万事俱备只欠东风，一切就等母亲的同意。她迟疑很久，最终发话了：小伙子们可以陪着父亲一起去。沙德拉听了异常高兴，上帝一直在保佑他，他对此感恩上帝。上帝不会抛弃忠诚于他的人。

乔利夫家在这个世界上所有的资产都投进了这次的行动。因此，在父子不在的时候，杂货铺的存货减到了仅能勉强维持琼安娜一人的生活，这样一直持续到通常所谓的“纽芬兰经商期”① 结束。她这样才能熬过她几乎不曾了解的烦闷的日子啊。沙德拉上一次出海时，孩子们和她在一起。她振作起来要接受这个考验。

船上装了靴子、鞋子、现成的衣服、渔具、黄油、奶酪、绳索、帆布，以及许多其他货物，准备带来油、毛皮、皮子、鱼、蔓越莓，以及能到手的其他东西。出海到返还的航行期间，他们准备到其他港口进行多次有利可图的商贸交易，估计能挣不少钱。

## 3

船在春天的一个礼拜一的早晨起航了，可是琼安娜没有目睹出发的一幕。她忍受不了她一手造成的那种生离死别的场面。知道这个，她丈夫头天晚上告诉她次日中午前的某个时间他们决定起航。第二天凌晨 5 点钟，她醒来听见爷儿几个楼下忙乱的声音，她倒也没急忙下去，而是躺着为自己鼓鼓劲儿，想挺过离别的伤感，心想和丈夫上一次出海一样，他们大约会在 9 点钟出发。当她从楼上下来的时候，看见了书桌斜面上的粉笔字，可是见不到丈夫和儿子。沙德拉用急促潦草的笔迹写道，他们这样走是不打算让她因辞别而伤心，下面儿子们用粉笔写道：“再见，妈妈！”

她迅速冲到码头，从海港朝蓝色的海边望去，只看见桅杆和写着“琼安娜”字样的鼓起的船帆，看不见人影。“是我把他们打发走了！”她疯狂地喊着，突然放声大哭起来。屋里粉笔写的“再见”

① 指在沙德拉曾经去过的纽芬兰打鱼或做生意通常所花费的一段时间。

几乎让她心碎。可是，当她再次进入前室，望着艾米丽家的时候，想到就要摆脱屈辱的束缚，她消瘦的脸上出现了一阵胜利的喜悦。

说句公道话，艾米丽·莱斯特所谓的优越感不过是琼安娜脑子里子虚乌有的凭空想象。商人妻子的境况比琼安娜的更加奢华，这是艾米丽无法掩盖的。两人现在很少相遇，偶尔见面的时候，艾米丽尽量想办法克制自己不露富显摆。

第一个夏天过去了，琼安娜靠小店铺勉强度日，小店铺现在没落得仅剩一个橱窗和一个柜台。事实上，艾米丽是她唯一的大客户，莱斯特夫人不管质量好坏善意地有啥买啥的行为暗含了对她的精神刺痛，因为这是无可厚非的施舍者的态度，几乎是捐赠者的初衷。漫长沉闷的冬天还在持续。为了保护粉笔写的离别话语，书桌的正面调整为朝墙摆放，这样琼安娜就不会用身体把它们蹭掉，她经常含泪注视着它们。艾米丽英俊的儿子们圣诞节放假回家了，人们沸沸扬扬谈论他们的大学，琼安娜还在克制地心情郁闷地艰难度日，活像一个压抑着情感的人。再过一个夏天，那“煎熬期”就会结束。就在夏天快结束的时候，艾米丽去拜访她以前的朋友。她早就听说琼安娜开始焦虑了，因为琼安娜已经好几个月都没有收到丈夫和儿子的来信。琼安娜透过柜台的缝隙窥看店铺后面的客厅，艾米丽身上的绫罗绸缎在傲慢地沙沙作响，回应着琼安娜几乎默不作声的邀请。

“你成了人生的大赢家，而我却干啥啥不成啊!”琼安娜说。

“可你为什么这么想呢?”艾米丽问道，“听说他们一定会带来一大笔财富。”

“啊！他们要来了？这种忧虑哪是一个女人能扛得住的呀。三个人在一条船上——想想看！我已经有好几个月没有收到他们的回信了！”

“可是，还没到时候啊。你也不能半道上迎接不幸吧！”

“什么也无法弥补他们不在时我的悲伤！”

“那么你当初为什么要让他们走呢？你当时过得不是挺好的嘛。”

“是我逼走他们的！”她咬牙切齿地对艾米丽说，“我索性告诉你为什么！我们辛辛苦苦才勉强度日，你什么事都不干，却那么富贵发达，我真受不了！现在我告诉你了，如果你想恨我就恨我吧！”

“琼安娜，我绝不会恨你。”

之后她证实了她说的话。

秋天都已过去，帆船早该进港了，可是沙洲间的海峡里压根没出现“琼安娜”之类的帆船。眼下可真是让人不安的时候了。琼安娜坐在火炉旁，每一阵风都吹得她打一个寒战。她向来害怕大海，讨厌大海。对她来说，大海就是一个凶残暴虐、咆哮不安、奸猾阴险的恶兽，专以女人的悲伤为荣耀。“我仍然相信，”她说，“他们一定会回来！”

她回想起沙德拉出门前说的话，如果平安归来，大获全胜，他会像上次船难幸免后那样去教堂，和儿子们一起跪下来真诚地感谢上帝对他们的拯救之恩。她早上下午都有规律地去教堂，坐在最前面的长椅上——离祭坛台阶最近的地方。她的眼睛专注地盯着台阶，那是春秋鼎盛风华正茂时的沙德拉跪过的地方。她分毫不差地记得 20 年前他的双膝压过的地点，他下跪时身体的形状，还有身旁台阶上放着的帽子。上帝是善良的。当然了，她丈夫一定会再次在那儿下跪，就像他说的，一边一个儿子，乔治跪在这边，吉姆跪在那边。在祈祷时长时间盯着看台阶，让她顿时觉得三人已经回来了，就在那里跪着，两个小伙子身型瘦弱些，他们中间是身型更加壮硕的一个，他们轻拍双手，头影斜靠着东墙。想象终成幻觉：她疲惫的眼睛每次看台阶，定会见他们在那儿跪着。

然而他们还是没有回来。上天怜悯，可这难以安抚她的心灵。是她逼迫他们成为她欲望的奴隶，她需要为此赎罪。可是不久就不再只是洗罪，她情绪低落，几近绝望。帆船正常归期后又过了好几个月，可是依然不见船来。

琼安娜经常不是亲耳听见就是亲眼看见他们的到来。站在港口后面的小山上，从那儿可以看到开阔的海峡，她认定地平线上打破南面沉寂的死水的哪怕一个小小的斑点就是“琼安娜”桅船的运货车。或者在家里，从“镇地窖”拐角传来的任何一个叫声或激动的声音，都会让她立马跳起来大喊：“是他们!”——大街在“镇地窖”与码头相连。

可是不是他们。每个礼拜日下午在祭坛台阶上跪拜的身影并不是真的。她的店铺还是老样子，已经快耗空了。由于孤独和伤心，她心灰意冷，连最少的货都不进了，这样她送走了最后的顾客。

在这艰难的情况下，艾米丽·莱斯特尽力而为，想方设法援助这位身心备受煎熬的女人，可她得到的是一再的拒绝。

每当艾米丽来找她并靠近她的时候，琼安娜总是用嘶哑的声音小声说："我不喜欢你！我一见你就受不了！"

"可是我想帮助你，安慰你，琼安娜。"艾米丽常常这样回答她。

"你是个淑女，丈夫有钱，儿子们优秀！你帮我这样一个又老又丑的沉浸在失去亲人的悲痛中的女人图啥呀！"

"琼安娜，我想这样：我想让你搬过来住在我家，不要再孤苦伶仃地住在这个令人伤心的地方。"

"假如他们回来了，家里找不到我咋办？你想把我和我的亲人们分开！不，我要待在这儿。我不喜欢你，我不会感谢你的，无论你对我怎样好！"

话说回来，随着时间的推移，琼安娜没有任何的收入，付不起店铺房租。她已经认定沙德拉和儿子们回来的希望彻底破灭了，只好很不情愿地同意接受在莱斯特家寻求庇护。在这里二楼给她腾了一间单独的屋子，和这家人没有接触，随她自由出入。她的头发花白了，然后全白了，额头上是深深的皱纹，她的身体很瘦弱，腰开始佝偻了。可是，她仍然期盼着失去的儿子，当她在楼梯上遇见艾米丽的时候，就会愁眉苦脸没好气地说："我知道你为什么把我弄到这儿！他们要回来了，在家找不到我的话他们会很失望，然后很可能又会走掉，你就这样报复我抢走了你的沙德拉！"

艾米丽·莱斯特忍受着这个伤心过度的人儿的这些责骂。她相信——海文普尔所有人都认定——沙德拉和他的儿子们沉入海底了。多年来船只已经找不到了，被放弃了。可是，琼安娜夜间被任何一点儿声音吵醒的时候，都会从床上起身，借着闪烁的油灯瞅瞅对面的店铺，确认不是他们才罢休。

这是离“琼安娜”帆船出海时隔 6 年的一个潮湿黑暗的 12 月的一天。海上起了大风，引起了一场带鱼腥味的迷雾，扑在脸上好像潮湿的法兰绒一样。琼安娜还在为没回家的人用常用的祷告词祈祷，此时她比前几个月更动情更自信。她大约 11 点时睡着了，在大约一两点钟，她突然惊醒。当然她听到了街上的脚步声，还有沙德拉和儿子们敲杂货店门的声音。她突然从床上跳起身，也不知自己胡乱地披了什么衣服，急匆匆走过艾米丽家铺着地毯的大楼梯，把蜡烛搁在大厅的桌子上，解开了门闩和铁链，走到了街上。迷雾从码头吹到街上，尽管店铺很近，还是遮着她看不见，不过不一会儿，她还是过街来到了店铺。怎么回事啊？谁也没有。这位可怜的女人光着脚，疯了似的上下寻找——连个人影儿都没有。她回到了曾经属于她自己的那个家，用尽全力敲门——一定是他们晚上回来安顿入睡了，不想夜里打扰她。过了几分钟后，眼下开铺子的年轻人从上面的窗户望下去，见一个瘦骨嶙峋的像人模样的东西衣冠不整地站在下面。

“有人来过吗？”那个人影问道。

“哦，乔利夫夫人，我不知道是您，”年轻人亲切地说，因为他很清楚她毫无根据的期盼是怎样驱使她到这里的，“没有，没人来过。”

1891 年 6 月

# 儿子的否决权

## 1

如果从后面看，人们就会发现那头板栗色的头发奇妙无比，神秘莫测。在黑色的海狸皮帽上面高高地插着一簇黑色的羽毛，帽子下面一缕缕长发，辫成小辫儿，绕来绕去，左盘右盘，像一篮子怒放的花草，结合成一件稀有罕见、匠心独具但又带有几份野性的艺术品。人们会这样理解，如此下功夫地又编又盘的头发需要原封不动地保留上一年，至少也得一个月，其实每天睡觉的时候她就会有规律地全部拆掉，只保留一天，编得这么好的头发就这么无所顾忌地给浪费了。

这头发全是她这个可怜的人儿自己编的。她没有使女，这几乎是她唯一值得炫耀的成就。接下来就是无尽的痛苦。

她是一个残疾的年轻女子，残疾得倒也不是很严重。她坐在轮椅上，被推到了乐坛附近圈起来的绿草地的前方位置。这是 6 月一个天气温暖的午后，这里在举办音乐会，多亏了当地音乐协会做出的努力。这种音乐会在伦敦郊区的某个小公园或私人花园的某个地方举办，目的是为某项慈善活动募捐。城市之大，山外有山，除了附近地区的人外谁也不曾听说过慈善活动、乐队抑或花园，围起来的场地内挤满了有兴而来的听众，他们见多识广，消息灵通，对此等事情早有耳闻。

音乐演奏的时候，许多听众注意到这个轮椅上的女士，因为坐在显要的位置，她身后的头发就显得特别抢眼。她的容貌不易判断，但是前面说过的她的精巧编织的长发，白皙的耳朵和项背，从脸颊的曲线看——那张脸既不松弛也不发黄，种种迹象让人期盼着能看见一个大美人。一露真容，这种期盼往往会让人大失所望。此刻，女士一转头，最终露出了真相，她并没有后面的人想象甚至希望的那么俊美，他们谁也不知道这其中的原因。

其中一个原因是（哎呀！大家异口同声地抱怨），她没他们想象的年轻。不过脸蛋无疑是有魅力的，一点儿也不是病恹恹的样子。每当她转头跟她的亲人——一个十二三岁的男孩儿说话的时候，人们就可以仔细地看到她的脸。这个男孩儿站在她身边，从他的帽子和上衣可以看出，他是一所著名公学的学生。紧靠他们站着的人听到他叫她“妈妈”。

当音乐会结束的时候，听众都离开了现场，出去的时候，许多人有意从她的身旁经过。几乎所有人都扭头想近距离完整地看一眼这个引起人们好奇心的女人，而她始终坐在轮椅上，一直到路上没人，可以让轮椅无障碍地走出去。她好像期待着人们看她一眼，毫不介意满足他们的好奇心似的，她抬头与几个观察她的人四目相对，人们看见她温柔、深情的褐色眼睛，在人们的关注下，凝视时显得有点儿忧郁。

有人把她推出了花园，经过人行道，消失在人们的视野中，一路上那个男生在旁边走着。目送她离开的一些人打听她的身世，有人回答说，她是附近教区现任牧师的第二任妻子，是个瘸子。人们一般认为她这个女人身上准有故事——一个无伤大雅的故事，反正是这样那样的故事。

回家的路上和她交谈的过程中，走在身旁的男孩儿说，希望他的父亲不要惦念他们。

"最近几小时他一直那么舒服，我保证他不会挂念我们的。"她回答道。

"是'has'，亲爱的妈妈，不是'have'① 呀！"在公学上学的男孩儿惊叫道，口气很不耐烦，甚至是一种严厉的挑剔，"现在你该懂了吧！"

母亲赶忙接受了儿子的纠正，像一贯做的那样，对儿子的行为没有表示反感，或言语顶撞，她叫儿子把嘴上的蛋糕渣擦掉——他试图从衣袋里偷吃一块儿蛋糕，结果抹到了嘴上，因为他没拿出来，蛋糕隐蔽地放在衣袋里。之后，那位秀气的女人和他的儿子继续默默地走着。

语法问题总的说来跟她有些辛酸的身世有关，于是她陷入了沉思，开始胡思乱想。可以推测，她在纳闷当初那样安排自己的人

---

① "have"和"has"是英语实意动词或现在完成时的助动词，随主语的人称和数而有选择。这位乡下长大没上过学的母亲经常混淆二者的用法，被儿子纠正指责。

生，导致了如今这样的结果，这是否是明智的选择？

距离伦敦 40 英里的北威塞克斯遥远偏僻的角落，靠近逐渐兴盛起来的郡镇奥尔布里肯，有一个小村庄，村里有教堂和牧师，这些她很熟悉，不过她的儿子从没见过。这是她的故乡，盖米德村，跟她目前境况有关的第一件事就发生在这个小村子，那年她只有 19 岁。

她记得很清楚，那是她人生悲喜剧中的第一幕。春天的一个晚上，她当牧师的丈夫的第一任妻子过世了。当时她是牧师家里收拾客厅的女仆，后来多少年了她填补了第一任的位置，成了牧师的续弦。

该发生的都发生了，死讯一发布，她就在黄昏时刻出来看望她住在同村的父母，告知他们这个消息。她推开白色的旋转门，朝长在西侧的树木望去，这些树挡住了夜空惨白的光线。她觉察出一个男人的身影站在树篱处，她俏皮地惊叫了一声："哦，山姆，你吓了我一跳！"但也没觉得太惊讶。

这人是她认识的一个年轻花匠。她向他细述了最近发生的事。这两位年轻人默默地站立着，内心生发出当身边发生悲剧的时候才能激发出的高深而冷静的哲学思想，这种思想一般不会出现在哲学家的身上，可这对他们之间的关系产生了影响。

"那你还想继续留在牧师宅邸吗？"他问姑娘。

她几乎不曾考虑过这个问题。"哦，是的——我想是！"她回答，"我想一切都会一模一样吧。"

他走在她身边，陪她向她家走去。过了一会儿，他的胳膊偷偷地搂着她的腰。她轻轻地推开他的胳膊，可他又搂上了，她最终还是顺从了。“你看，亲爱的苏菲，你不知道你要留在那儿，你可能想要一个家。我现在还没准备好，将来有一天我会给你一个家。”

“嘿，山姆，你咋这么浮浪呀！我从来没说过我喜欢你，这都是你一厢情愿，跟在我后面！”

“如果说我不像村里其他小伙子一样在你这里试一试的话，那就没道理，说不过去。”他们来到她家门口的时候，他弯下腰，想和她吻别。

“不要，山姆，不要这样！”她大声说着，用手堵住了他的嘴，“在这样一个晚上，你应该严肃一些。”她向他道了别，没有让他亲吻她，也没有让他进门。

刚刚成为鳏夫的牧师时年约 40 岁，家境殷实，膝下无子，只身一人。他向来过着与世隔绝的封闭生活，部分原因是有田地的人不住在村子里，目前妻子的故去使他更加有意回避外界的注意。他比以前更加深居简出，越发难以跟外面世界的变化节奏和喧闹和上节拍，人们把这种变化叫作进步。他妻子亡故好多个月以来，家里的光景还是老样子，厨子、女仆、客厅女仆以及外面干事的男仆或尽职尽责，或偷懒耍滑，一切尽听其自然——牧师对此一概不闻。直到有一天，有人郑重提醒他，只他一人的小家里似乎没有多少活儿要那么多佣人干。他这才恍然大悟，认清了事实，决定裁退他的仆人。客厅女仆苏菲抢先下手，有天晚上她告诉他她打算离开他。

“为什么呀？”牧师问。

“山姆·霍布森向我求婚了，先生。”

“嗯——那你想嫁给他吗?”

“不太想。可是毕竟能成个家呀。我们也听说我们中间的一个人得离开。”

过了一两天，她说：“先生，如果你不想让我离开的话，我还是不想离开你了。我和山姆吵架了。”

他抬头看了看她。他以前几乎不曾注意过她，虽然他一直隐约意识到她在这个屋子的存在。像一只猫一样的，多么柔和温顺的小东西呀！她是唯一一个他近距离并且一直不断相处的仆人。如果苏菲走了，他该怎么办呢?

苏菲留下来了，另一个人走了，相安无事，一切又恢复了平静。

当牧师颓科特先生生病的时候，苏菲给他往楼上送饭，她刚走出屋子，颓科特就听见楼梯上传来叮铃咣啷的响声——她手端着盘子滑倒了，崴了脚，没办法站起来。他们叫来村里的医生。牧师病好了，可是苏菲很长一段时间不能干活儿。医生告诉她，她再也不能多走路，也不能从事任何需要站着干的工作。脚一有好转，她独自找他谈话。既然不能四处走动忙碌——的确不能这样——那她就应该请辞。坐着干活儿，她能干得很好，况且她还有个姑妈是裁缝。

她因他而受罪，牧师深受感动，他激动地大声说：“不，苏菲，瘸也罢，不瘸也罢，我不能让你走。你再也不要离开我!”

他走近她，虽然她无法弄清楚是怎么回事儿，她感觉他的嘴唇还在她脸上吻了一下。然后，他向她求婚。苏菲并不爱他，可是她尊重他，几乎到了崇拜的地步。虽然她想挣脱他，可是她几乎不敢拒绝她如此敬重的人，在她看来，他是令人敬畏的人，因此，她答应做他的妻子。

一个阳光明媚的早晨，教堂的门自然而然被打开通风，鸣唱的小鸟飞进来，落在屋顶的系梁上。在围绕圣坛的低矮的栏杆处，正在悄悄密密地举行一场婚礼仪式，几乎无人知晓。牧师和附近的一位副牧师从一个门进来，苏菲从另一个门进入，后面跟着两个必须来的人。就这样没过多长时间，就产生了一对新婚夫妻。

颓科特先生心里很清楚，虽然苏菲的性格无可挑剔，但是他走出这一步就等于社交自杀，所以他采取了相应措施。他和认识的在伦敦南部一个教堂任职的牧师做了交换，尽早搬到了那里，放弃了乡下的那个有树有灌木的漂亮的家，以及作为牧师俸禄的田地，住到了坐落在一条长而直的街上的一座布满灰尘的狭窄的房子里，音色优美洪亮的钟声换成了一个带钟舌的钟发出的难以入耳的破烂叮当声。这样做一切皆因她而为。当然了，他们远离了所有知道她以前身份的人，也不像以前那样受到外面人的注意，在乡下教区他们就得忍受外界太多的关注。

苏菲这个女人虽然有她自身的缺陷，但她是男人难得的那种能吸引男人的伴侣。在家务方面她有着天生的能耐，把家收拾得雅致得体，待人接物自不必说有她的路数，可是在所谓的文化教养方面她倒是缺点儿悟性。她嫁给颓科特先生已 14 年多了，在她的教育方面丈夫没少费功夫，可她还是搞不清“was”和“were”①，这使得她在她认识的为数不多的人中很没面子，那些人甚至因此瞧不起她。在这一点上，她最大的悲哀是，家里一直不惜成本，将来还会舍得花更多钱来教育培养的她唯一的儿子如今已长大，他已能察觉他母亲的这些不足，不但能发现，而且还为此而感到懊恼。

她就这样一直生活在城市中，成天消磨时光来辫盘务弄她那头漂亮的头发，直到有一天她曾经像苹果一样的脸蛋凋谢成非常惨淡的粉红色。那次事故后，她的脚就再也没能恢复元气，无奈大部分时间只能坐着，无法正常走路。她的丈夫已经喜欢上了伦敦，因为这里更自由，人们不太关注家长里短。可是他毕竟比苏菲年长 20 岁，近来得了一场大病。今天他的病情似乎大有好转，妻子可以陪儿子去听音乐会。

## 2

当第二次见到她的时候，她穿着一身黑色的寡妇丧服。

颓科特先生终究没能挺过来，现在就躺在这座大城市以南的一座挤满了死人的公墓，就算这里所有的死人站起身活过来的话，也没有一个人认识他，或叫出他的名字。他儿子懂事地陪她来到墓地，然后又上学去了。

这些变故中，人们只拿苏菲当个孩子，这是她天性使然，并非

---

① “was”和“were”是英语的一种联系动词或助动词的过去式，随主语的人称和数而有选择。

年龄尚小。除了有限的个人收入外，丈夫没有给她支配他的任何财产的权利。因担心她缺乏经验、不善管理的状态日益严重，稳妥起见，丈夫尽可能地把一切找人做了委托。儿子读完公学，接着要读牛津，然后拿到牧师资格，一切费用都做了预算，也做好了安排。在这个世界上她真无事可干，只剩下吃喝，做点儿无关紧要的琐事，继续把那栗色的头发辫来辫去，盘来盘去，敞开家门等着儿子假期回来看她。

早就预见他很可能会死在她前头，丈夫活着的时候为她购置了一座半独立式别墅，这个别墅就在那又长又直的同一条街上，对面是教堂和牧师宅邸，只要她愿意住，这房子就是她的。她现在就住在这儿，可望见前面的一块儿草坪，透过栏杆可看见川流不息的车辆，或弯腰趴在二楼窗棂上，可眺望远处的街景，有粘着烟灰的树木、雾蒙蒙的空气以及破旧的房屋外观，沿街回响着郊区主道常有的噪音。

她的儿子在学校学到了贵族的一些知识，掌握了语法，加上年少的叛逆，逐渐丢失了未成年人那种本身可以延伸至太阳和月亮的宽广的同情心，以及像别的孩子一样本是与生俱来，也是他那位天生就像个孩子的母亲在他身上所赏识的美德。他逐渐把他们的社交范围局限在几千个富有且有头衔的人当中，这只是引不起他兴趣的万千人中的冰山一角。在心灵上，他与母亲之间渐行渐远。苏菲的文化社交圈是一些地位卑微的商贩和低级职员，她的伙伴只有她家里那两个仆人，因此，不足为奇，丈夫去世后，她很快就丢失了她从丈夫那里学来的小小的虚假品位，在她儿子眼中变成了一位因不断出错且出身寒微而让他作为一个绅士感到羞愧和汗颜的母亲。当然，他还没有长大成人——假如能成人的话——能够认清这样的事实，与她内心涌动的并且一直蕴藏的博大的母爱相比，她的这点儿毛病对他的影响实在是微不足道，将来有一天，他或别人应该能充分理解这个事实。倘若他和她一起住在家里的话，他就会完全体会到这个，可是目前情况下他似乎不太需要她的呵护，因此，这份慈爱只能储存以备后用。

她的生活令人郁闷得难以忍受，她不能去散步，对兜风也毫无兴致，说实在的，她也不喜欢到处旅游。一切风平浪静，几乎两年过去了，她还是盯着那条郊区的路，回想着她出生的那个村子，想着她是否早该回去——哦，多快乐啊！——哪怕就在田里干活。

因不锻炼的缘故，她常常失眠，夜里或大清早爬起来望着外面空空的马路，那里的路灯像哨兵一样等待着游行队列从身边经过。每天凌晨大约1点钟，的确会有类似的队列经过，那是满载着蔬菜往科文特花园①市场送的乡村车辆。她经常看见它们在这个寂静昏暗的时刻一路爬过——一辆接着一辆，装得像绿色堡垒似的白菜摇晃着要掉下来，可是没有掉，装着一大堆豆角和豆子的筐摆成了城墙，一堆堆雪白的萝卜像金字塔一样，多种农产品混装在一起的木条箱摇摇晃晃——被夜里干活的老马拉着沿街爬行。这些马儿不断发出低沉的咳嗽声，似乎很耐心地想着，在这个夜深人静的时刻，其他一切有知觉的生物都有权休息，为什么唯独它们总是得干活

① 科文特花园（Covent Garden）坐落于伦敦西区的圣马丁巷与德鲁里巷之间，是伦敦最大的特色商品市场。1666—1964年间曾一度为英国最大的蔬果市场，1964年政府将其转变为特色商品市场。

呢？每当心情压抑、神经紧张、难以入睡的时候，她就裹着斗篷，看着它们，对它们心生怜悯之情，此刻这是对她莫大的安慰。她看到那些绿色蔬菜经过时，在灯光的映照下鲜活水灵，那些因长途行走劳累汗流浃背的马儿喷着哈气，身体闪着光亮。

这一切引起了苏菲的兴趣，对她来说几乎产生了魅力，这些流动在城市间的从事半属农业劳动的人们和车辆，与在这同一条路上白天劳作的人们相比，他们过着迥然不同的生活。一天早晨，一个赶着装满土豆的马车的男子在经过她家的时候郑重其事地看着房子的正前面，她心生一种奇异的情愫，感觉他的身影很熟悉。她又远远地看了他一眼。他的车是那种老式的运输车，前面是黄色，特别好认，第二天见了，第三天晚上又见了。正如她想象的那样，沿路走着的那人是山姆·霍布森，盖米德村从前的花匠，曾经有段时间他差点儿娶她为妻。

她偶尔会想起他，思忖着和他一起生活在乡下农舍的话，会不会比她接受的这种生活更幸福。她只是想起他，本来对他没有什么激情，可是目前她这种凄楚的境遇让她对他产生了兴趣，一种无法夸张的淡淡的兴趣，他在她心中又复活了。她回到床上，开始思考。这些市场花匠们每天早晨一两点有规律地从大老远来到城里，他们是怎么回去的？她隐约记得看见过他们的空车，午后某个时间又回去了，在白天日常的交通往来中几乎无法注意到。

时节方才 4 月，可是，那天早晨吃了早饭后，她叫人打开了窗户，坐着往外面看，惨淡的阳光照到全身。她含情脉脉地做着针线活儿，可是眼睛却始终没能离开街道。10 点到 11 点之间，那辆渴望的马车，卸了货，出现在返程的路上。可是山姆没有四处张望，一路沉思径直赶着车往前走。

“山姆!”她大声喊道。

山姆吃惊地转过头，脸上露出喜悦的神情。他把一个小男孩儿叫过来牵住马，然后下了车，站在窗户下面。

“我不方便下来，山姆，要不我会下来的!”她说，“你知道我住这里吗?”

“嘿，颓科特夫人，我知道你就住在这附近某个地方。我一直在打听你呢。”

他简要解释了一下他怎样在这儿的来龙去脉。他很早以前就放弃了奥尔布里肯附近那个村子种花的工作，现在是伦敦南部市场花匠家的经理，他的其中一项工作是一周两三次负责用车往科文特花园送农产品。为了应答她好奇的追问，他说出了实情，他之所以来这个特别的地区，是因为一两年前他在奥尔布里肯的报纸上看到了盖米德村从前的牧师在伦敦南部去世的通告，这使他难以熄灭的旧情重生复燃，勾起了对她居住地的兴趣，促使他在这周围四处寻找，才找到了目前的这份工作。

他们一起谈起了古老亲切的北威塞克斯他们那个小村子，孩提时代他们一起玩耍的地点。她试图表现自己现在是一个体面的人，跟山姆不应该太套近乎。可是她无法把持，眼里挂着泪珠，说话的声音里也反映了一切。

“恐怕你过得不快乐，颓科特夫人?”他说。

“哦，当然不快乐！就在前年我失去了丈夫。”

“啊！我指的不是这个。你想再次回家？”

“这是我的家——一生的家。这房子是我的。不过我明白。”她开始吐露真情，“是啊，山姆。我渴望回家——我们的家！但愿我在那儿，永远不要离开，死在那儿。”可是她又想到了自己的身份：“那只是一时的想法。我有一个儿子，你知道，一个可爱的男孩儿。他现在上学去了。”

“我想就在附近吧？沿路我见了许多这样的学生。”

“哦不！不在这破破烂烂的地方！在一所公学——英国最了不起的学校之一。”

“我真糊涂，当然了！我忘了，夫人，你已经成为贵妇人多年了。”

“不，我不是贵妇人，”她悲伤地说，“我永远也成不了贵妇人。不过，他倒是个绅士，就这么——使得我——哦，我活得多难啊！”

## 3

以这等奇特的方式复燃了旧情，二人再续前缘，感情迅速发展升温。不管白天还是夜晚，她经常往外探视，就是为了能和他说上几句话。她觉得遗憾的是，她不能陪老朋友走一走，这样说起话来更方便，不至于总让他站在房子前面。6 月头上的一个晚上，时隔数日后，她又趴在窗户上张望，他走进大门轻轻地说：“我说，去外面透透气不是更好吗？今早我只装了半车蔬菜。干吗不和我一起去科文特花园呢？白菜上有个舒服的座位，上面我铺了个麻袋。别人还没起床前，你就可以坐着出租车回家了。”

刚开始她没答应，接着激动得浑身发抖，急忙穿戴齐整，身上裹了个斗篷，头戴面纱，借着扶手悄悄地溜下楼，这是她应急惯用的方法。当她打开门的时候，发现山姆就在台阶上，他把她抱在粗壮的手臂里，走过前厅放到了他的车上。这是一段有限的又直又平展的公路，一个人也见不到，一个声音也听不到，只有等待的路灯汇聚在每个点上指示方向。早晨这个时段，空气如同乡村的一样清新，星光闪烁，只有东北方向有一片白光，那是曙光。山姆小心翼翼地把她放到车上，继续赶路。

他们像昔日那样说着话，每当想到自己和她关系熟悉的时候，山姆时不时责怪自己。不止一次她很沮丧地说她纳闷她是否陷入了胡思乱想。“我在家里好孤独啊，”她接着又说，“不过这让我觉得很幸福！”

“亲爱的颓科特夫人，你下次应该再来。白天是享受不了这么新鲜的空气的。”

天越来越亮了。大街上麻雀开始忙碌起来，人越来越多了，城市里开始熙熙攘攘。他们靠近河流的时候，天已经放亮了，在桥上他们看到在圣保罗方向清晨的阳光异常明媚，照着河水波光粼粼，熠熠生辉，河面平静安逸，没有一条船来搅动这份宁静。

靠近科文特花园的时候，他把她抱到了出租车里，然后他们分手了，像非常熟的老朋友一样端详着对方的脸。她安全到家了，瘸着来到门口，用弹簧锁钥匙开门，没被人看见就悄悄溜进了家。

新鲜空气和山姆的陪伴使她有了人生的活力，她的脸蛋红红的，可以算得上漂亮了。除了儿子，她有了生活的盼头。她是个心底很单纯的女人，她明白实际上此行并没什么错，可是拿清规戒律来说错可就大得去了。

可是不久，她还是没能抵挡住诱惑，又一次跟他出去了。这次他们说话说得很亲切，山姆说他一辈子也忘不了她，不计较她曾经有段时间对他很不好。犹豫再三，他告诉她一个计划，说他有能力实现这个计划，一个他能做到的计划：因为不喜欢伦敦的这份活儿，他想在老家的奥尔布里肯镇当一名大蔬菜经销商，他得知一个机会，有一家由上了年纪的人经营的店，店主老了不打算干了。

“山姆，你不这么干不行吗？”她问道，心情很低落。

“因为我不敢肯定你是否——能和我在一起。我知道你不愿意——也不能够！做了这么多年的贵妇人，你不可能做我这样一个下等人的妻子。”

“我几乎没法想象我会嫁给你！”她承认他说得对，她对这个念头感到恐惧。

“假如你能嫁给我，”他诚恳地说，“我但凡出去的时候，你只管坐在后厅透过玻璃隔断看着点儿就行。你腿瘸也不碍事……我会尽我所能把你养得很体面，亲爱的苏菲——假如我有幸能这样考虑的话。”他请求她。

“山姆，我很直率，”她说，把自己的手放到了他的手上，“就单说我，我乐意这样干，哪怕因改嫁失去所有的财产我都很高兴。”

“我不在乎这个！这样才更独立。”

“你太好了，亲爱的，亲爱的山姆。可是这不单是我的事。我有个儿子……有时我觉得很痛苦的时候，我甚至在想他不是我亲生的儿子，而是为已故丈夫托管的。就个人而言，他几乎不属于我，而完全属于他已故的父亲。他受了那么多教育，而我受的教育少得可怜，因此，我觉得我不够体面做他的母亲……嘿，这事我得告诉他。”

“好啊。没问题。”山姆明白了她的想法和她的顾虑。“嗯，苏菲，你愿意怎么做就怎么做——颓科特夫人，”他又补充了一句，“你又不是孩子，他是啊。”

“唉！你是不知道！山姆，如果我能做得了主，有天我就会嫁给你。可是，你需要等一段时间，容我想想。”

这样的结果对他来说已经是很满足的了，分手的时候他没想那么多，还是很高兴。可她就不一样了。要告诉兰德尔夫似乎是不可能的。她得等到他上牛津，那时候她的行为几乎不会影响他了。可是他能不能接受这个想法呢？万一不接受，她能与之抗争吗？

公学之间一年一度的板球大赛在伦敦大板球场地举行，山姆也已经回了奥尔布里肯镇，可是就再婚的想法，她对儿子只字未提。颓科特夫人觉得比往常强壮不少。她跟兰德尔夫一起去看比赛，偶尔还能离开轮椅四处走动。她在观众人群中走动的时候有了一个聪明的主意，她想趁儿子热心比赛，兴致很高的时候，随意地引入这个尴尬的话题，这时与当天比赛的胜利相比，他会把家务事看得无足轻重。他们顶着 7 月可怕的烈日闲逛，他们这一对，相隔甚远，又如此贴近。苏菲看见一大群像她自己孩子的男孩子，系着宽大的白领，头戴低矮的帽子，大伙儿都围在大马车周围。马车的下面乱糟糟地堆放着豪华午餐的残留物，有骨头、糕饼渣、香槟瓶、玻璃杯、碟子、餐巾、家庭专用银具，在马车里坐着骄傲的父母亲，但是绝不会有像她这样的可怜的母亲。假如兰德尔夫不属于这个圈子，他心思不集中在他们身上，不太关注他们所属的阶级的话，情况那该多好啊！忽然为了给某次精彩的击球喝彩，那一大亲友团中爆发出了欢呼声，兰德尔夫疯狂地跳起来想看个究竟。苏菲想起了她早就琢磨好的那句话，但她就是说不出口。也许那是一个不合时宜的场合。将她的故事与兰德尔夫逐渐认定跟他自己血肉相连的时尚展演相提并论，那可是要命的。她在等待更好的时机。

有这么一个夜晚，他们独自待在他们朴素的郊区住所。这里生活并不是欢快的蓝色，而是枯燥的棕色。她最终打破了沉默，轻声细语地宣布她可能再婚的消息，并且向他保证这会是在很久以后，当他不靠她完全能够独立生活的那个时候。

儿子觉得这是个非常合理的主意，问她是否已经有了人选。她有些犹豫，而儿子似乎有些疑虑。他说他希望自己的继父或许是位绅士。

“不是你所谓的绅士，”她胆怯地回答，“他很像我认识你父亲前的那种身份。”她慢慢地给他交代了事情的来龙去脉。少年脸上的神情凝固了一会儿，然后脸变得通红，靠在桌子上，突然激动得放声大哭起来。

母亲走到儿子跟前，对他满脸亲吻，吻遍了她能够得着的每一个地方，轻轻地拍着他的背，好像他还是从前一样的小婴儿，其间自己也在哭泣。当他从情绪发作中渐渐恢复过来的时候，他急忙钻进自己的房间拴上了门。

她在门外等候，听着里面的动静，企图通过锁孔和儿子说话。过了好久他才给了回复。他从屋里义正词严地向她警告："我为你而感到羞愧！你这样做会毁了我！一个粗俗的人！一个乡巴佬！一个小丑！英格兰所有的绅士都会瞧不起我！"

"别再说了——也许是我错了！我会努力克制的！"她辛酸地哭了。

夏天兰德尔夫还没离开她之前她收到了山姆的一封信，信上告诉她他没料到这么走运居然拿到了那个店铺。他是店主，这是镇上最大的一家，水果蔬菜都有经营，他想将来可以成个能配得上她的家。问她他是否可以到城里去看望她。

她偷偷地跟他见了面，告诉他她还需要再等等，等最后的答复。秋天都熬过去了，当兰德尔夫圣诞节放假回家的时候，她再次委婉地提起了这个话题。可是这个小绅士却毫不让步。

这事放了几个月，她又重新提起，在他的强烈反对下放弃了，她又想再次试试，这位性格温柔的人儿一再讲道理，一再请求，转眼四五年就这样过去了。忠实的山姆又一次毅然决然地提出了结婚的请求。苏菲的儿子现在已经是在读本科生了，一个复活节他从牛津回到家，她又唠起了这个话题。她跟他分辩道，等他授了牧师资格，他就可以有自己的家，她既不懂文法，又愚昧无知，对他来说势必是个累赘。最好尽量忘了她！

现在他照样很恼怒，表现得更具男子气概，可是就是不同意。她站在她自己的立场上一再坚持，态度更加坚定，他开始怀疑他不在的时候，她能否让人放心。因厌恶和鄙视她的品位，他的态度一贯霸道强势，最终他把她带到他卧室里为他私下做祷告而搭设的一个小小的十字架和圣坛前，让她跪下，发誓不经他同意她绝不会和塞缪尔①·霍布森结婚。“我这样做是给我父亲一个交代！”他说。

可怜的女人发了誓，心想等到他获得牧师资格，甩开膀子投身宗教事业的时候，他就会心软，就会回心转意的，可是他没有。这时节他所受的教育已经完全泯灭了他的人性，他态度保持得异常坚定，尽管他母亲和那个对她忠贞不渝的水果蔬菜商可以过着田园牧歌式的生活，不会影响到这世上任何一个人。

随着时光的流逝，她腿瘸得更厉害了，很少或根本不离开位于长长的南部大街上的家，她越来越觉得心力交瘁。“为什么我不能跟山姆说我要嫁给他呢？为什么不能？”当身边没人的时候，她总是哀怨地喃喃自语。

大约 4 年后，一个中年男子站在奥尔布里肯镇最大的水果店门口。他是店主人，可是今天没有穿平时做生意时穿的工作服，而是穿了一套整洁的黑色礼服。他家的窗户半掩着。只见一列送葬队伍缓缓地从火车站走来，队列经过他家门口，出了小镇朝盖米德村的方向走去。当灵车过来的时候，这个男子眼含泪水，手里拿着帽子。此时，一位脸刮得光光的年轻牧师身穿齐腰马甲，像一片乌云一样，从灵车上看着站在那里的店主人。

1891 年 12 月

① 山姆（Sam）是塞缪尔（Samuel）的昵称。

# 西 巡 道 上

## *1*

本故事讲述的搅和了两位女人平静生活的男人——顺便解释一下，从哪个意义上讲，都不是一个了不起的人——10 月的一个晚上，他在曼彻斯特市第一次认识她们。他一直站在教堂的场地上，在一片黑暗中争取瞥一眼英格兰最有同类风格的中世纪建筑群，可是事与愿违，白费功夫，这些建筑在他眼前潮湿平坦的草地上拔地而起，呈锥形高耸入云。当他站着的时候，教堂的存在是靠耳朵听出来的而不是眼睛看出来的，他看不见教堂的高墙，但是那些高墙却传出了一阵强烈的喧闹声，声音通过一条通往城市广场的街道传进了教堂场地，落在建筑物上，又返回到他那儿。

他推到第二天来查看空寂无人的大楼，全神贯注地听那嘈杂声。这声音包含了气管风琴的声音、敲锣的声音、摇手铃的声音、转拨浪鼓的声音以及无法分辨的人的叫喊声。在出现喧闹的方向的上空悬着一片可怕的光团。他朝那里走去，穿过拱形大门，沿着一条直直的街道，来到了广场。

他或许搜遍整个欧洲也难以发现摆在面前的截然相反的两种光景。论颜色和火焰，那光景是地狱的第八层；论欢乐，那简直胜过荷马史诗中的天堂。冒着烟的刺眼的黄铜色的光亮从无数盏油灯的火舌中升起，油灯安装在售货棚、货摊和其他临时搭建的摊位上，这类售货摊把偌大个市场塞得满满当当。在火光照射的地方，几十个人影，大概就是个轮廓，在来回冲，上下窜，绕着圈儿飞，在夕阳下犹如飞舞的蚊虫。

他们的动作富有节奏感，好像受机械驱动似的。不过一会儿就看出来了，他们的确是被机械带动的，这些人影是那些掏钱来玩儿的顾客，有荡秋千的、玩跷跷板的、耍弹跳板的，尤其还有骑占据中央位置的旋转木马的。汽笛风琴的喧闹声正是从旋转木马中发出来的。

转眼一想，灯火辉煌中生机盎然的活人，总比那黑暗中的建筑要强得多。于是年轻人点着了小烟斗，斜戴了一下帽子，一只手插在衣袋里，将自己融入这个新环境里，走近了被主人称之为蒸汽马戏团的那个最大最受欢迎的旋转木马。它做工非常精美考究，眼下正在极力使劲儿旋转，骑手们绕着转圈，和着木马节奏的那个乐器将它的黄铜喇叭口正对着这位青年，不同角度摆放的长长的平板玻璃镜也随着机器一起旋转，像万花筒一样把旋转的人和木马投射到他的眼里。

此刻，看得很清楚，他可不像人群里的大部分人。他是个有绅士风度的小伙子，这类人物只在大城市才能见到，尤其是伦敦才有。尽管穿着不时髦，但身材秀美，相貌堂堂，看上去是专业阶层人士，从他的样貌可看出他根本就不是那种乏味无聊的务实之人，更像是那种随和感性之人。说真格的，一些人会认为他完全不是这样一个世纪典型的中产阶级男性，这个世纪令人厌恶的卑鄙龌龊与野心勃勃逐渐取代了长期以来受人崇拜的爱情而一跃成为人们追求的主流。

旋转的人儿在人群中从他眼前经过，姿态娴静优雅，让人难以料想，而一般来说他们的举动跟优雅和娴静难以联系在一起。通过某种装置让每一匹旋转木马做出一种动作，的确堪称旋转木马发明技术的高超和完美——每一对马儿上下奔腾起伏的时间被设定好了，一匹马跃起的时候正是另一匹降落的时候。骑手们完全陶醉于我们这个时代最欢乐的假日游戏——马儿的起伏升降运动之中。骑手中有各个年龄段的人，有小到 6 岁的孩童，也有 60 岁的老人。刚开始很难看清具体的人，不过渐渐地，这位年轻的观察者的目光锁定在几个漂亮的旋转中的姑娘中最俊俏的那一位身上。

不是刚开始吸引他的身穿浅色衣服和浅色帽子的那位姑娘，不是她，是身穿黑色披肩和灰色裙子，戴着浅色手套的那位——不，也不是她，而是她后面的那位，她穿着深红色的裙子，深色的上衣，头戴棕色帽子，手上戴着棕色手套。千真万确，是最俊美的那位姑娘。

最终敲定了她，在姑娘每次从他视野中迅速穿过的时候，我们这位悠闲的观察者都尽其所能地琢磨打量她。她除了骑乘之举绝对没有意识到周围的一切，看样子她完全迷失于梦幻般的快乐之中，此时此刻，她甚至不知道自己的年龄、过往和样貌，更不知烦恼。这位青年本人则满怀近来时髦的朦胧的忧郁和当下流行的惆怅情绪，就在姑娘快活如在天堂的此时此地，能见到这位年轻人那可真是让人感觉耳目一新。

年轻人担心藏在闪闪发光的洛可可式机器背后的那个脏兮兮的司炉工会觉得这波骑乘人员的一个便士的花销早就到时间了，他会停掉一整套的蒸汽引擎、木马、镜子、号子、锣鼓、铙钹此等东西，关掉音响。年轻人在等待着姑娘的每一次闪现，漠然地瞥视那些干扰的身影，包括那两个相貌平庸的姑娘、老妇人和她带的孩子、两个少年、一对新婚夫妇、抽着陶土烟斗的老汉、戴着戒指的年轻的美男子、坐在敞篷马车里的年少贵妇们、一对技术熟练的木匠以及其他各等人物，直到他心仪的乡村美人转到了他眼前。他从来没见过比她更娇美的自然的造化，她每转一圈都会加深他对她的情感。旋转木马终于停了，传来骑手们的一片哀叹声。

他绕过去来到他推断她要下来的地方，可是她一直留在座位上没下来。腾空的马鞍上陆续坐满了人，而她显然是决定再玩一轮。年轻人走到她骑的木马的一侧，愉快地问她骑得是否开心。

“哦，很好玩!”她说着，眼睛顾盼神飞，“那是一种有生以来从没有过的感觉!”

跟她搭话一点儿也不难。她不矜持——一点儿也不矜持——天性使然，她还处世不深，没那么世故知道要假装矜持，稍微哄哄她，她就随意跟他对答起来。她从大平原①上的一个小村庄来曼彻

① 原文为 the Great Plain。

斯特生活，这是她平生第一次看蒸汽马戏团，她真不理解如此奇妙的机器是怎么制造出来的。她受哈汉姆夫人的邀请来到了城市，后者把她带到家里，如果她有些能力的话，想把她培养成家里的女仆。哈汉姆夫人这位年轻的贵妇人婚前叫伊迪丝·怀特，住在说话人家附近的一个村子。因为自小就很熟悉，哈汉姆夫人对她很亲切，甚至花功夫教育她。哈汉姆夫人是她在这个世界上唯一的朋友。因为无儿无女，尽管她最近刚到，哈汉姆夫人还是很偏爱她，和她很亲近，允许她想做什么就做什么，无论什么时候，只要她提出要求，都给她准假。这位和蔼可亲的年轻的贵妇人的丈夫是市里富有的贩酒商，可是哈汉姆夫人却并不太喜欢他。白天，从他们说话的地方就可以看到哈汉姆夫人的家。比起偏僻的乡下，我们这位说话人，也就是这位漂亮的姑娘更喜欢曼彻斯特。她要买一顶新帽子准备下礼拜日戴，那得花 15 先领 9 便士。

接下来她问她刚认识的这位小伙子他的住处，他告诉她他住在伦敦，那座古老的烟雾弥漫的城市，人生这辈子要活就活在伦敦，要不活在伦敦那就等于死了。他因为职业的需要每年两三次到威塞克斯，昨天他才从温顿斯特来，其中一个原因就是他喜欢乡村胜过城市。为什么呢？因为这里有像她这样的姑娘。

这个快乐机器又开动了，对于这个欢快的姑娘来说，这个英俊小伙子的模样、灯火闪亮人群攒动的市场、远处的一座座房子、偌大的世界，都像原先那样开始转动，她右侧的反光镜里这一切都在反转，她自然是固定的点，周围是起伏不定、眼花缭乱、毛骨悚然的宇宙世界，其中最显眼的就属刚才和她说话的那个人的外形。每次她快转到离他最近的那一半的时候，两人都微笑着凝视着对方，流露出准确无误的表情，这表情在此刻没多大意义，然而常常会激情澎湃、心痛难忍、悲欢离合、忠贞不渝、儿女成群、任劳任怨、心满意足、逆来顺受、心灰意冷。

当木马又一次慢下来的时候，他走到她身边，提议她再来一回。“这次你不用掏钱，”他说，“我来付！”

她放声大笑，笑出了眼泪。

“亲爱的，你为什么笑啊？”他问她。

“因为——你太绅士了，你一定有很多钱，说掏钱只是逗乐！”她回复道。

“哈——哈！”年轻小伙子应声笑起来，殷勤地掏出钱让她再玩一圈。

当他手拿烟斗，身穿准备去闲逛的粗呢上衣，戴着阔边呢帽，在那光怪陆离的人群中再次微笑着站起来的时候，谁会想到他是查尔斯·布拉德福特·雷伊呢？他是一名绅士，一名还没有获得绶带的初级律师，在温顿斯特念书，在林肯会馆律师协会供职，眼下正要去西部巡回，因一桩仲裁案只好在梅尔切斯特逗留，他的同伴们去了下一个郡镇。

## 2

从年轻姑娘提到的那座房子可以俯瞰集市广场一个远处的角落。这座房子建造考究，规模宏大，每层都带有好几个窗户。二楼的其中一个窗户内是一个用来做客厅的大房间，里面坐着一个贵妇，看样子年龄在 28 岁到 30 岁之间。窗帘仍然没有拉上，这位夫人手托着腮帮，漫不经心地审视着外面诡异的景象。这屋子里面还没点灯，从广场透过来的光照进屋子，足以能映现夫人的面容。她是那种可以称之为有趣的人儿，但不是漂亮的女人，她长着乌黑的眼睛，神情若有所思，双唇看似很敏感。

一个男子悠闲地从后面走进了屋子，走上前来。

“哦，伊迪丝，我刚才没看见你，”他说，“你为啥黑乎乎地坐在这里？”

“我在看集市呢。”那夫人声音懒洋洋地回了她丈夫。

“哦？每年的糟糕玩意儿！但愿早点儿结束了。”

“我倒挺喜欢的。”

“嘿。真是没品位。”

出于礼貌，他和妻子从窗户看了一会儿，然后又走了出去。

过了一会儿，她打电话。

“安娜回来了没？”哈汉姆夫人问。

“没有，夫人。”

“这会儿她应该回来了。我只允许她出去 10 分钟。”

“夫人，我去找她吧？”家里的女仆机灵地问。

“不，不需要。她是个听话的姑娘，很快就会回来的。”

然而女仆一走，哈汉姆夫人起身，去了自己的房间，披上斗篷，带上圆帽，下了楼，正好碰见她的丈夫。

“我想去集市看看，”她说，“顺便去找安娜。我得为她负责，必须保证她能安全回家。她应该进家了。你和我一块儿去吗？”

“哦，她没事的。我在一个转来转去的玩意儿处看见了她，我进来的时候，她正和一个小伙子聊天呢。如果你想让我去，我就去，其实我避之不及呢，恨不得离它 100 英里远呢。”

“那你请自便。我一个人不会有事。”

就这样她离开了家，走进市场上熙熙攘攘的人群，很快就发现了安娜，她就坐在旋转木马上。木马一停，哈汉姆夫人走上前，口气严厉地训斥道：“安娜，你怎么成了这么一个野丫头啊？你只可以出去 10 分钟。”

安娜神情茫然，一下子懵了，这时本退到后面的小伙子走上前来，扶她从木马上下来。

“请不要责怪她，”他很有礼貌地为她开脱，“怪我，是我让她待在木马上的。她骑木马的姿态十分优雅，我唆使她再骑一回。我敢保证她一直是很安全的。”

“照这么说，我就把她交给你。”哈汉姆夫人说着转身想继续走她的路。

可是此刻想走开却没那么容易。不知什么把人群吸引到了他们身后的一个地方，贩酒商的妻子受到人流的裹挟，不经意间发现自己就挤靠在安娜的相好身上，无法脱身。他们脸对着脸就几英寸的距离，他的气息飘到了她的脸上，同样也扑到了安娜的脸上。突发事故，他们无能为力，只能相互微微一笑，可他们谁也没说话，就被动地等待着。这时哈汉姆夫人感觉到一只男人的手攥住了她的手指，从那小伙子脸上的一时表情看，她知道那是他的手，从姑娘的位置来看，她也知道他别无想法，他认定被抓的那只手就是安娜的。是什么阻止她没有告知他实情，她几乎不得而知。抓着手还不满足，他还戏耍似的将两根指头悄悄滑进了她的手套，抵住了她的手掌。这种状况一直持续到人群没那么拥挤，有些松散，过了几分钟，人群开始变得很稀疏，哈汉姆夫人才得以抽身。

“他们怎么认识的？我就纳了闷了。”她一边后退一边思索，“安娜也确实太轻率了，而他——既痞气又俊朗。”

她的心因这位陌生人的举止和声音，还有他那温柔而浮浪的触摸轻轻骚动，她不但没有进家门，反而又转身躲在一个隐蔽的角落偷偷地观察这一对男女。她的确在辩解（比安娜本人稍微有点儿冷静），无论安娜使了什么招数认识了他，她给他鼓励还是情有可原的，毕竟他人那么温文尔雅，那么魅力迷人，一对眼睛还那么漂亮。想到她比他年长几岁时，她发出了一声毫无缘由的叹息。

终于这对男女离开了旋转木马，朝着哈汉姆夫人的家门走去，这时就听到那年轻人说他要陪她回家。此时的安娜找到了一位恋人，很显然是一位非常忠贞的恋人。哈汉姆夫人对他十分感兴趣。当他们走近贩酒商家门口一个此刻相对僻静的地方的时候，他们在别人看不见他们的一堵墙的阴影处站了一会儿。他们在此处分手了，安娜来到门口，她的相好穿过广场回去了。

“安娜，”哈汉姆夫人走上前来说，“我一直在注意你！我几乎能确信，分手的时候，那个年轻人吻了你。”

“嗯，”安娜结结巴巴地说，“他说了，如果我不介意的话——这对我没什么坏处，嗯，嗯，可对他来说好处很大！”

“啊，我想是这样！你今天晚上才认识他的，以前不认识他吧？”

“是的，夫人。”

“我确信你把你的名字等底细全告诉他了。”

“他问我了。”

“可是他并没有告诉你他的情况？”

“不，夫人，他告诉我了！”安娜带着胜利的喜悦大声说道，“他叫查尔斯·布拉德福特，是伦敦人。”

“好吧，既然他是个正派人，当然了我也不反对你认识他，”女主人回答道，尽管得注意原则，她对那位年轻人还是有所偏爱，“不过假如他想跟你继续交往的话，我还是得把事情考虑周到。像你这样一个乡下长大的丫头，这个月才来曼彻斯特生活，这之前几乎没见过公职人员，咋就这么生猛，竟然勾引他这样的伦敦大城市的小伙子呢！”

“我没勾引他。我真没做啥。”安娜不解地说道，满脸迷惑。

进了门，一个人的时候，哈汉姆夫人在想，安娜的朋友是个多么有教养，多么殷勤的小伙子呀。他在她手上的轻触与爱抚真是富有魔力，她真猜不透他是怎么迷上这个丫头的。

第二天早晨，多情的哈汉姆夫人照常去曼彻斯特的教堂做平日里的礼拜。在雾气蒙蒙中走过教堂空地的时候，她再次见到了头天晚上引起她兴致的那位男子，他若有所思地注视着教堂正厅那高耸的建筑。她刚坐下来，他就进来坐在她对面的一排里。

他并没有特别留意她，可是哈汉姆夫人眼睛一直在他身上打转。她百思不得其解，她的这个未谙世事的女仆，一个黄毛丫头，究竟靠什么居然勾走了他的魂。女主人和她的女仆一样，对这位“时代末”青年不甚了解。或许她本不该多想。雷伊往周围看了一会儿，突然径自离开了教堂，无所谓正在进行的礼拜仪式，而哈汉姆夫人——一个孤独善感的人儿——了无心情来赞美天主。她但愿嫁给了一个伦敦男子，就像歪打正着地抚摸了她的手的这位帅哥一样，是个爱情的行家里手，深谙谈情说爱之道。

## 3

梅尔切斯特的任务并不繁重，只需出庭几个小时。西巡道上的下一个巡回法庭安排在卡斯特桥市，那里没有雷伊要处理的事务，因此他没去那里。之后下一个市镇的案件下礼拜一才开庭，下礼拜二才进行庭审。按常规，雷伊礼拜一下午早就该到下一个地方了，可是到了礼拜三中午，人们发现他才从临时住处出来，在大街上急行着，他的法官袍和按亚述帝国①的浅浮雕最时髦的式样做成的一层层卷着的银色假发在他身后随风飘动，晃来晃去。尽管来到了审判厅，可他无事可做，边坐在铺着蓝色台面呢的法官席上，边开始修理笔，但心思却远远脱离了正在审理的案子。想起一周前的草率行为，他觉得十分懊恼，他不敢相信自己竟能做出这等事来。

逛了集市后的第二天，他想方设法又去见安娜，那位漂亮的村姑。他和她一起出城到旧梅尔切斯特的土城堡。只因他非常迷恋

① 美索不达米亚古帝国。

她，整个礼拜天、礼拜一、礼拜二，他都逗留在梅尔切斯特，在此期间几经劝说，得到允许，和姑娘一起散步，一起约会有六七次，很快就赢得了少女的芳心，占有了少女的身体。

他想可能是最近一直在城里单身独处的缘故，他才毫无节制地疯狂地爱上这个涉世未深的姑娘。她很单纯，一开始就毫无保留地委身于他，任其拿捏摆布。他很后悔为一时欲念竟肆意玩弄人家的感情，只希望今后不要因为自己的冒失让她一生受苦。

她要他再来看她，哭着恳求他。他答应会去看她，他愿意履行诺言。现在他不能抛弃她。尽管这段意外的感情很棘手，好在相距几百英里——对于这个能力有限的姑娘来说那就是 1000 英里——足以阻止这夏日的浪漫妨碍他的生活。想想这点儿甜蜜的爱情也会给他带来意想不到的额外好处，当他希望努力工作的时候，可以防止他在镇上逍遥闲逛、寻欢作乐。因他的巡回法庭工作之故，一年他需要三四次到梅尔切斯特，这样他可以经常见到她。

不知道这段情感会发展到什么程度，一时他给她只说了化名，或者说是名字的一部分，这倒也没有存心欺骗她的意思。后来他也没有再费周折给安娜去纠正，要告别的时候他觉得有必要告诉她一个地址，那是离他办公室不远处的一个玩具店，她可以给他写信，收信人为首字母“C. B.”。

雷伊按时回到了伦敦的住处，途中走访梅尔切斯特，在那儿跟他魂牵梦绕的大自然的女儿又消磨了几个小时。在城里他每日过得很无聊。黄褐色的浓雾经常从四面八方包围着他和他的屋子，每当他点起煤气灯，在灯光下开始读书或写东西的时候，感觉这境况很奇异，然后他就盯着火焰，翻来覆去地想念他那位梅尔切斯特的轻信了他的姑娘。思念情切的他经常会经北门走进昏暗肃穆的法庭正厅，挤到其他初级法官们中间，这些法官跟他穿着相同的制服，像他一样尚未受聘，或者挤到人员拥挤正在审理耸人听闻的案件的这个厅或那个厅，好像他是其中一员似的。不过门口的警官和他本人一样心里很清楚，他跟眼下的事务没有丝毫关系，和外面旁听席门口耐心地站着的闲人没有两样——这些人早晨 8 点就等着要进来，因为他们像他一样，都属于靠期盼生活的那个阶层。可是他这样做是漫无目的的，心想这里的这些人与粉嫩可爱的安娜相比，差别可就大多了。

让人意想不到的是，这个农家姑娘居然没给他写信，尽管他叫她想写就写。诚然，这种情况下，年轻的小伙子一生中从来没有这样寡言少语。最终，他给她写了封短信，诚恳地求她写信，但没有收到邮局的回音。第二天，文具店店主给他递过来一封信，这封信是由女性秀气的笔迹写的，上面盖着梅尔切斯特的邮戳。

收到这封来信就足以安抚他浮想联翩的情感。他没有迫不及待地打开信封，实际上将近半个小时后他才准备看这封信，早就期盼着那些对往事激情满怀的回顾，或对他温柔地指点之类的表达。最终他站起身来到壁炉旁，打开了信，他吃惊地发现，信里既感觉不到浮华的表达，也感觉不到粗俗的流露。这是他收到的一封出自一位女性之手的最温馨迷人的信。诚然，语言简单，思想单纯，可是看得出写信人冷静克制，淳朴自信，这位少女相信她女性特有的品质是她尊严的代言，足以让他将信看上两遍。信共写了四页，按从前的样式横着写了几行，信纸也很普通，底色和表面都已过时。可即便这样又能怎么样呢？他也收到过号称淑女的女子的来信，可没一封信让人如此感动，如此充满人情味儿。但他挑不出其中一个句子很精彩或很巧妙，而打动他的恰恰是这封信的整体效果，除了求他尽早给她回信，或来看望她之外，丝毫看不出另有所求。

在这种情况下，雷伊本来最想做的事就是写封回信继续书信往来。他确实写了简短的信来鼓励她，签上了自己的化名，信中他请求她回复，兴致勃勃地承诺近期某一天想办法再来看她，告诉她他们短暂的相逢对他们双方都意义深远，他永远不会忘记。

## 4

现在我们让笔锋转回到安娜在梅尔切斯特收到雷伊回信的那个时刻。

信是由早晨值班的邮递员交到她手上的。一拿到信，她羞红了脸，一直红到脖颈，她将信在手上翻来翻去。“是我的?”她问邮递员。

“嘿，是啊，难道你看不出来吗?”邮递员微笑着回答道，一边猜测信件的内容以及姑娘为什么会犯糊涂。

“哦是的，的确是我的!”安娜看着信回答，勉强傻笑，脸更红了。

邮递员走了，可她还是一脸的窘态。她撕开信封，用嘴亲吻上面的字，然后放回到衣袋。她一直思索着，终于忍不住流出了泪水。

几分钟后，她给卧室里的哈汉姆夫人端过去了一杯茶。安娜的女主人看着她，对她说："今天早上你看着心情不大好，安娜。怎么回事啊？"

"我好着呢，我挺高兴的，只是我——"她不说了，再说就开始哽咽了。

"怎么了？"

"我收到了一封信——但里面一个字都不会念，有什么用呢？"

"嘿，如果需要的话，我来读呗，孩子。"

"可这不是一般人写的——我不想让任何人读，只想自己读！"安娜喃喃自语。

"我不会告诉别人。是那小伙子写的吧？"

"我想是。"安娜慢腾腾地拿出信，然后说，"那你就读给我听吧，夫人。"

这事关安娜的难为情和害臊的秘密。她既不会读也不会写。她是婶娘拉扯长大的，家在威塞克斯中部大平原上的一个偏僻的小村里，甚至在推行全民教育的年代，那里方圆两英里的地方都没有一所学校。她婶娘没文化，无人过问安娜的情况，也没有人操心她的基础学习。虽然就这样，她倒也不愁吃不愁穿，也没有人虐待她。自打来梅尔切斯特和哈汉姆夫人一起生活，这位女主人格外喜欢这个姑娘，还教她正确的谈吐，对于纯粹不识字的人来说一般倒也不难，她这方面也还比较灵光，很快就能熟练运用女主人教的话语。哈汉姆夫人建议她买一个拼音抄写本，然后开始练习。这方面安娜表现比较迟钝，接着就有了这封信。

哈汉姆夫人黑黑的大眼睛透露出她对信上的内容很感兴趣，尽管她只扮演一个讲解员的角色，口气尽可能表现得机械被动。她一直读完了那封短信，信收尾的句子赖不兮兮地求安娜给他写一封温柔的回信。

“那么——你会帮我写，是不是，亲爱的夫人?”安娜恳求道，“求你尽量写好。因为我不想让他知道我自己不会写信。如果这事被他知道了，我会羞愧得恨不能钻进地缝!”

那封信中一些话露出了马脚，叫哈汉姆夫人不得不问她缘由，夫人所得到的答复证实了她的疑虑。哈汉姆夫人发现这姑娘已经将自己的幸福托付于才刚开始的这场恋情，她的内心充满了忧虑。她责怪自己没能干涉这次邂逅调情，让自己监管的这个可怜的姑娘要面对这样严重的后果，尽管当时他们在一起的时候，她也觉得把年轻人的爱情扼杀在萌芽状态委实不是她分内之事。不过话又说回来，木已成舟无法挽回，作为安娜唯一的保护人，尽力帮助她才是正道。安娜恳求哈汉姆夫人为这位伦敦小伙子撰写回信，夫人觉得有必要同意他的请求，如果可能的话，能保持他对姑娘的恋情，尽管在其他情况下，她可能会推荐厨师来代笔。

经哈汉姆夫人之手写成的回信口气自然很温柔喜人。雷伊收到之后确实非常喜欢。当然了，这是在安娜在场的情况下，以她这个年纪的年轻姑娘特有的方式写的，用的是安娜的很便宜粗糙的信纸，可是注入的是哈汉姆夫人的生机、灵魂和个性。

“最起码名字你得自己写吧?”她说，“这次你还是想办法写吧。”

“不，不，”安娜往后退缩一下，说道，“我会弄得很糟糕。他会感到羞辱，然后就不会再见我！”

我们很清楚，信里巧妙地请求他能回信，信的内容魅力十足，果然收到了他的回信。他毫不隐瞒地说收到她的来信无比荣幸，希望她每周写上一封。就这样，安娜和她的女主人几个礼拜连续不断如法炮制，每封信都由哈汉姆夫人执笔策划，那姑娘站在旁边，哈汉姆夫人宣读回信并进行点评，安娜只是站在旁边再次听着。

一个冬天的深夜，在寄出了第六封信后，哈汉姆夫人独自坐在火炉旁，火炉里的火已烧成了灰烬。她的丈夫感觉疲惫已经睡了，她陷入了沉思，无暇顾及时间和冷暖。哈汉姆夫人的万千思绪跟当天她做的一件奇怪的事有直接关系。雷伊造访之后，安娜第一次回平原上，和村里的闺蜜们玩了一两个晚上，这期间哈汉姆夫人很不合时宜地收到了一封雷伊的信。于是哈汉姆夫人没等姑娘来合作，就擅作主张写了回信，抒发了她本人内心深处幽暗的情感。她下意识地给他回信，诉说只有他才能读懂自己的情感。这真是一种莫大的奢侈，她陶醉于其中。

何以称之为奢侈呢？

因为哈汉姆夫人过得很寂寞。英国父母大凡相信，不愉快的糟糕的婚姻也强过自由自在的单身老姑娘的生活，哪怕多有情趣、尊严和悠闲。她听信了父母的说教，无奈退而求其次，大概 3 年前，在 27 岁老大不小的时候同意嫁给了那个老气横秋的贩酒商，婚后她才发现她错了。婚姻契约始终没能唤醒她内心深处的天性，她仍然像一个怨妇，活得十分压抑。

现在她逐渐清醒地意识到，她的灵魂深处潜藏着那个男子的形象。实际上，她顶多只知道他的名字而已。自打第一次为其俊朗的外表、悦耳的声音而心动，为其温柔的触摸而战栗，有了这些催发剂，加之后来信写了一封又一封，柔情四溢的回信读了一封又一封，她内心产生了一种强烈的情感，这情感同时也在撩拨煽动着对方，最终两个通信人之间的情感发展到了好似着魔似的相互依恋、难舍难分的地步，丝毫不顾及一人只是代笔人而非真角色的现实。虽然他还蒙在鼓里，对她不知情的着迷只是出于对异性的好感。小伙子居然能在两天内勾搭上另一位女子，本就是他过人的能耐。

信上激情澎湃或是克制低调都是她的想法——为了继续伪装，用词尽量简短易懂——哈汉姆夫人将其写在信里，签着另一个人的名字，更多是为了讨浅薄无知的安娜的欢心。其实如果没人帮忙的话，即便她会写，量她也想不到采用这些妙计来拴住他。哈汉姆夫人发现，就是因为她偷偷融入了自己的情感，才打动了这位年轻法官的心，他主要为此而回信。偶尔从安娜嘴里说出的三言两语，显然不会给他留下印象。

安娜不在的时候，哈汉姆夫人偷偷写信的事安娜没有觉察。可是安娜一回来的第二天早晨，她就嚷嚷着有急事需立马见到她的情人，恳求哈汉姆夫人叫他过来一趟。很奇怪，安娜看样子甚是焦虑，最后她终于忍不住泪如雨下，这自然逃不过哈汉姆夫人的火眼金睛。安娜蹲在哈汉姆夫人的膝前向她坦白，因与她的情人有染，有些事很快就瞒不住了。在这节骨眼儿上，足见哈汉姆夫人其实很大度，不至于事不关己高高挂起，置安娜于不顾。遇上这等事，真正的女人不会太冷漠观望，置之不理的，她会想办法保护她亲近的人，不过有时方式方法有些唐突。尽管不久前才给雷伊写过信，她还是立马提笔又写了一封，口气虽然很委婉，但清楚地表明了事态。

雷伊连忙回信说他很在意她说的消息，他想着即刻赶来看望她。

过了一周，姑娘手里拿着一封信，到女主人的房间来找她，读了之后发现上面说他最终还是没时间过来看她。安娜伤心得都要崩溃了，好在经哈汉姆夫人的安慰，她严格把持住了自己，对他没有谩骂诅咒，其实这是亲身经历此事的年轻姑娘常有的表现。现在有件事必须做，那就是让小伙子依旧情意绵绵，对她痴情不改。因此哈汉姆夫人以她的女仆的名义劝他，无论如何勿要为这看似糟糕的事情烦心，也不必麻烦急着赶过来。她首先希望他不要为此而给自己的事业增加压力，也不要影响自己高尚的职业。她希望他明白发生的事情，心里别再惦记此事，把它全忘了。只要他像从前那样写来深情的回信，春天巡回时再过来，到时候再商量对策也为时不晚。

不难想象安娜的心情和这些慷慨的表达截然相反，可是女主人说了算，安娜只好顺从。“我一切的希望就是你在信里写得漂漂亮亮的，求求你了，我亲爱的，亲爱的夫人。就是要了我的命，我脑子里也编不出来，我有同样的意思、同样的感受，只当你写出来的时候才会发现！”

信寄了出去，哈汉姆夫人独自一人，靠在椅子靠背上低头哭泣。

“这孩子是我的就好了——是我的就好了！”她小声嘟囔着，“可是我怎么能说出如此邪恶的话来呀！”

## 5

这封信一到，着实让雷伊很感动。万没想到她居然这么宽容地对待他，这本身比信上的信息更能触动他。没有一句怨言，关切他的利益，字里行间渗透着自我奉献，这一切烘托出一种高尚的品质，这在女人身上他做梦都找不到。

“上帝宽恕我吧！”他声音颤抖着说道，“我真混账，竟然不知道她是如此稀罕的宝贝！”

他随即安抚她，发誓他自然不会抛弃她，他要在某个地方给她安个家。同时说只要她的女主人允许的话，她还是尽可能住在那儿。

怕什么来什么，偏偏就出了很不幸的事。关于安娜的情况，哈汉姆夫人的丈夫是否听闻了什么蛛丝马迹，这也不得而知，无论哈汉姆夫人怎么求情，这姑娘还是被撵出了主人的家门。安娜自作主张，决定回到平原上的村舍小住时日。这样安排的话，有一件事需要商量，就是怎么继续通信，姑娘没能力亲自写信，也难以和从前一样两人合作完成，无法把以她的名义开始的写信工作继续下去。因此，她请求哈汉姆夫人——这世上她唯一的一位有钱的朋友——

收信并立即回信，然后把信转给平原上的她，那儿她或许能找个邻居给她读一读，但愿能遇上这么一个值得信赖的人。安娜提着箱子离开主人家往平原上走去。

于是就出现了如此之事，哈汉姆夫人感觉境况很奇怪，她要在没有真实当事人监督的情况下，以实际上妻子的口吻和不是她丈夫的男子通信，要顾及根本不是哈汉姆夫人的别的女人的身体情况。通过书信往来，哈汉姆夫人悄无声息地对那个男子产生了爱慕之情，那情感虽然只是幻想的，但很细腻微妙，又热烈痴迷。她打开每一封信，好像那是给她自己写的一样，然后动情地凭着自己的内心感受回信，全然不顾他人。

姑娘不在场的情况下，他们一直保持着书信往来，敏感的哈汉姆夫人陶醉在幻想的狂喜中，她间接的亲密关系居然滋生出不曾有过的如此震撼的感情。出于良心的缘故，刚开始哈汉姆夫人把小伙子的每一封来信都转递给安娜，把她回信的大致情况也转递给她，可是时间一长，这些个所谓的大致情况也不转了，许多彼此间的信件也不再转递。

尽管雷伊多情放浪，至少从表面上看来，他沾染上了虚伪的社会中自我放纵的不良习气，但从本性上讲，他还是个诚实正直的人。他确实留恋这个乡下姑娘，当他发现她能用朴素的言辞表达最深沉的情感的时候，他就越发喜欢她。他思来想去，拿不定主意，最后只好决定去听听姐姐的意见。他姐姐比他年长许多，是个未婚姑娘，善解人意，心地善良。告诉她这个秘密的同时，他把其中一些信件也拿给姐姐看。

“看来她书念得不少啊，”雷伊小姐说出了自己的见解，“人也聪明。说话天生很有品位。”

“是啊。多亏了那些初等学校，她字写得也很漂亮，不是吗?”

“可怜的姑娘，不由得叫人怜爱她。”

这次商量的结果是，虽然没有人直接给他建议，雷伊还是用真实姓名写了封信，也就是说，他不能没有她，春天的时候他要来娶她，以解决她的后顾之忧，假如没有得到支持的话，他不会有担当地主动这样做。

哈汉姆夫人立刻驾车来到平原上的村舍，把雷伊决定娶她的消息告诉安娜。听到这个消息，安娜像个小孩儿似的高兴得跳了起来。安娜给哈汉姆夫人大致叮嘱了一下，求她帮着妥善处理，回到城里后哈汉姆夫人又倍加深情地锻造了一封温情四溢的信。

“哦!”她哀叹了一声，扔掉了手中的笔，“安娜，可怜又善良的小傻瓜，她哪有足够的聪明才智能赏识他呀!她怎么能做到呢?而我——我又没怀他的孩子!”

时间已经是 2 月份了。书信往来已整整 4 个月了，雷伊接下来的一封信却很意外地谈到了他的岗位和前景。他说，在准备娶她之前，他首先考虑再三，准备放弃这个职业，这个职业至今收入微薄，另外说白了，他觉得和她结婚以后可能无法再干下去了。可是在她的来信中，他意外发现了藏在她快乐的天性中乐观温暖的潜质，这让他忘却了自己不愉快的前景。他相信，以她的发展潜能，在他的指导下，经过一番有关伦敦社会生活的私人培训，如果必要的话来点儿家庭教师的帮助，她一定会出落成比较理想的名副其实的专职人员的优秀妻子，即使自己晋升为大法官，她也能配得上自己。她在信的字里行间所表现出来的那种贤淑气质，许多大法官的太太都望尘莫及。

“哦——可怜的小伙子，可怜的小伙子！”哈汉姆夫人一声声哀叹。

眼下她对小伙子有多痴迷，她就有多痛苦。是她害他走到了这一步——要缔结一桩对他意味着毁灭的婚姻，然而出于对女仆的仁慈，她说什么也不能阻止他的计划。那一周安娜要来梅尔切斯特，可是她可不能把这个小伙子的最后回信拿给她看，这里面讲的大多关涉第二个人，而不是她所取而代之的第一个人。

安娜如期而至，女主人带她到自己的房间说些隐秘的话。安娜开口就激动地说，婚礼临近，她很高兴。

“哦安娜！”哈汉姆夫人回复道，“我想我们应该把真相全部告诉他——是我一直在替你写信——免得你嫁给他之后他才知道这一切，害得你们为此而闹矛盾并相互指责。”

“哦夫人，亲爱的夫人，请不要现在告诉他！”安娜痛苦地哭诉着，“如果你告诉他，他就不会娶我，那我该怎么办哪？我的命运那就惨了！我也打算继续写点儿东西。我带了你好心送给我的抄写本，我每天都在练，尽管很难，很难，我相信如果坚持不懈，最终我会学好的。”

哈汉姆夫人看了看那抄写本。摹本是她亲自设定的，姑娘所取得的进步只不过是奇形怪状地临摹她的女主人的笔迹。即便能临摹出流畅的书法，内在灵感又是另一回事。

“你写得真漂亮，”安娜又说，“把我想说的一切说得比我强上不知多少倍，我求求你不要在眼下这个节骨眼儿上不管我。”

“也罢，”另一个回答，“可是我——我本来想着我不应该再这样了！”

“为什么呀？”

她想表露情感的愿望十分强烈，哈汉姆夫人不得不如实回答：“只因为给我带来的影响。”

“可这不可能啊！”

“嘿，孩子？”

“因为你已经结婚了呀！”安娜的回答既简单又明确。

“当然不可能，”女主人回答得很匆忙，尽管心有愧疚，可是很庆幸有两三件本想一吐为快的事并没有说出去，“可是你必须专心写好你的名字，就像我这儿写的那样。”

## 6

时隔不久，雷伊写信谈到了操办婚礼的事。本来还担心只是一次浪漫的错误，现在他决定尽其所能加以弥补，因此对这次伟大的人生尝试激情满怀，信心十足。他希望在伦敦举办婚礼，这样可以做到更加隐秘。哈汉姆夫人倒想在梅尔切斯特办，而安娜没有任何想法。他说得有理，就按他的意思来，哈汉姆夫人开始热火朝天地投入到安娜出嫁的准备工作中，不过内心还是带有几许伤感。冒多大的危险哈汉姆夫人也要目睹梦碎的一幕，她想再次面见那位只是通过书信往来就让她芳心暗许的男子。因此，她主动提出要跟安娜一同前往，一起亲历婚礼仪式——女主人强颜欢笑说“要见证她圆满的结局”。姑娘内心很感激地答应了这个请求，她唯有这个朋友能够充当陪伴人和见证人，面对一位绅士新郎，可以独当一面，免得露出马脚，不至于因双方地位悬殊使新郎产生这样的想法——他犯了一个无法弥补的愚蠢的错误。

3 月的一个早晨，路上很泥泞，在伦敦西南地区民事登记所门口，雷伊从四轮马拉轿车上下来，小心翼翼地将新娘安娜和她的伴娘哈汉姆夫人扶下来。安娜穿着哈汉姆夫人帮她挑选的还算比较时髦的衣服，样子看起来很漂亮迷人，但赶不上她骑在梅尔切斯特集市木马背上时的光鲜亮丽，那时她还是个身穿乡下长袍的天真的孩子。

今天早晨哈汉姆夫人是坐了早班火车赶来的，一个年轻人——雷伊的朋友——早在门口等候迎接她们，四人一同进了登记所。如果不算第一次的不期而遇的话，1 小时前雷伊还不认识贩酒商的妻子，他因马上举行的仪式而内心慌乱，所以除了几句寒暄外，他也顾不上跟她多谈。在登记所，结婚证很快就办妥了，可就在这个当口儿，雷伊发觉他和安娜的朋友之间有一种奇怪而神秘的吸引力。

婚礼手续——抑或是先前结合的合法化——结束了，四人一起坐着马车来到雷伊的住处，这是一个新郊区新租的公寓，比起整个一座房子，他当时还能付得起房租。在这儿，安娜切开了那个小蛋糕，这是雷伊头天晚上从林肯会馆回家的途中在一个蛋糕店买的。可是此外她也没做什么。雷伊的朋友几乎一到家立马就告辞了，他走了之后，实际上只剩下哈汉姆夫人和雷伊两人，他们交流得很活跃。的确，只有他们二人在交谈，安娜像个家养的小动物，只是很卑微地听着，也听不懂。雷伊意识到这个现状，他感到很吃惊，开始对她的被动无为有些不满。

最后，出现了更加令人失望的一幕。他说："哈汉姆夫人，我的妻子这么慌乱紧张，都不知道自己在干什么或说什么。我看婚礼过后她需要静一静，然后才能恢复信上回复我时的那种富有哲理的言辞能力。"

他们计划那天下午早点儿出发去诺尔西，在那儿度过新婚生活的头几天。出发的时间快要临近，雷伊叫妻子到隔壁的写字桌上给他的姐姐写一个小便条，姐姐因身体小恙没能参加婚礼，要告诉她婚礼已经结束，谢谢她送的小礼物，既然她是查尔斯的姐姐，也是执笔人的姐姐，希望她们能成为好朋友。

"用你拿手的风格写得诗意漂亮一点儿，"他接着叮嘱道，"因为我希望你能博得她的欢心，彼此成为知心朋友。"

安娜虽有些局促不安，还是去干她的活儿，雷伊留下来跟客人聊天。安娜去了有段时间了，丈夫突然起身去看她。

他发现她还在写字桌上趴着，两只眼睛眼泪汪汪，他觉得很有意思，低头往信纸上看了一眼，想知道她用什么技巧这么细腻地表达了她的美意。结果让他大吃一惊，她只写了几行，样子看着是一个 8 岁的小孩儿的措辞和拼写，思想那就是一只大鹅的程度。

"安娜，"他一边盯着看，一边说，"这是什么呀？"

"只能说——我就这点儿水平！"她哭着回答道。

“唉？废话!”

“我不会!”她哽咽着，壮着胆子坚持说，神情十分委屈，“查尔斯，那些信不是我——我——写的！我只告诉她写什么！可是我不会一直都这样！我在学习，哦，学得很快，我亲爱的，亲爱的丈夫！我之前没有告诉你，你会原谅我的，是不是?”说着她慢慢跪下了，卑微地双手抱住了丈夫的腰，头脸贴在了他身上。

过了一会儿，他拉起她，又突然转身，甩手把门一关，径直来到客厅找哈汉姆夫人。她觉察到已经露出了马脚，两人直勾勾地看着对方。

“我没猜错的话，”他平静地问道，“是你一直在写信?”

“必须这样。”哈汉姆夫人回答说。

“她每一个词都说给你写吗?”

“不是每个词。”

“事实上，很少是吗?”

“很少。”

“每周你写那些长篇大论都是你的思想，只是签了她的名字?”

“是的。”

“可能许多信都是你一个人的时候写的，根本没有跟她沟通?”

“确实如此。”

他转身走到书架跟前，一只手蒙着脸靠在书架上。看到他这样痛苦，哈汉姆夫人吓得脸色煞白。

“你欺骗了我——毁了我!”他喃喃低语。

“哦，别说了!”她痛苦地哭叫，跳起来一只手搭在他肩膀上，

“我受不了！”

“以欺骗的手段取悦于我！你为什么这样做——你到底是何居心哪？”

“一开始，我这样做是因为同情她！我只想帮助一个单纯的姑娘，不让她遭遇不幸，我别无选择。可是我承认后来是为了我自己的快乐。”

雷伊抬头看了她一眼。“为什么这会给你带来快乐？”他问道。

“这我不能告诉你。”她说。

他继续看着她。在他的严厉盘问下，她的嘴唇突然开始颤抖，眼睛里充满泪水，并低眉垂眼。她突然惊慌地往旁边一站，说她必须到车站赶回去的火车，求他能否立马叫一辆马车过来。

然而雷伊走上前去，抓住她的手，她并没有抵抗。“好了，想想这件事！”他说，“嘿，你我是朋友——情人——忠实的情人——以通信的方式相知相恋！”

“是的，我想是。”

“不仅如此。”

“不仅如此？”

“显然不仅如此。不承认这个没用。法律上来说，我娶了她——上帝有恩于我俩！——但在灵魂和精神层面，我娶的是你，而不是这世上的另一个女人！”

“别说了！”

“可我偏要说！你既然已经承认了其中的一半，为什么还要伪装整个真相呢？是啊，这个契约是在你我之间达成的——并不是我和她之间！事已至此，我不再多说。可是，哦，我残忍的人儿，我想我对你有一事相求！”

她没有问是什么。他把她揽在怀里，弯下腰俯视。“如果信里只是单纯的自创编造，”他很果断地说，“只把你的脸蛋给我。如果是真心的，把嘴唇给我。记住，这是第一次也是最后一次！”

她把嘴唇送过去，他吻了很长时间。“你原谅我了吗？”她边问，边哭。

“是的。”

“可是你被毁了！”

“那还能怎样呢？”他说着，耸了耸肩，“是我活该！”

哈汉姆夫人抽身，擦拭眼睛，然后进到屋子和安娜道了别。安娜仍在纠结那封信，她不希望哈汉姆夫人这么快就走。雷伊跟着哈汉姆夫人下楼来，3 分钟后，她坐着双轮马车往滑铁卢车站赶去。

雷伊回到妻子身边。“安娜，那封信别在意，今天，”他温和地说，“穿好衣服。一会儿，我们也要离开这里。”

感觉到自己真的已经结婚了而有了底气，这个单纯的姑娘表现出高兴的样子，因为她发现事情暴露之后，他对她还是像从前一样好。可她并不知道他眼前见到的是一艘由囚犯或奴役划动的桨帆船①，他这个爱讲究挑剔的城里男人，被捆锁在上面，余生都将劳作，他身边绑着她，一个大字不识的乡下女人。

那天，哈汉姆夫人回梅尔切斯特的路上，神情因极度悲伤显得麻木恍惚，嘴唇因他绝望的狂吻还感到刺痛。她如醉如痴的梦终于

① 桨帆船是一种人力划桨驱动的船，常常由奴隶或囚犯来划桨。

结束了。黄昏时分，她到达了梅尔切斯特车站，丈夫等候在那里接她，可是因为他麻痹大意，她心事重重，互相没有看见，于是她独自走出了车站。

她木然地径直走回了家，连一辆轻便马车都没叫。一进家门，她受不了家里的沉寂，黑暗中上楼来到安娜曾经睡觉的卧室，待在那儿一直思索了好长时间。然后她回到了客厅，不知不觉，蜷缩在了地板上。

“我毁了他！”她嘴里不断念叨，“我毁了他，只因为我不愿干背叛她的事！”

半小时后，有个身影打开了客厅的门。

“啊——是谁？”她问，因为黑乎乎的，她惊得坐了起来。

“你的丈夫——还能有谁呀？”这个有本事的商人回答道。

“啊——是我丈夫啊！——我忘了我还有个丈夫！”她低声自语。

“我在车站没见到你，”他继续说，“你看着把安娜安顿好了吧？我希望如此，因为快到时候了。”

“是的。安娜结婚了。”

哈汉姆夫人回家的同时，安娜和丈夫坐在二等车厢正对着的两扇窗户旁，往诺尔西方向飞快驰去。他手里拿着一个皮夹子，里面全是带折痕的写得密密麻麻的纸片。他一张接着一张默默地读着，时而发出一声叹息。

“亲爱的查尔斯，你在做什么呀？”她胆怯地从另一个窗户问道，同时向他凑近，好像他是个神一样。

“在读所有那些署名‘安娜’的甜美信件。”他沉闷地回答，神情看似无奈地认命。

1891 年秋

# 来了一个龙骑兵

最近我经历了一件令人心情郁闷的事儿（那位绅士讲，他保证故事是真实的）。我走过一座十分晦气的房子，很长时间以来，我都比较熟悉这座房子的外部门面。这座房子由于年久失修，破败不堪，接下来的一周就准备拆了。屋顶枯黄色的茅草腐朽得像老蘑菇的褶皱，在我经过前，的确一些早就被揭掉了。一看就知道，这只是一座通常被称作"农舍"的非常小的房子，位于一个遥远偏僻的小村子，年份顶多不过百年。我穿过了它空空的房间，发现屋子的墙上有许多裂缝，地面塌陷不平。在房中走着，让人不由得想到，就在这座房子里曾经发生了多少家庭变故或奇闻逸事啊！现在我只想说说我自个儿知道的那些故事，实际上还有很多我却不曾听闻。

这座房子位于一个花园的上面，花园一直延伸到一条小巷或街道，这个小巷或街道穿过梅尔切斯特郊区一片比较隐蔽的住房。一条砾石铺就的小路从地势较低的入口一个绿色的大门处一直向上通向前门，路两旁是围着覆盆子、草莓和菜畦的黄杨树篱，绿色大门入口处的棘刺由于长年不断修剪已经形成了一个拱门。前门的颜色古旧，呈淡绿色，由于年久，颜色可以用手指擦下来，门上安装着长形的黄铜门环，裂缝处还带着铜绿。拆掉前夕的好些年来，这座住房状况日渐衰败，被分为两个廉租房供乡村的庄稼人当农舍居住。可是当年气派之时，无可争议，它可算得上是整洁、漂亮、体面。

以下所谈到的众多事件主要跟房屋租期（保有权）的性质有关，通过保有权，这房子曾被许多非本地常住户的人家居住——这些人的情况、地位或先辈，或多或少都属于只看眼下运气不顾未来结局的那一类人。我想讲的这个故事就是其中一家住户在其租期内发生的逸事。这家的主人叫雅各布·帕多克，是个市场花匠，他和他的妻子还有成年的女儿在这住了些年。

## 1

很明显这个院落中出现了一片沸沸扬扬的喧闹声，声音穿过前面的场地，像一个被搅扰的蜂箱。假如某个家人出现在门口的话，那定是一脸的慌张与不安。

此时，夜幕初降，村里其他的住户出来挑水，村里马路上大家共享的那口井就在帕多克家和花园的对面。村民们按秩序一个个用辘轳打好水后，他们通常会逗留在那儿，一起谈论一些重要的话题。从他们口中，任何一个随意的听众都能获悉有关发生的事情的所有信息。

本故事主要是由那位住在离事发地最近的守林人讲的。对面帕多克家的女儿赛琳娜那天下午收到了曾经打算要嫁的丈夫的一封来信，当年这位未婚夫只是个下士，可是如今已经升为龙骑兵准尉副官。赛琳娜很吃惊，因为她料想他早就在两三年前的阿尔玛战役①中阵亡了。

“当年她违背父愿硬要和他相好，我们都知道，那是在他晋升前的事，”讲故事的人继续说道，“那是伦敦这一带少见的有情有义的小伙子。可是，你瞧，雅各布希望自己的女儿能嫁个更好的男子，这个人们不难理解。可是当时她却铁了心要嫁给他。接下来发生的事对她来说也倒无可厚非，婚礼临近的时候突然爆发了战争，这样一切全泡汤了。”

“连婚礼用的猪也杀了，”一个女人说道，“桶装的啤酒也买来了。哦，那男子感到很有面子。可两天后就要到外国去打仗，很自然，父亲就说，等他回来再办婚礼。”

“可他却没回来。”站在阴影处的一个人小声说道。

“后来战争结束了，可是她的男人始终没有再露面。她不相信他战死了，可是出于傲气还是胆小，她没有去寻他。”

“父亲最终搞明白事情的原委，之所以原谅她，是因为就像他当时明确讲的那样，他喜欢这个男子，可以看出他是个品行端正的人。事已至此，无法挽回，于是老两口儿只好做最好的打算，他们把她留下来和他们一起生活，要换作有些人可能就做不到。岁月似乎证明了他就是一个说到做到的正派人，现在他居然写信给她说要回来。我想即使那个人没回来，她也始终不会变心，心里一直挂念

---

① 阿尔玛战役是 1854 年 9 月英国、法国和土耳其联盟部队与俄罗斯联盟之间的第一次克里米亚战争中的第一次主要战役。克里米亚战争是 1853—1856 年间俄罗斯与英国、法国为争夺小亚细亚地区权利而进行的战争。

着他。”

“在恋爱期间，”那个守林人接着说，“兵团驻扎在卡斯特桥营地，他常常到她父亲的果园，花一便士买院子那头一棵树上的熟透的苹果，这样他和她才得以相识。有人说，他通过篱笆即可看见她，也能看到苹果。他开诚布公地说那是一种让他着迷的苹果，他每天来买一便士的苹果，一直到树上的果子都摘光了。他不来买果子了，转而来找她了。”

“哎呀，晚做总比不做强，如果那样，现在他可以拥有她了。可是，主啊，她对他如此痴情，他居然没有回来，她根本不相信他还活着，心想如果他活着，那么埋在我们墓地最深层的人也活着。除却这个，她始终没有别的想法——哦，绝对没有！”

“现在对她来说可真是太尴尬了。”

“还好她还没有嫁给那位新未婚夫。虽然本来说好下周要举行婚礼，人们说连结婚证都领了，但这次还是没有张贴布告①，这婚事就不算数，第一次也是这样不走运。”

“或许那准尉副官会认为他被放弃了，一来就会走。”

“哦，不像我推测的那样，士兵们都不挑剔讲究，她仍然是一件整洁完好的家具。接下来的事，就是她选择了她的士兵，要和那个车轮工解除关系，不管领没领证。如果她不这么干，那才叫怪呢。”

就在这漫无边际的猜测中，另一个邻居的身影从黑暗中站了出

① 英国过去的传统婚礼习俗，结婚前要在教堂张贴三次结婚公告，如果无人反对才能进行婚礼。

来。她向井边的人们点了点头，人们也向她道了声“晚安，斯通夫人”。她穿过帕多克先生的大门朝他家的小门走去。她是帕多克家关系十分亲密的朋友。那群人目送她走过小路，经过了窗户，此刻屋里点起的蜡烛照亮了窗户。

## 2

斯通夫人在门口停下来，敲了敲门，随后赛琳娜的母亲来开门，并立刻将其迎进左手的客厅，客厅内饭桌摆开了些准备吃晚饭。靠墙的橱柜上放着一个葡萄干大蛋糕，蛋糕好像是一件奇珍异宝，用博物馆可以看到的那种玻璃罩罩着，这很可能是家具摆设司空见惯的房子里唯一一件能让当地陌生人眼睛为之一亮的东西。这个罩子呈四方形，后背是用木头做的，像围住长着珍稀羽毛或毛皮的填充起来的物种标本的罩子。这不是别的，而是早些时候打算在赛琳娜和士兵的婚礼上用的干透的蛋糕，被赛琳娜带着宗教般的虔诚和浓浓的爱意保存起来，作为她令人敬佩的爱情初衷的见证，尽管之后的结局却不尽如人意，这个接下来将要提到。这件“文物”现在干得像块儿砖头，似乎属于某个前世文明。就到最近，赛琳娜每天还习惯性地在它前面短暂驻足，回想起那件事，自那以后，其结果给她的生活蒙上了阴影——此事的结果挑水的人已经说过——一天早晨突然传来消息，第某某龙骑兵团已经接到命令，仅两天后就要出发，关于该怎样处置进行了紧急商量，结婚公告征询了两次意见，但第三次还没有进行，结果做出决定，在这样仓促的情况下不宜举行严肃的婚礼，即使有可能，也是不明智的行为，因为这让人犯愁疑虑，心里不踏实。

本故事所讲的年轻女子此刻正坐在炉火旁的一个低矮的凳子上，在静静地出神幻想，一个刚开始学走路的小男孩儿在地板上围着她四处玩耍。

“啊呀，是斯通夫人！”赛琳娜慢慢站起来问候一声，“您能来真好。留下来一起吃晚饭吧？想必妈妈已经给您讲了那个奇怪的消息了吧？”

“没有，不过我在外面听到了。也就是说，你收到了克拉克先生的来信，他们说现在是准尉副官克拉克，他要来和你补办婚礼。”

“是的。今晚要来，从他驻扎的英格兰北部一路赶过来。对此我真不知道是喜悦呢，还是恐惧？当然了，我曾一直相信如果他活着，他就会来兑现他给我发的庄严的誓言。可是当一个人死亡的消息白纸黑字张贴出来的时候，你还能怎么想呢？”

“消息的确印出来公布了？”

“哎呀，确实公布了。阿尔玛战役之后伤亡人员的名册高高地钉在卡斯特桥市镇办公厅门上。一个礼拜六，我专门上那儿去看，亲眼见了，因为我早就听说他的名字也写在上面。一群人围在公告书周围，是来找寻亲人的名字的。我注意到，他们见了我就主动给我让路，大伙都知道我们正准备要结婚，正如您所说的，他们知道我是他的人。唉，我伸长胳膊够到名册，翻了一下英勇者名单，只见在阵亡者名单中有他的姓，可是名字不是‘约翰’，而是‘詹姆斯’，我想可能搞错了，这个人一定是他。谁会想到在同一个团部有两个名字几乎一样的。”

“嘿，他要如约来和你完婚，你就放心吧，亲爱的。结果好，一切好。”

“他似乎也这么说。可是他还没听说米勒先生这桩子事，这是最让我担心的事。庆幸的是，我和他下周的婚礼只是领了证，还没有进行公告，和约翰的情况一样，因此知道的人倒也不多。可我心里还是没个主意。”

“看来一切总是功亏一篑，你说是不是啊，帕多克小姐？两次婚礼都泡汤了，这就奇了！亲爱的，当初你怎么看上米勒先生了？”

“他人好，也很实在！他一点儿也不嫌弃这个孩子，因为他本就明白这里面的缘由。你知道，他很喜欢约翰尼，视如己出。是不是，宝贝？米勒先生喜欢不喜欢你呀？”

“是的！我也喜欢米勒先生。”那个蹒跚学步的小孩儿回答道。

“哎，您瞧，斯通夫人，他说他要给我一个舒适的家，我想这对约翰尼来说也是件好事，米勒先生家境比我好，最终我答应了，我一个寡妇也只能这样——这是一直以来我的感受，自从亲眼见约翰的名字公布在那儿，我就一直这么想。希望约翰能够原谅我！”

“就因为这样他会原谅你的，你没有做对不起他的事啊。他本应该来封信告诉你死者是另外一个人。”

说话间，赛琳娜的母亲进来了。“我们获悉这个消息还不到一个时辰，斯通夫人，”她说，“信是由一个学生娃从下梅尔切斯特邮局送来的，就今天下午。米勒先生今晚要来商量操办婚礼的事。听！是你父亲，还是米勒先生已经来了？”

脚步声进入了门廊，在门口垫子上擦了擦鞋底，推开房门，只见一个年纪大约 30 岁的面色健康红润的男子出现在门口，这位机械师一副事业有成的样子，很明显看着脾气很好。来者丝毫没有注意到屋里的长者，一见到小孩儿，就发出了公鸡打鸣一样的叫声，双臂像翅膀一样煽动着，这是约翰尼最喜欢的来访方式。

“是的，是他。”赛琳娜很拘谨地凑上前去说。

“怎么，亲爱的，你们是在谈论我吗?”这位和蔼的年轻人说道，这时他已经打完鸣，恢复了人的举止。“嘿，是什么事啊，”他继续说，“你们看起来一下子怔住了。”米勒先生脸上表现出顾虑的样子，拉了一把椅子在火炉旁坐下。

“哦妈妈，你告诉米勒先生吧，他可能还不知道呢。”

“还叫米勒先生！再过 6 天就要结婚了！”他插了一句。

“哎呀，他还不知情呢！”帕多克夫人小声嘟哝。

“知什么情?”

“嗯，约翰·克拉克——现在是准尉副官克拉克——在阿尔玛战役中根本没有阵亡。阵亡的是几乎同名的另一个人。”

“嘿，这就有意思了！出了几茬类似的情况了。”

“他又回国了，今天晚上要来看她。”

“我说什么好呢，我的所作所为并没有伤害他吧?”赛琳娜插言道。

“可就是伤害了他又能怎么样呢?”

“哦！如果他原谅我的话，我必须答应做他的妻子。当然，必须。”

“必须！为什么不拒绝他呢，即便他原谅你，赛琳娜?”

“哦不！我怎么能拒绝呢？米勒先生，你大仁大义要我嫁给你，出了这等事，换作别人是做不到的，即使当时我不知深浅，没有感到应有的温暖，我还是答应了你。然而这一切全都怪我，只因我确信他已在阴间，我知道如果他没死，他就会履行他的诺言，现在证明我信任他是对的。”

“是啊……他应该是一个心地善良的小伙子，”米勒先生说，一时间因这个龙骑兵准尉副官异常忠贞的行为而深受感动，竟然没有去考虑这件事对自己造成的影响。他慢慢叹了口气，接着又说：“嗯，这样吧，赛琳娜，这事你来决定。我爱你，也爱这个孩子，我也为你们二人准备好了炉灶家当，想给你们一个温暖的家。”

“是的，我知道！可我现在不想再听这个，”赛琳娜迅速小声回答道，“约翰马上就要来了。我希望当我告诉他的时候他会看到一切犹如当初。如果我写信告诉他的话，那就会更好了。”

“你觉得他根本不会察觉到我们俩即将结婚的事。可也许事情恰恰相反——他有所耳闻后才迫不得已赶来。”

“哎呀，也许他已经听说了！”她高兴地说，“已经原谅我了。”

“如果不曾听闻，就开诚布公地说出来，坦诚地告诉他事情的来龙去脉。如果他是个男子汉，他会正确面对的。”

“哦，他可是个真正的男子汉。不过我确实在想，既然你那样说了，我压根儿没必要告诉他！”

此刻，约翰尼该睡觉了，赛琳娜把他抱到了楼上。当她下楼的时候，她母亲一脸焦虑地说：“我估摸克拉克先生要来的话，应该马上到了，如果这样，假如米勒先生不介意的话，跟我们道声晚安就好了！既然你打定主意要嫁给你的准尉副官。”收尾的话里带着些许苦涩无奈：“米勒先生不在这儿的话，就不会太尴尬，如果他能允许我直言的话。”

“当然，当然。”车轮工突然反应过来，一声惊叫，同时机敏地从椅子上站了起来。“主啊，保佑我的灵魂，”他说着拿起了帽子和拐棍，“本来 6 天后我们就要成亲！可是赛琳娜，你的选择是正确的。既然他还活着，你确实属于这孩子的父亲。我会想办法妥善处理。”

慷慨大度的米勒还没走远，就传来了敲门声，还伴有车轮的响声。

“我想我听到了什么东西开过来的声音。”帕多克夫人说。

接着他们听见对面屋子里一直抽烟的帕多克先生起身去开门，不一会儿，传来了一声赛琳娜十分熟悉的声音。她听到那人说：“终于又回来了，没少经历麻烦坎坷！您还好吗，帕多克先生？她还好吧？我猜你们原想着再也见不着我了吧？”

脚踏上了地板的声音伴着马刺的叮当声。

“该死，正好撞上了！”米勒先生喃喃自语，一时不小心竟爆出粗口，“没关系，反正这儿不见别处见。我也想见见这个家伙，和他交个朋友，他好像是个正派人。”准尉副官被招呼进来的时候，米勒先生又返回到壁炉处。

## 3

克拉克是那个年代长期在部队服役的优秀士兵，人长得也潇洒，有种含而不露的尊严，也许有人会认为其中一部分原因应归于他身上穿的齐脖高的硬挺军装，这种军装带有硬邦邦的高领。他比和赛琳娜分手时长得更结实了。赛琳娜本来打算含蓄一些，不公开表露情感，可是一见到他，就跑到了他跟前，他把她搂在怀里亲吻。

然后她情绪一阵激动，悄悄给他说了点儿什么，对此他显得很吃惊。

"刚把他抱到床上，"她继续说，"你可以上去看看他。我就知道，只要你活着就会回来！可是我还是放弃了你活着的念头。战争一结束你就回到英格兰了吗?"

"是的，亲爱的。"

"那你为啥没早点儿回来呢?"

"这个我也正想问我自己！有啥割舍不下，着陆回国的第一天没有急匆匆赶回来！嘿，谁考虑过这个呀——你还和从前一样漂亮!"

他放开她，上楼悄悄探视一番，在那儿，透过丝印板框楼梯扶手，他看见约翰尼的婴儿床正好放在敞开的门里。当他再次下楼来的时候，米勒先生准备离开了。

"嗯，怎么回事？我感觉很遗憾，我一来就见有人要走开。"准尉副官说道，“我原想着我们或许可以搞一个晚间舞会。外面的轻便马车里有一桶 9 加仑的‘凤凰’啤酒，一个火腿，半块儿生牛乳奶油。我想这样一个偏僻的地方你们或许难得逍遥放纵。我突然有了个想法，我们可以请一两个邻居参加。不过这也许有点儿擅做主张?”

“哦不，一点儿也不，”现在仍在屋子里的帕多克先生用司法审判般的方式说，“你想得太周到了，只是没这个必要，我们已经备好了足够的吃的喝的用于即将到来的大事。”

“真心感谢您的好意，”士兵说，“承蒙如此厚爱，为我做了这么让人快乐的准备，可你们今早才能收到我的信哪。”

赛琳娜看了一眼父亲止住了他，又跟米勒先生尴尬地交换了一下眼色。与她的希望相反，准尉副官显然不知道父亲谈到的筹备并不是为了他的到访做的，而是为了另一桩事。

外面马儿活动的声音以及鞭子不耐烦地在车上的敲打声提醒他们克拉克的马夫还在等他。饮食物品拿到了家里，马车被打发走了。米勒的确迫于小小的一点儿压力，接受了共享晚餐的邀请。之后他们又邀请了几个邻居过来一起办一个快乐的聚会。

在摆放食物期间，乃至整个接下来用餐的时候，赛琳娜坐在她第一位心仪嫁与的丈夫身边，多次试图把她和另一个男人订婚的消息透露给他，但出于女性善解人意的美德，此刻突然终止了这个想法。她心里那样高兴。可是话题整个转移到最近的战争，虽然一大杯准尉副官带来的烈性啤酒壮了她的胆，她还是决定等晚餐结束后找个更好的机会私下告诉他。

吃过晚餐，克拉克随意往后靠在椅子上向四周看了看，他说：“亲爱的赛琳娜，我记得当初我们晚饭后有时在那一间屋子里跳舞。开始前我们把所有家具都搬到这间屋子。你们一直这样做吗？”

“不，根本没跳过！”他的心上人神情落寞地说。

“原定几天内我们有可能要恢复起来，”帕多克先生说，“可是，常言说得好，人世间似乎总会有许多坎坎坷坷。”

“是啊，我会慢慢告诉约翰的！”赛琳娜插言道。听到女儿的话，父亲也感觉他本打算说出去的秘密还是暂且保留一下的好，于是他有些不耐烦地管住了舌头。

舞会的话题已经提起，而真正使其付诸实践的还是大伙的感受。之后热情的人们很快将桌椅都从对面的屋子搬到了这间屋子，同时打发两个村民回家去取小提琴和手鼓，接着大部分人开始踩着这个封闭的峡谷地区熟悉的旋律跳了起来。当然了，赛琳娜和准尉副官一起跳，这使得父亲很不乐意，母亲也大不自在，两位长辈都希望把庆祝活动往后推一推，推到教堂发布公告使女儿和克拉克先生过去轻率认定的夫妻关系成为事实后再热闹一番。当然他们也没有明确提出反对，帕多克先生清楚地记得，他对此也感到十分自责，就是因为他当初极不赞成女儿嫁给一个士兵，这才延误了婚礼，乃至最终受阻。结果比期盼得更糟，他的管制阻挠带来了一连串的不幸，自那以后他对一切事情就顺其自然，不再干涉。

“约翰，我的衣服后摆确实会挂到你的马刺上！”这家的女儿喃喃细语，这时她靠在他的臂弯里来回旋转，像一个梦游者一样完全沉浸在其中，醉心于其间，“我不知道要跳舞，要不我就穿另一件衣服。”

“哦，我的心上人，我会小心的。以前我们在这儿跳过舞。你觉得你父亲现在还反对我吗？我的军衔提升了。我估计他还是有点儿不赞成。”

“他很后悔，不止一次。”

“我也是！如果当时娶了你，就省了许多麻烦。我有时在想，在我离开前可以草草举行个仪式，尽管当时我们还处在第二次征求意见期，是吧？别说这个，就是我从克里米亚一回国就直接回到这儿，娶了你的话，也比现在要幸福得多！”

“亲爱的约翰，说到这个，那你是为什么呀？”

“哎呀，拖拖拉拉、考虑不周，过了这么久了，害怕面见你父亲。我还住了好长时间的院，你知道。可是现在看来，这地方似乎还是那么熟悉！那间屋里的橱柜上我见有个东西，那是什么呀？原来没有啊。好像是萎缩了的蛋糕。莫非是一块儿时间久了的婚礼喜糕？”

“你说对了，约翰，是我们的喜糕。那正是 3 年前为我们的婚礼做的蛋糕。”

“哎呀，天哪！时间好像凝固了，一切恍如昨日！她们在这间屋子缝制的婚礼服怎么样了？我记得是一种有点儿蓝又带点儿白色的质地轻巧的那种？”

“那也有。”

“真的！……哎呀，赛琳娜——”

“真的！”

“干吗现在不穿上呢?”

“是不是有点儿……不过话又说回来，哦，我何尝不想穿哪!如果我们告诉他们当初的情况，这就会让大伙知道在那个过去的日子我们真的打算要结婚!”说着，她又一次眼泪汪汪。

“是的……很遗憾我们没有结婚，真遗憾!”由于郁闷感伤，他沉默了一会儿，但并不是寡言少语的天性所致。

“嗯，要穿吗?”他问。

“要穿!下一曲舞我就穿，如果母亲不反对的话。”

就在下一个舞成形之前，如前所述，赛琳娜不见了，然后穿着一件皱巴巴的长期压箱底的，从来没穿过，但仍旧很神气很漂亮的细面布长袍，没错，就是那件3年前准备给新娘子的她带来风光荣耀的袍子。

“样式非常老旧。”她不无遗憾地说。

“一点儿也不过时。我这想法太妙了!嘿，我们接着跳吧!”

他带着她跳第二支舞，她向一些人解释这件衣服原本的意义，告诉他们在他的请求下她才穿上的。他们又一次在屋子里穿来转去。

“你看着就是新娘!”他说。

“可是我现在不能穿着这袍子结婚!”她回答道，内心一阵狂喜，“或许我不该穿它，给弄脏了。样式确实太旧了，叠出了褶皱，还有些磨损，你是想不到的，那是一次次拿出来看了的缘故。我从来没穿过——从来没穿——现在才穿上!”

“赛琳娜，我考虑从部队复员退役。和我一起迁徙到新西兰去吧！我有个叔叔在那儿，他混得很不错，很快会帮我们赚到一大笔钱。英国军队是很荣耀，但是根本无法挣到大钱。”

“当然可以，你决定，哪儿都行。那儿可否利于约翰尼健康成长？”

“气候非常宜人。在英国我不会幸福的……啊哈！”他又一次自信地断言，表情异常痛苦，十分懊悔，“天哪，我直接回到这儿就好了！”

舞伴一个接一个地转过来，重新结伴，赛琳娜正好遇上了应邀而来的一个叫鲍勃·哈特奥的人，这个人向来说话幽默风趣，肚里总藏有笑话，会在节骨眼儿上蹦出来。此刻，他抓住时机略显身手。他一边扭头看着赛琳娜，一边低声对她说：“这不是给新郎官戴了顶绿帽吗？嚯嚯！这会教给他婚后你希望的放纵！”

“他说‘绿帽’什么意思？”准尉副官问，因为他不是本地人，瞧不起当地值得尊重的语言，好像以为这里的“新郎官”这个名字是用来指他自己的，“但愿以后再不要受到像今晚这样的屈辱。”

赛琳娜样子很害怕。“他没有说你，亲爱的，”她解释道，他们一边不停地跳着，“我们都以为你可能知道发生的事情，碰巧这节骨眼儿上你来了。你已经——听说了——我的打算？”

“一点儿也没有——怎么能呢——远在约克郡？碰巧我在这个时候来，是因我的延误，想与你取得和解。”

“我和巴塞洛缪·米勒先生订了婚，准备结婚了。就这事！我本来应该写信告诉你，可是没有时间，今天下午才收到你的信……你不会因此而不要我吧，约翰？因为，你知道，我原以为你已经不在了，因此——因此——”她惶恐不安，两眼噙泪，他可能感受到了她体内翻涌的哽咽。

## 4

士兵在两三节乐曲中间一直沉默不语。“你定到什么时候跟提到的巴塞洛缪·米勒先生结婚哪?”他询问。

“很快。”

“多快?”

“下周——哦是的——和当初你我的情况一样。我有时想，一种奇怪的命运一直纠缠着我，回回都被搅黄了！他已经花钱领了证，我盼着这次不会像上次我们那样。可是最终还是没能逃脱这种命运。”

“领了证了！真见鬼!”

“别生气，亲爱的约翰。我当时不知道啊!”

“不，不，我不生气。”

“他心肠很好，善解人意!”

“是的……我明白，当然了，你的做法合情合理，你想着再也见不着我！他就是那位跳舞的米勒先生吗?”

“是的。”

克拉克扫视一周，目光落在巴塞洛缪身上，又沉默了一会儿，她偷偷看了他一眼，发现他有些变化。“约翰，你看起来不舒服!”她几乎哽咽着说，“不会是因为我吧?”

“哦亲爱的，不是。不过我没有料到。我怎么也不能找你的错——我没有……这个舞曲真他妈有点儿长，你不觉得吗？算是第二支舞吧，我们已经整整跳了20分钟了，跳得我根本没怎么休息。我气都喘不上了。”

“这儿的人们就喜欢比较长的。那我们不跳了？要么我叫小提琴手停下来。”

“哦不，不，我想能坚持跳完。我表面上看着很健康，实际上，自从在斯库塔里长期生病住院以来，我的身体大不如从前了。”

“这个我什么都不知道！”

“你没法知道，亲爱的，我没写信。我真是个十足的傻子啊！”他抽搐一下，像是疼痛引起的那种，“这曲完了我再不跳了。实际上，我今天长途奔波，一路鞍马劳顿，一下子有点儿吃不消了。”

毫无疑问，这位副官很不舒服，赛琳娜仍然相信她的故事是疼痛的罪魁祸首，故而，她因自责而痛苦。“我得坐一会儿。”突然，他说话的声音有些不对劲儿，她发现他的脸色更白了。

他的手放开了她的腰，迅速走到另一间屋子。她跟了过来，见他坐在最近的椅子上，脸枕在手和胳膊上，趴在桌子上休息。

“咋回事啊？”赛琳娜的父亲问，他坐在壁炉旁打盹。

“约翰有些不舒服……父亲，我们一结婚就打算去新西兰。那是个很不错的国家！约翰，你想喝点儿什么吗？”

“来点儿老猫头鹰牌的斯希丹杜松子酒吧，可能就在楼下，”父亲提议，“不是现在的这种，那比有执照营销的酒好得多。”

“约翰，”她叫他，脸贴近他的脸，按了按他的胳膊，“要喝点儿酒什么的吗？”

准尉副官没有回答，赛琳娜观察到他的耳朵和一边的脸煞白。赛琳娜确信他病得不轻，开始觉得诧异，最终惊愕不已。舞曲终于停了，母亲进来了，得知发生的情况后，她近距离看了一眼准尉副官。

“不能让他就这么趴着，抬起来，”她说，“让他躺在窗口长椅上休息，铺上垫子。”

他们拉开他趴在桌上时蜷折着的手和胳膊，抬起他的头的时候，才发现他样子看着已经是死了。这时巴塞洛缪·米勒进来，帮助帕多克先生在窗口的小床上铺了一个舒适的垫子，然后让约翰舒展开仰卧在上面。

他仍然没有任何意识。“得找医生，”赛琳娜说，“哦，我亲爱的约翰，你怎么就成这个样子了呀？”

“给我的感觉是他已经死了！”帕多克先生小声说道，“他气若游丝，气息连根鸟羽都吹动不了。”

许多人自愿去叫医生，不过医生至少 1 小时以后才能到，情况看着很无望。舞会就此突然草草结束，没法像开始时那样讲究，可是客人们在房子周围逗留到医生来。等医生来的时候，准尉副官的手脚等已经冰凉，很显然他坐下的时候人已经死了。

这位执业医生完全不接受赛琳娜的观点，不幸的赛琳娜认为是她的坦露实情引起了克拉克的突然崩溃。执业医生和验尸官都发现根本原因是心力衰竭，认为这是无须用事实证明的结论。他们断定，整日旅途劳累，着急赶路，再加上让人筋疲力尽的跳舞，足以导致这样的结果，克里米亚一个冬天的物资匮乏以及其他费心费力的经历导致的脂肪变化，本就使他的心脏十分脆弱。她向他透露婚姻事宜后碰巧发生悲剧事件，纯粹属于巧合而已。

可是无论如何，这个结论也没能改变赛琳娜对这件事的看法，她还是坚持认定她的一番令人震惊的言论直接彻底损毁了他的体质。

## 5

当时卡斯特桥兵营属于骑兵驻地，之后几年他们又改编为炮兵。克拉克服役的第某某龙骑兵部正好就在那儿驻扎，这样赛琳娜才有机会认识了他。他死的时候，司格慈・格雷兵团正入住兵营，准尉副官去世的令人惋惜的消息传到镇上以后，格雷兵团的军官提供了他们芦笛和铜管乐队的演奏服务，他们决定给他举办一个彰显军人应有荣耀的葬礼。他的尸体因此被送到了兵营，第二天下午又被运到德诺佛的教堂墓地。格雷兵团最年迈温顺的战马被弄成黑色，在这个场合来象征克拉克的马。

赛琳娜的遭遇传开了，大家都对她深表同情。当时她作为唯一的哀悼者一路跟随着尸体，因为克拉克在这个地方没有任何亲戚，跟他的团联系也没能从远处叫过来一个。她坐在一辆破旧不堪的黑褐色的葬礼车上，为了尽量不让人看见，一路蜷缩在一个小角落，葬礼车缓慢而戏剧化地和着扫罗①的曲调从镇上穿过。埋葬之后，子弹齐发以示致意，然后一行人马就开始往回走。使她吃惊的是，她发现军队护送队正伴着《她走了!》这首欢快的乐曲快步行进，好像对准尉副官的所有哀悼伴着不久前卡宾枪的发射已经全部结束。这首曲子碰巧是准尉副官死时他们一起踩跳的那一首，赛琳娜再也受不了这个音乐，赶忙叫车夫把她放下车来。乐队和军队一拨人渐渐消失在大街上，赛琳娜翻过天鹅桥回到了梅尔斯托克。

接下来她又要开始过这样一种生活，其间诸多不幸事件很明显与士兵回归之前的那些如出一辙，形成了前因后果的一串，但是她看待它们的态度相去甚远！父母亲期待着，延误婚期后的她能挽回面子，重新得到人们的尊重，可是她又一次恰好失之交臂，这个事实令双亲极为不满。过了居丧的头一两周后，与父母一起的生活渐渐变得几乎无法忍受。她很冲动地穿着寡妇的丧服，她觉得自己就应该这样，还给小约翰尼也穿上了黑色。她认为仅仅因为两次很意外的事故而没有成为合法夫妻，实际上她与死者之间就是伦理道义上的夫妻关系。老人每当看见她这身装束，不由得觉得她对此付出的代价很有讽刺意味，而一直以来他们感觉，他们说出来比她本人听还痛苦。在家住着熟悉了父亲经营的生意，有一天她带着孩子到艾维尔镇那个方向的恰克一纽顿开了一个小小的水果蔬菜店，带着自己的农产品到艾维尔市场卖。她的生意做大了，不久足够维持她

① 根据《圣经·旧约·历史书·塞缪尔记》，扫罗（Saul）身材高大、健硕俊美，是上帝耶和华所立的第一任以色列王。后期扫罗利欲熏心、暴戾多疑，多次欲致忠诚志士大卫于死地，未果，后败于后者，自缢身亡，最终大卫——他儿子的挚友，女儿的丈夫——取而代之成为以色列第二任王。

和儿子的舒适生活。离开家后的那天起，她称自己为“约翰·克拉克夫人”，她的商店招牌印着这个名字——谁也没拦着她。

渐渐地在新环境里，她的伤痛也被忘掉了，一般人们就拿她当龙骑兵准尉副官的寡妻——她低调的风格和悲哀的举止似乎证实了这个猜测。她的生活很平静，内心得到了这个忧伤而奢侈的梦想的滋润——要是他还活着，带她到新西兰的话，她和约翰在那儿的未来该有多好啊。她现在哪儿都不去，市场日只去艾维尔，两周一次去克拉克安息的墓地，在那儿按寡妇惯常做的那样，在约翰尼的帮助下打理坟头上她栽植的花儿。

准尉副官去世大约 18 个月的一天，巴塞洛缪·米勒来到她小店楼上的住处，赛琳娜感到很吃惊。之前他来拜访过一两回，毋庸赘言，每回用的都是大家熟知的那个名字。

“我这次来，”他说，“并不仅是路过，而是专程来问问你，克拉克夫人，你也许能猜到我的问题。长话短说，我来是有目的的。”

她微笑了。

“又来求我嫁给你？”

“是的，当然是。你瞧，他回来找你证明了我一直以来对你的看法，我相信你，但其他人却不相信。只有我很高兴欢迎你重新回到我们教区，你看你已经展现出了你的独立性，用行动证明了你对他的诺言的信任。嘿，我亲爱的，你愿意来吗？”

“我想，我还是继续当克拉克夫人的好，”她回答道，“我一点儿也不为我的身份而感到耻辱，因为在上天的眼里，我就是约翰的寡妻。”

“我很赞成这一点，这也是我之所以来的原因。再者，你也不愿意一直吃力费劲儿开这个小铺子或到市场上摆摊吧，如果你什么都不做，专门照看约翰尼的话，对他也好啊。”

这下可触动了赛琳娜拒绝求婚的软肋——儿子的未来。只是为了提升地位的话，只要有人求婚，她都可以随便嫁给他，无所谓爱情。可是尽管她自小就认识这位有本事的求婚者，她一时还是难以想象变成米勒夫人的话她会有多幸福。

他停了一会儿。“我应该告诉你，克拉克夫人，”他接着慢慢说，“对我来说，结婚成了迫在眉睫的问题。根本不是我的诉求。事实是，母亲年事已高，我又经常外出不在家，因此家里需要有个人在她身边服侍。除了我想娶你之外，这就是我迫不得已需要娶妻的实际原因，因为你知道，在这个世上，我没有更在乎的人。”

她给他说了些大概类似这样的话，告诉他有很多比她好得多的女子，也说了些其他稀松平常无关紧要的话，可她让他相信，她十分感激他能有这番心思，她确实真诚表示感谢。不过赛琳娜不愿意做他舒适的家里的有利用价值的第三个人——不管怎样，当时还没那个想法。他和她一起喝完茶后走了，在和她告别的时候，他也没感觉到有多少希望。

## 6

自那晚之后，她好长时间没见到他，也没听到关于他的消息。只要天气允许，她照常每两周一次去准尉副官的墓地，她想米勒先生一定知道她这个习惯。尽管墓地离他家比她在恰克一纽顿的店铺还要近一些，她也从来没有像恋人们常常所谓的那样偶然遇见过他。

后来她母亲来信，不经意间提到，巴塞洛缪·米勒已经去了绍茨福德，和他认识的当地比较兴隆的奶牛场老板的女儿结了婚。他结婚的主要动机与其说是出于爱情，还不如说是想为他年迈的母亲找个伴儿。

赛琳娜心里很清楚，在历经了种种变故之后，她失去了一个好机会，也许也是唯一一次安身立家的机会，一时间她后悔自己的固执。可是反思之后她心情又恢复了平静，为了进一步鼓励自己，那天下午她去打理准尉副官的坟墓，对此过程她一如当初感到快乐欣慰。

像往常一样，她一到墓地转过拐角，准备朝坟墓走去，这时候她吃惊地看到另一个女子，看来也是个值得尊敬的寡妇，身边带着一个小男孩儿，弯腰在务弄克拉克坟上的草皮，用雨伞尖拨拉常春藤的根——那是赛琳娜很虔诚地栽种的，希望他的坟头能青草覆盖绿色常青。

“你为什么要挖掉我的常春藤？”赛琳娜大声喊道，一边激动地冲过去，她跑得太突然，使劲儿一拉约翰尼，约翰尼在一座坟上摔倒了。

“你的常春藤？”那个尊敬的夫人问。

“是啊，怎么了？我栽在那儿的——在我丈夫的坟上。”

“你的丈夫的！”

“是的。已故准尉副官克拉克。不管怎样，他就算是我的丈夫，因为他差一点儿就是了。”

“确实。那我的丈夫能是谁呢，如果他不是？我才是真正的约翰·克拉克夫人，已故龙骑兵准尉副官的寡妻，这是他唯一的儿子，他的子嗣。”

“这怎么可能呢？”赛琳娜支支吾吾地说，刚开始意识到这种可能性，说起话来嗓子似乎粘在了一起，“他两次都准备要娶我，我们打算去新西兰。”

“哎呀！我记起你来了，”那位合法妻子冷静且不失亲切地回答，“你一定是赛琳娜吧，他时不时说起你，说他与你的关系一直使他良心不安。好吧，我马上说说我跟他的过往。他从克里米亚回国后，在北方我的家里认识了我，我们相互认识才一个月就匆忙结婚了。不幸的是，一起生活了几个月后，我们意见产生分歧，后来大吵一架，可能主要是我的过错——这一点我在他的坟墓旁不妨承认。他离开了我，说要买断复员金，移居到新西兰，再也不回来见我。接下来我就听说他死在梅尔斯托克的一次什么低俗的狂欢烂饮中。他气势汹汹地离开了我，不再想跟我过，我也没来参加他的葬礼，也没跟他扯什么关系。我知道，他是在赌气，可这都是事实。即便我们当初友好分手，到这里一趟 300 英里也是一大笔开销，尤其对于一个没给留下几个钱的人来说……对不起我拔了你常春藤的根，不过这种普通的常春藤在我们那儿只当是一种草。”

1899 年 12 月

# 公爵再现——一个家族传说

根据给我讲这个故事的亲戚说，克里斯托弗·斯韦特曼在国王欣托克村边上的那座房子想当年既宏大又保护得好，许多年后卖给了邻近的庄园领主，有人会说，自诺曼征服时期就一直在斯韦特曼家族手上。

有些人认定这事发生在对面的那座房子，那是属于蔡尔德家族的一户，他们后来还和斯韦特曼家族通婚，有姻亲关系。但是诸多方面说明，这事发生在斯韦特曼家的原住处，证明这一点的主要依据是这家人一直未违背的家风。另外墙体本身也是一个间接佐证，这些墙是方圆仅有的安装着伊丽莎白风格竖梃窗的墙，显然早于这桩事；另外那座房子的窗户或许是 50 年或 80 年后才造的，这极有可能。毫无疑问，逃亡者选择斯韦特曼家的房子的根本原因，不为别的，正是因为它当时便于藏身的偏僻位置。

这是 7 月的一个凌晨，黎明在即，天空阴云密布，斯韦特曼家楼梯处只有一个指针的钟敲了两下，这个老旧的钟还被这家人保留着。克里斯托弗的房间紧连着楼梯上端，从房间可俯瞰房子的正面，他从他的房间听到了凌晨 2 点的钟声。他没睡着，但对此他并不诧异。近来各种谣言以及令人紧张的事件搅得邻里都不安生，大致是说，英格兰的合法国王已离开荷兰，在斯韦特曼家西南方向仅18英里处的一个港口登陆了，这个消息足以让人失眠焦虑，哪怕像他这样一个安于现状的自耕农。一些村民听此消息后一下子按捺不住，丢下长柄镰刀冲向入侵者的军队。克里斯托弗·斯韦特曼权衡了问题的正反两面，最终待在了家里。

他躺在床上正在考虑这些及别的一些事情，这时他似乎听到了路上行人的脚步声。这条路一直通向他家，顺便说一下，这条路几乎到不了别处且只通他家，因此比起在那马路边上的房子，不管什么时候，只要有走路的声音，就会很容易引起家人的警觉。这脚步声来到了大门处，停了下来。一分钟过去了，两分钟过去了，这位行人并没有往前走。克里斯托弗·斯韦特曼下床打开了合页窗。“喂！是哪位?”他大声喊道。

“一个朋友。”黑暗中传来一个声音。

“大晚上这个时间有何贵干?”斯韦特曼问。

“借宿一宿。我迷了路。”

“请问尊姓大名?”

对方没有回答。

“敢情是蒙默思国王①的人吧?”

“不问问题的人就听不到谎言。我是个陌生人，钱花光了，肚子很饿。今晚您能让我在这过夜吗?”

---

① 蒙默思国王和蒙默思公爵指的是同一个人。蒙默思公爵是查理二世的儿子，他发动叛乱想夺取王权，成为国王，最终以失败而告终，后文中提到的“蒙默思的伟业”也是指他的叛乱。

斯韦特曼对有难之人总是慷慨大度，解囊相助，再者他家的房子也很宽敞。“稍等，”他说，“我下来，怎么着先得瞅瞅你。”

斯韦特曼划了根火柴，穿上衣服，走下楼来，从走廊的钉子上取下牛角灯笼点着，打开了门。灯光下只见一个身材高大、皮肤黝黑、穿着骑兵军装的人影，身上还佩戴一把宝剑。他疲惫不堪，面色苍白，尽管天气干燥，他却浑身泥土。

“请您不要留意我的相貌，”那位陌生人说，“让我进去吧。”

毋庸置疑，这位来者极其狼狈困窘，自耕农善良的天性使他接受了对方声音悲哀温顺的请求。斯韦特曼引他进来，但心存疑虑，总觉得这人跟蒙默思的伟业有什么关系，不过他在内心深处对此并不反感。在来者的再三恳求下，自耕农把自己的一套旧衣服给那人换上，制服和那把剑藏在了他房间的壁橱里。然后自耕农给那人拿来吃的，并安排在后面的屋子住下。

第二天是 7 月 6 号，是个礼拜天，早晨都已日上三竿，陌生人才起床，穿着借来的衣服下楼凄楚一笑，就算是和这家人见了面。这家里除了斯韦特曼本人就只有他的两个女儿——格蕾丝和莱纳德(后者很奇怪，女子取了这个名字)，两个人早就被叮嘱好了要保密。因此，她们既没有问什么，也没能听到什么，但她们姣好的容貌打动了这个陌生人，他几乎迷上了她们。吃过很平常的有火腿和苹果酒的早餐后，他说很疲倦，然后回到了出来的那个房间。

约莫两三个小时候后，他又下得楼来，这时两位年轻的姑娘已经去参加教堂的早礼。看到克里斯托弗一个人忙前忙后，没个帮手，他问他能否帮主人家干点儿什么。

他似乎急于掩盖一切不同，想表现得像他们中的一分子。斯韦特曼就叫他到园子里摘菜，到房子附近坑洼地的“臀泉”挑水（顺便说一下，这个泉水多年后不叫这个名字了）。

“我接下来干什么?”陌生人干完这些活儿后问主人。

他的谦卑与恭顺使克里斯托弗很感动，继而也赢得了克里斯托弗的信任。“既然你不介意的话，”后者说，“把菜端下去，摆好饭桌准备吃晚饭。拿一个锡镴盘子你自己用，我用木盘就可以。”

可是陌生人没有那样做，他为自己也拿了一个木盘，同时说起了两位姑娘，称赞她们长得标致。

门外的一阵骚乱打破了这份静谧，动静很大，引起了斯韦特曼的注意，他出去了。公爵一到就跑去投奔了他的农场干活的人开始返回，他们带来了一个消息说，半夜在北边沼泽地打了一次仗，公爵的人发起了进攻，但是最终彻底战败，公爵本人带着一两个爵士和另外几个朋友逃走了，无人知道去向。

“打仗了。”斯韦特曼获悉消息后一进门就对陌生人说，郑重地看着他。

“不管现在情况咋样，胜利终归会属于正义的一方的。”陌生人说着，悲伤地叹了口气。

“你果真不知道这事?”克里斯托弗说，“我敢起誓你就是参与了这场战役的一员!”

“我凌晨 3 点前就到了这儿，而这些人才刚到。”

“也是。”自耕农说，“可我还是觉得……”

“不要再问这样的问题，”陌生人极力劝说，“我处境危难，但又无法回绝对我有恩的人，因此这样的盘问着实有失公允。”

“说得也对。”斯韦特曼说完，不再吱声了。

主人家的两个女儿从教堂回来了，今天的礼拜也因这个令人紧张的事件而草草结束了。当父亲问起是否给别人说了有外人住家里的事儿的时候，她们回答说她们只字未提，事实证明的确如此。

主人家吩咐她们开饭。因为自从打仗的消息传来，这个来访者一直在躲闪回避，克里斯托弗准备用一个大盘子把饭端到楼上，方便那人在上面吃，可是那人偏想要跟一家人一起吃。

下午更多逃亡者从村子经过，但克里斯托弗·斯韦特曼、他的来访者还有家人都待在家里。晚上克里斯托弗从大门出来，默默地听这些消息以及别的消息，心中疑虑，他昨晚干的事会不会招致什么样的后果。他穿过围绕着他的果园的草地，抄小路往家走。经过那里的时候，他听到他的女儿莱纳德在树篱中的反抗声，她是这样说的：“不要，先生，不要！求求你放开我。”

“为什么呀？我的心肝。”

“因为我已经答应了别人。”

克里斯托弗不由得悄悄往里探视，见陌生人企图亲吻姑娘，姑娘在他的怀里挣扎，发现她是真心抵抗，确实痛苦，并非矫情造作，他有些不情愿地放开了她。

斯韦特曼的脸变得铁青，因为对他来说他的女儿们比他自己还重要。他急匆匆往回走，一路上心情郁闷，沉思不语。他进了大门，直接往果园走。到了果园发现他的女儿不见了，但是那个陌生人仍然站在那儿。

“先生!”自耕农说，怒气丝毫没有消解，“我看见了发生的一切!我冒着危险把你领到家里，收留了你，只求你能最起码要尊重我的姑娘。而你却没有，我不再相信你。我非常细心地看护着我的女儿，是因为她们没有母亲。今晚天黑后请你务必离开我家!”

陌生人对自己的冲动招致的麻烦似乎感到有些困顿，他的脸更加惨白了。他一时没有回复。当他开口说话的时候，柔和的声音中充满浓浓的情感。

“先生，”他说，“如果你严肃看待这件事的话，我承认我错了。虽然我没有伤害你的女儿，但作为在我患难时相助的朋友，我对她很粗暴。我走，像您说的。我并不是走投无路，毫无疑问，别处我也能找到避难之所。”

他们一语不发地往家走去，到家后斯韦特曼主张客人吃了饭再走。吃晚饭的时候，天色已近黄昏，陌生人说他已经做好了准备。

他们上楼走到藏衣服和剑的地方，然后陌生人说他考虑再三，还有一个请求，那就是允许他保留他穿在身上的衣服，主人留下其他衣服和那把剑，直到他即说话人亲自来取或派人来取。

“随你的便，”斯韦特曼说，“那我占便宜了。那些破衣服姑且留着来年秋天给草人穿。”

“这些衣服适合我的境况，”陌生人悲哀地说，“我穿不管怎样不合适，它们倒是适合我现在可怜的命运!”

“嗯，也不，”克里斯托弗口气缓和了，“我太急了。再等等吧!”

对方不愿意，说一切最好顺其自然。不管斯韦特曼再三挽留，他只说："如果我再不来，我的东西你自行处置。在衣服口袋里你会发现一个金鼻烟壶，鼻烟壶内放着 50 个金币。"

"你留着自己用吧，伙计！"自耕农说。

"不，"准备分手的客人说，"那些是外国货币，假如我被抓住，会惹上麻烦。按我吩咐的去做。把这些东西都再次收起来，特别操心一下那把剑。那是我祖父的，我非常珍视它。可是现在对我来说再普通不过了。"

说话间，他下楼了，顺手拿了斯韦特曼本人用过的一个白蜡木拐棍。自耕农给他照明，送他出来到了花园口，从那儿穿过克莱莫斯大门，消失在了穿过国王欣托克公园通向艾弗谢德的路上。

克里斯托弗返回到楼上，坐在床上思考良久。接着他仔细查看留下的物品，千真万确，在其中一个衣袋里发现了金鼻烟壶，正如那位逃亡者所言，里面有 50 个金币。自耕农接下来看主人声称曾属于他祖父的那把剑。这是把双刃剑，因此他还有点儿不敢操控。刀身上刻着"安德烈·费拉拉"这样的字，在许多精美的雕镂中有玫瑰和王冠、威尔士王子的羽饰，还有两个肖像，一男一女，男的像查尔斯国王一世，女的显然是他的王后。

斯韦特曼一下子肃然起敬，又惊讶不已，他把这些物品放回壁橱，若有所思地走下楼来。关于他的推测，他没有对他女儿说，只是告诉她们那位绅士走了，没有兜出他目击了果园里那不愉快的一幕的事儿，那也是他离开的直接原因。

接下来的一周，欣托克风平浪静，倒是断断续续传来了更多比较确定的消息，说公爵的军队彻底溃败，他在战斗中提前一步消失逃遁。然后有人讲，蒙默思被抓住了，当时他没有穿自己的衣服，而是化装成了一个乡下人。他被押到伦敦，关在了塔里。斯韦特曼的客人不是别人，就是公爵。现在想到这个可能性，斯韦特曼有一种说不出的懊悔，想到自己只为了一个小小的有悖于信任的举动，就如此刻薄待人，结果还可能充当了这个悲伤的逃亡者被抓的推手，他内心十分煎熬。姑娘们走近他的时候，他说："走开，小娘儿们，恐怕就是你们毁了一个不幸的人！"

接下来的礼拜二的晚上，自耕农像往常一样在自己的房间睡觉的时候，他觉得有个人进来了。月光照在房子的正面，一睁开眼，借着月光，他看见一个看起来像那个陌生人的人影从门里进来走到了壁橱前。他穿着不同，但容貌就是不久前的那个客人，因遭遇了悲剧而面带忧虑，像那人一样也是高个子。他走近壁橱，克里斯托弗觉得他的客人有这个权利，因此克制自己不要惊扰来者。来人用憔悴的大眼睛看了一眼克里斯托弗躺着的床，然后从藏匿处取出了原本属于他的东西，又一次神情凝重地看了一下克里斯托弗，胳膊上挽着自己的财产，不声不响地走出了房间。他下楼梯的声音很小，刚能听见，从侧门出去的声音也是如此，熟悉这个地方的人通过侧门可以轻松出入。

那晚后来再没发生任何情况，斯韦特曼一直睡到了天亮。为了避免危险，他给自己的女儿们只字未提晚上有人来过的事，当然也没有透露给任何一个外人，因为当时公开承认是很危险的。

在平息最近叛乱的遇难者中，有一位庄园主的弟弟，庄园主家在国王欣托克宅邸的紧隔壁。庄园主第二天身穿丧服骑马经过的时候，斯韦特曼大着胆子非常谨慎地安慰了他一番。

“那儿真没他的事!”对方回答道。他的话和说话的样子夹杂着悔恨的痛苦。

“别再提他了。我想你知道之后发生的事了吧?”

“我知道，他们说蒙默思被抓了，托马斯爵士，可我想这不是真的。”斯韦特曼回答道。

“哦咄①！此事千真万确，”爵士大声喊道，“不仅如此，两天前公爵在塔丘上被执行了死刑。”

“此话当真?”斯韦特曼问。

“他死得很惨，他真倒霉，”托马斯爵士说，“嘿，对他，对我兄弟来说一了百了了。可是其他人就不一样了。不久要进行搜查细审。真幸运哪，那些没有裹到这件事里的人!”

最近斯韦特曼几乎不曾听说后来的消息，公爵前一个礼拜二已经死了的这个消息很奇怪，对此他感到很惊讶困惑。就在这个礼拜五前的那个晚上，他还见到了他曾经的客人，他一点儿也不怀疑，不是别人正是公爵，到他的卧室，如他承诺的那样取走了他的家当。

“这不可能是幻觉，”爵士继续走了，克里斯托弗自言自语，“我得直接过去看看东西是否还在壁橱里，这样我就能搞清楚是否是幻觉。”

他走到壁橱，自从陌生人离去之后他再没检查过。他在一些东西后面搜寻了一番——这些东西专门放在那儿用来掩盖藏匿客人存

① 原文为“zounds”，是表示愤怒惊讶的咒骂声。

放的物品——他没有发现客人的物品，这其实他早有所料。

后来在西部到处流传着这样一个谣言，说塔里被砍头的那个人确实不是公爵，而是战斗后被逮住的他的一个军官，公爵本人在别人的协助下逃到了国外。斯韦特曼在此找到了能够解释让他如此迷惑的原因。他的那位来客也许就是公爵的一个朋友。作为最后的请求，公爵要他取走那些东西。但斯韦特曼却根本不愿接受这个解释。直到他死，他还是相信那个谣言——蒙默思像其他成千上万的人一样活着。

我的亲戚简洁地下了个结论。这就是克里斯托弗·斯韦特曼家族最近二百年来一直延续下来的传说。

# 令人尊敬的劳拉

一个寒冷而阴郁的圣诞夜，头顶一直笼罩着大片乌云，遮天蔽日，即便白昼未尽，也几乎不透光线，地上积了几英尺厚的雪，漫天大雪还在不断纷飞飘落，到次日清晨恐怕地上的积雪会更厚一层。地处下威塞克斯蛮荒的北部海岸附近的来希旅馆，在这样的季节生意惨淡，冷清孤寂，过路旅客不免会忘却这里可能还有夏日的热闹红火，不免让人纳闷为何在这样遭受季节性萧条的乡村莽撞投资，难道仅仅是因为人们普遍喜欢欣赏美景？这个地区 8 月份游人如织，十分热闹，火热一时，但眼下因这糟糕的天气却空无一人。这里季节性太强，寒冷的时节难以吸引游客，这也似乎形成了一个不言而喻的受气候影响的规律。可是，这里的这家旅店却岿然不动。悬崖、海湾、岬角作为景点最吸引人的首要看点，展现在峡谷的对面，风景全貌一览无遗，可是眼下却只是坚挺呈三角状的轮廓，前方的小镇呈现出一种肮脏不堪、灰暗凋敝的景象，并不像夏天为其增添美色的银灰色。

目睹此景，在旅馆内，主人两手插在衣兜里，无所事事地四处闲逛，一点儿也不抱希望有客人到店，但又找不到合适的营生，可以不同程度上来弥补冬日的闲散给这个有规律性的生意带来的损失。谁也不曾想到，咖啡屋的服务员——一个文雅的小伙子，夏天他那镀金的纽扣宛如豆荚中的豆子密集地排在短夹克的前部——此时出现在后院，摇身一变成了一个粗放的乡下小子，穿着灯芯绒的裤子，脚上蹬着钉靴，叫人认不出来。他在扫雪，用一口地道的当地方言讲话，把夏日高温季节从举止讲究的游客处学来的新的体面用语忘得一干二净。前门紧闭着，好像在充分告诫人们，这个旅店目前仍处在无生意可做的封闭的休眠期。近门口处放着一个沙袋，用来防止雪片不时吹进屋来，因为风正好从那个地方直接吹过来。

旅馆主人走进自己的客厅，来到一堆大火旁。为了他个人舒适起见，绝对有必要维持这火，但在咖啡屋及别的房间没有这么蹿着火焰的旺火。他拨了拨火，回到了前厅的桌子旁，桌上放着来客的登记本，目前合着靠墙立着。他随意打开登记本，发现自去年 11 月 19 日以来没再添写一个名字，有一个坐着三轮车来的男子的名字，实际上根本就没请进来。

旅馆主人忙着看登记本。此时夜色渐浓，就在天还没黑得无法辨认从山崖后面绕行的这条路上的东西的时候，旅馆主人看见在远处一片白茫茫中有一个黑点儿，这个黑点儿迅速变大并靠近旅馆。很可能这辆车——看着好像是一辆车——像别的车一样，从这儿经过，继续向前要到最近的铁路小镇。可是与旅馆主人的预料相反，当他站着透过尚未关闭的窗户注视它的时候，见这个孤单的东西一到拐角就驶向旅馆前方，来到了门口。

这是一辆特别不适合这个季节和天气跑的车，实际上是由一匹马拉的敞篷的小型马车。尽管他们的衣着模糊不清，但一眼就能看清楚，里面坐着一男一女不同性别的两个人。那男的手握缰绳，女的紧紧贴在他的身旁来遮挡风雪。旅馆主人摇响了马夫的铃来提醒马夫注意，因为下雪的缘故，一片死寂，客人进店的声音根本无法听到。当马夫赶到马儿头部的时候，那位先生和女士下了车，旅馆主人招呼他们进了大厅。

那位先生长得像外国人，年纪约莫 28 岁。除了上唇的胡须外，脸刮得很干净，样貌不错，甚至算得上帅气。那位女士胆小谨慎地站在他身后，看着比他小很多，可能不过 18 岁，尽管她身上包裹得很严实，很难判断她的年龄和长相。

那位先生表示要在此留宿一直到次日早晨，又做了多余的解释，说考虑到这里是一家旅馆，竟没想到途中要在这儿过夜。在这样的生意淡季，旅馆主人殷勤备至地欢迎他们二位，并吩咐给客厅和咖啡屋生上火，然后来到院子找那小伙子。小伙子彻底刷洗一番，从箱子里拿出好久不穿的上衣，用袖子磨亮了镀金纽扣，彬彬有礼地来到了大厅。他领女士到一间屋子，在那儿她可以脱掉被雪打湿的衣服，并送去烘干。同时她的同伴把几个金镑放在桌上，好像急于一开始就把一切安排舒适顺当，他要求准备一间私人客厅。旅馆主人向他保证给他腾出楼上最好的客厅——平时是公用的——今晚留作私用，然后打发服务员姑娘点上蜡烛。他们的晚饭做好了，按照那位先生的意思，端到了同一个房间，这时那位女士已经过来和他在一起了，然后就剩下他们二人，看来他们需要休息和放松。

大约 9 点的时候，旅馆主人又来到大厅，那天的一切安顿停当，他开始来回走动，偶尔透过玻璃专注地盯着外面的境况，以确认天气的变化。出乎所料，雪已经停了，月亮升起来了，天空已经有些明朗，羊毛般的云团轻轻飘过天上的银盘。一切征兆表明不久后会出现霜降。由于这些原因，此时远处的斜坡路在两边高耸的山坡间比日暮时分显得越发清晰了。没有任何痕迹或车痕破坏白茫茫的原本地表，不久前才到的旅客留下的所有痕迹很快就被当时纷纷飘落的雪片掩盖了。

不过眼下，旅馆主人借着月光，又看见一个小小的像不久前借着日光看到的那样的东西。一个黑点儿又顺着海岸边的路正向前走过来。不一会儿，他就发觉眼下这辆车以比之前那辆小车更快的速度朝前驶了过来，这是一辆由两匹健壮的马拉的四轮轿车，接下来这辆车像前面那辆车一样朝旅馆门走来。看来同样是想住旅馆的样子，这迫使旅馆主人又一次挪走沙袋来到了门廊。

一位上了年纪的绅士首先下了车，他身后跟着一个年轻人，两人果断地走上前来。

"一位年轻姑娘，年纪不到 19 岁，最近在一个比她年长几岁的男子的陪同下到过这里了吗?"老绅士急切地问道，"那男子脸上大部分地方刮得很干净，歌剧演员的样子，自称是史密斯欧兹先生①。"

"最近是来人了。"旅馆主人回答说，听口气好像至少来了 20

---

① 此处"先生"原文用的是意大利语"Signor"，以暗示史密斯欧兹（Smithozzi）冒充外国人身份。

个人，一点儿也不承认冬季来希旅馆生意冷清使人愁苦的状况。

“您能记得在来客中可曾有我描述的这两位？那男子大概是个男中音。”

“确实目前有或是曾有过一对年轻夫妇住在旅馆，可是至于那位先生的嗓音状况我可说不清楚。”

“是，是，当然说不清楚。我都搞糊涂了。他们坐着一辆小型敞篷马车来的，车上的装备很差。”

“他们是坐车来的，我相信，我们大部分客人都是坐车来的。”

“是的，是的。我必须立马见到他们。对不起失礼了，请带我们到他们那儿。”

“可是，先生，你忘了，假如我说的这位女士和先生不是您找的那两位的话呢？在他们正吃饭的当儿让您贸然冲进去见他们，这委实有点儿太唐突了，这样以后他们就不会光顾我的旅馆了。”

“确实，确实。他们有可能不是我找的人。我想，我太焦急了，才冒冒失失提出这样的想法。”

“总体来看，我想他们一定就是我们找的那俩人，匡托克舅舅。”那位年轻人说，这时他才张口说话。他转向旅馆主人说：“在这样一个无人来的夜晚，你这儿不可能有这么一大批客人，你不至于完全记不得这对夫妇是怎么到的，那女士穿着什么衣服呢？”他对旅馆主人说话时，冷淡的口气中不免带着讥讽。

“啊！她穿什么衣服，是啊，詹姆斯。她穿了什么衣服？”

“我一般不关注客人的衣服，”旅馆主人不友好地回答，因为第一波来的客人的店钱不久就要到手了，这就决定了他偏向着他们，替他们着想。“假如你们想看的话，当然可以看见一些，”他漫不经心地又说了一句，“就在厨房的火上烤着呢。”

这话还没说一半，那位老绅士就一声惊叫：“啊呀！”然后急匆匆顺着看起来似乎通向厨房的走廊走去，结果发现那只是通向黑乎乎的瓷器橱，不小心撞在旅馆瓷器上后才知道自己走错了地，这又急忙出来了。

“请原谅，实在对不起，不过如果您能理解我的感受的话——现在我无法解释——您就会谅解。我愿意赔偿打碎的瓷器。”

“没关系，先生。”旅馆主人说，然后给他指了路。他们没再多说，又改道来到了厨房。这波人中的那位最年长者立刻抓起了挂在晾衣架上的那女子的衣服，惊叫道：“哎呀！是的，詹姆斯，就是她的。我就知道我们在他们的道上。”

“是的，就是她的。”外甥冷静地回答，因为他远没有他的同伴那么激动。

“马上带我们去他们的房间。”老人说。

“威廉，前面客厅的那位女士和先生用完餐了吗？”

“是的，先生，早用完了。”那一百个镀金纽扣回答道。

“那马上带这几位先生去见他们。先生们，我想诸位今晚就住这儿？马要不要牵出来？”

“喂马，然后洗马嘴。住不住看情况再说。”心绪平静的年轻人说着，一边跟着他舅舅和服务员上了楼梯。

“我想，詹姆斯外甥，”老绅士一只脚踩到第一节楼梯上时说道，“我想我们最好别吱声，以免打草惊蛇，我们出其不意地逮住他们。她可能会跳窗户，或做出类似的玩儿命的事来!”

“是的，当然，我们悄悄地进去。”年轻人说道，然后叫回了走在前面的小伙子。

“我不知该怎么感谢你，詹姆斯，在这次搜找中帮了我这么大的忙!”老绅士感叹道，说着抓住了对方的手，“如果没有你及时相助，我身体越发虚弱，受妨碍，会赶不上她的。”

“舅舅，我很高兴能帮上您的忙，这件事也好还是别的事情。我只希望能陪您一路愉快。可是，我建议立马上去抓他们，否则他们会听见我们的。”他们轻轻地爬上了楼梯。

门开着，一到门口，眼前只见一个大屋子被旅馆里最上等的分支蜡台照得通明，屋子太大反而显得有些不舒服。炉火前坐着那一对逃跑的夫妇，十分天真地浏览旅馆的剪贴本和包括方圆邻里风景的影集。老人刚进屋子，就见那位年轻姑娘的脸一下子变得惨白，此时没有遮掩，可以看得很清楚，她跟描述的一样年轻，长得很是妩媚动人。描述为歌剧演员的那位年轻人神情严峻，却很客气地站起来，给客人安顿椅子。

“感谢上帝，可抓住你们了!”老绅士气喘吁吁地说。

“是啊，真倒霉，我的爵士!”史密斯欧兹先生用地道的伦敦腔英语小声嘟哝，这位貌似尊贵的意大利人刚降生到人间的时候，实际上是住在城市大道附近的史密斯夫妇的孩子，“本来她明天就是我的人了。我想在特殊情况下——考虑到一丝闲言碎语就能很快玷污姑娘的清白——让她明天成为我的人的话更明智，不过结果没什么两样。”

“休想！”老人说，“她还是个年龄尚小的女孩儿，没什么经验，姑娘家像孩子一样单纯贞洁。是你用邪恶的伎俩不停地蛊惑她，直到今天清晨——”

“匡托克勋爵，如果我不是有必要尊重你花白的头发的话——”

“就在今天清晨，你从她父亲的屋檐下拐走了她。就她的行为能责怪她什么呢？总的来说，也不能轻易忽视她的责任，全盘怪在你头上。劳拉，马上跟我回去。如果没有你表哥不计私利帮助我的话，我无法及时赶来解救你。今天早上我一发现你跑了，诺斯布鲁克上尉就立马主动提出帮忙。作为我唯一亲近的男性亲戚，一路上一直陪我到这儿，为此我真不知道怎样感谢他才是。哎，你听见了吗？收拾上你的东西，我们马上走。”

“我不想走！”年轻姑娘噘着嘴说道。

“我敢说你不愿意，”她父亲很冷淡地回道，“唉，小孩子总是一点儿也不知道好歹。过来吧，相信我的话。”

劳拉沉默了，没有动，那位唱歌剧的先生无助地盯着火炉。姑娘的表哥坐着沉思，异常平静，相比之下，他是四人里面唯一一个有另类身份的人，其相对局外人的身份使他能以冷静的态度评价这次整个越轨行为。

“你年纪尚小，作为你的父亲，我对你说，劳拉，这就跟我走。怎么？你还要逼我动手把你带回去呀？”

“我不想回去！”劳拉再一次表态。

“不管怎样，你务必回去，赶快，我告诉你。”

“我不想去！”

“听话，亲爱的劳拉，我是说，跟我和你表哥詹姆斯安安静静地回去，像个知道反悔的乖巧姑娘，人们啥话也不会说。神不知鬼不觉地，谁也不知道发生了什么。如果我们现在就动身的话，明天早晨天亮前就能到家。走吧。”

“我不想听您的，父亲，我真不愿意！”

在整个父女对话的过程中，只见詹姆斯情绪逐渐有些躁动，甚至有点儿不耐烦。不止一次他想张嘴讲话，可是回头一想又止住了。他终于无法再沉默下去了，是时候该他说话了。

“行了，大小姐！”他大声说道，“在我看来，你和你父亲之间的这场闹剧演得时间够长了，该收场了。别再拖了，赶快跟我们下楼。”

她倔强地扭动一下身子，不作回答。

“说实在的，劳拉，我不会容忍！”他生气地说，“听话，在我来强迫你之前收拾好你的东西。非要来强硬的，说这些就只当儿戏。好啦，大小姐，即刻，我告诉你！”

老绅士转向他的外甥，温和地对他说：“让我来劝她吧，詹姆斯。你不用管。如果愿意的话，我会很严厉地对她说的。”

可是詹姆斯不顾舅舅的意见，继续向年轻的姑娘发难：“你说你不想回，果真！要给我讲一个动听的故事，得了！听着，立马走出这个屋子，把这个蠢蛋留下来随后再收拾。给我快点儿，赶快！”说着他走向她，好像要用手拽她。

“不，不，”劳拉的父亲争辩道，对外甥突然出现的举动感到十分吃惊，“你有点儿过火了。交给我来处理。”

“我不能再交由您来处理!”

“詹姆斯，你没有权利对我和她这样说话，因此你给我住嘴。明白吗？亲爱的。”

“我还就有权利!”詹姆斯坚持说。

“不知此话怎讲?”

“我有丈夫的权利。”

“谁的丈夫?”

“她的。”

“什么?”

“她是我的妻子。”

“詹姆斯!”

“行了，长话短说，我是说她秘密地嫁给了我，尽管大约 3 年前受到了爵士先生您的阻挠。我还想说，她很快就对我比较冷淡，可是一段时期我们之间一切还算顺利，虽然偷偷摸摸地见面是有些别扭。我们正准备找个合适的时间向您透露这个消息，可好这个游手好闲的帅哥出现了，对她经过一番心灵毒害和反对我的洗脑后，竟带她做出如此丢人的事来。”

这位歌剧名伶一直心不在焉、麻木无神地坐着，可听到这位表哥表态之后顿时火冒三丈，大叫道：“我对天宣布，我直到这一刻才知道她是个有夫之妇！当初我发现她在父亲的家里过得并不幸福——不幸福，我相信，因为家里的气氛太孤独沉闷，她想与人交往，不为别的。对于你宣称她是你的妻子，我真是不知所措，难以理解。劳拉，你确实与他结婚了吗?”

劳拉用沾满泪水的手帕遮着脸，点了点头。“正是因为我偷偷跟他结婚，才有了我这异常的身份，”她哽咽着，“因此在家里我感觉很不快乐。还有，还有我不像当初那么喜欢他了，我希望摆脱这种乱七八糟的处境！后来我见了你几回，你说‘我们可以逃跑’，我想这下可有了出路，然后我就同意跟你走。呜呜，呜呜——”

“得！得！得！这可是真的？”一脸迷惑的老绅士小声问道，眼睛先看看詹姆斯再看看劳拉，然后看看劳拉又看看詹姆斯，好像他们是靠想象虚构的人物，“詹姆斯，如此说来，这就是你好心好意帮老舅舅找他闺女的不可告人的隐秘呀？天哪！这种欺诈隐藏得多深哪！叫人无法识透！”

“匡托克舅舅，正如我说的，我已经娶了她。”詹姆斯冷静地说，“生米已经煮成了熟饭，现在说啥也没用。”

“你们在哪儿成的婚？”

“在托恩堡的圣玛丽教堂。”

“什么时候？”

“9 月 29 号，她去那儿的时候。”

“谁主的婚？”

“我不认识，一个副牧师。那个地方我们很陌生。因此，与其说是我帮你找她，还不如说是你在帮我。”

“不会了！不会了！”匡托克爵士说，“夫人，先生，请允许我告诉你们整个这事我洗手不干了！如果你们已是夫妻，好像是这么回事，那就最好重归于好。对你们任何一个人，我再无话可说，无事可做。劳拉，我把你交到你丈夫的手里。希望你能带给他许多欢乐，尽管我承认，情况不是很乐观。”

说着这些话，愤慨的父亲用力把椅子推向桌子，随后离开了屋子。因用力很猛，桌上的分支蜡台开始晃动。

劳拉两眼噙着泪水，目光在两个年轻人之间徘徊，看看这个又看看那个。两位情敌此刻站着怒目而视，劳拉见状，心生恐惧，父亲走后她随即溜出了那个屋子。她听见父亲走出了前门，也不知道在哪儿留宿，一片黑暗中她钻进了隔壁的一间卧室，心怦怦直跳，在那儿等待事情的结果。

与此同时，留在客厅的俩人相互靠近了一点儿，唱歌剧的打破了沉默，说：“你怎么能那样侮辱我呢？居然叫我‘家伙’，说什么我毒害了她的思想，来对付你，以此将我的罪。而你心里十分清楚，我像个未出世的婴儿，对你们的关系一无所知。”

“哦是的，你确实一无所知，这我相信，一点儿都不含糊。”劳拉的丈夫轻蔑地说。

“在这儿我叫上天作证，我对此毫不知晓！”

“宣叙调——节奏优美，声调稳妥。很可能是个人就能赢得她这个年纪小傻瓜的信赖，但不能叫她说出秘密。可笑之极！把它放在你最新的歌剧中唱去吧。”

“诺斯布鲁克上尉，你的话含沙射影，像你这个龌龊的人一样让人所不齿！”男中音叫道。他完全失去了耐心，跳上前去狠狠地扇了上尉一巴掌。

诺斯布鲁克微微向后退缩了一下，冷静地用手帕擦拭看鼻子是否流血，淡定地说：“我早就料到这种侮辱了，因此我有备而来。”

他从手里提的一个黑色的旅行箱里取出了一对小手枪。

面对这个出乎意料的场面，男中音有些惊恐，之后回过神来说：“很好，随你的愿。”但是说话的口气可能还稍微缺乏一点儿自信。

“现在，”丈夫继续说，口气听着十分信任对方，“我们不需要显摆，不需要废话，你知道。这样我们没必要找证人吧?”

那位先生微微点了点头。

“你熟悉这块儿地方吗?”詹姆斯表哥继续说，神情同样冷静而沉着，“如果你不熟悉的话，我熟悉。小溪从峭壁落到海岸上，就在那边峭壁底部，小溪的尽头是平整的沙地。这里没有封闭到月光照不进来的地步，从这儿通向那里的路只有悬崖峭壁上开凿的台阶，我们可以不费周折就能沿路下去。我们——我们二人——将找路下去，可是只有一人会找到路上来，你懂吗?”

“明白。”

“那么假定我们开始，结束越快越好。出发之前我们订好晚饭——两人的晚饭，尽管目前我们有三人——”

“三人?”

“是的，你我她——”

“哦是的。”

“不久我们就只剩俩人，所以就按我说的只订两份晚饭，那位女士和一位先生。谁能活着回来，就敲她的门，招呼她一起共进晚餐——她没有离开旅馆。可现在我们不必惊扰她，最重要的是我们不要让旅馆的人看见我们出去，我们出去俩人而只进来一人的话，看着有点儿奇怪。哈！哈！”

“哈！哈！没错。”

“准备好了吗?”

“哦，好了。”

“那我领路。”

他脚步轻轻地走到门口，下楼来，如前所述，吩咐晚餐一个小时后准备好，装出一副又回房间的样子，他做手势示意歌唱家，然后他们一起从一个侧门悄悄溜出了旅馆。

此时的天空非常清朗，拉走劳拉父亲匡托克爵士的马车留下的车辙还依稀可见。很快他们来到了峡谷边上，上尉带路，男中音默默地跟随其后，鬼鬼祟祟地偷看同伴以及离他不远处的前面的风景。他们适时到达了峭壁间的开口处，这里形成了瀑布。这里的地貌粗犷，风景如画，异常美丽，完全证实了许多溢美之词、图画以及反映这地方天然美景的照片。夏日迷人的绿、灰色的景物，如今因大雪变得诡异怪诞。

瀑布从他们脚下几乎垂直俯冲而下，跌落 80 或 100 英尺后最终消失在沙子里。虽然水流不大，但它在下落时对伸出来的岩石的冲击力非常可观，水花四溅，高高地抛入空中形成水雾。有几处滴水处冻结了冰柱，可是瀑布中心还在毫无阻挡地流淌。

歌剧艺术家停下脚步往下看，但他的心思显然不在美景。他带着手枪的同伴紧挨着走在他前面，往那个开口走的小路两旁没有扶手。因一时冲动，他伸出胳膊，用力使劲儿一推，劳拉的丈夫便翻滚下去。一个旋转的人状物在月光下滚落，越来越小，越来越远，最终消失了，传来一声撞击声——落在突出的岩架上的撞击声——刚开始听着比水落的声音还重还沉，之后几乎分不清了，然后终止了，小溪落下时依旧水花四溅，伴随着大海的低声细语，这一切都在干扰小瀑布惯常的流动。

歌唱家神情凝固地等了几分钟，然后转身迅速原路翻过一处高地，爬到路上，没过 15 分钟就来到旅馆的门口。当时钟敲了 10 下的时候悄悄溜了进去，他透过吧台的天窗对旅馆主人说："尽快把账单送过来，包括订了的晚餐的费用，不过我们要走了，没时间吃了，对不起。"他强作欢颜，接着又说："姑娘的父亲还有表哥想要阻拦婚事，争吵一番后各自回家了。"

"干得好，先生！"旅馆主人说，他还是偏向着这位顾客，而看不上刚才不但找麻烦还差点儿没付喂马费的那两个人，"常言说，'爱情总会有出路！'希望您快乐，先生！"

史密斯欧兹先生上楼，进了客厅，发现劳拉趁他不在的时候已经从黑乎乎的隔壁卧室悄悄地出来了。她因哭泣而两眼发红，抬头看着他，样子有些惊恐。

"怎么回事？他呢？"她忧虑地问道。

"诺斯布鲁克上尉回去了。他说他与你从此恩断义绝，再无关系。"

"我全然被他们抛弃了！他们将忘了我，再没有人关心我了！"她又开始哭了。

"但是这是可能出现的最幸运的结果。一切如故，回到他们来骚扰前一样的状态。不过，劳拉，你本应该告诉我你私密结婚的事，虽然现在一切都一样，当然这个婚姻可以解除。你是个寡——实际上是个寡妇。”

“因为我的过往指责我没用。现在我该怎么办？”

“我们立刻前往马丁崖。3 个小时了，马已经休息好了，再走 6 英里路没有任何问题。12 点前我们务必赶到那里，那个地方肯定有深夜营业的旅店。第二天早晨我们就在那儿把马和车都统统卖掉，坐四轮马车去唐斯戴普尔。一坐上火车，我们就安全了。”

“干啥我都没意见。”她没精打采地说。

大约 10 分钟后，马套好了，账单付过了，女子穿上了烘干的衣服，他们又踏上了旅程。

走了大约 1 英里的时候，他们见前方有一盏灯在闪烁。“不知那是什么？”男中音说，近来他干什么都很紧张，听到什么声音或看见什么总要回头。

“这不就是个收费关卡嘛？”她说，“亮着的是门上方一直开着的灯。”

“当然，当然，最最亲爱的。我真傻！”

一到大门口，他们见有人走上前来，显然不是从他们走的那条道上过来的，而是从一条直道过来的，这人在他们驱车走近的当儿正站着和看门人说话。

“在这样明亮的夜晚他从悬崖上滚下去，意外也罢，天意也罢，都不可能。”那个行路人在讲，“我说的这两个孩子看见两个男子沿着这条路朝瀑布走去，10 分钟之后只有其中一人回来，看着行色匆匆，好像因干了什么不寻常的怪事而急于想逃离这条路的样子。

毫无疑问，是他把另一个人推了下去，听我的，很快就会传来追捕那人的喊声。”

烛光照在那位先生的脸上，看得出脸上生出十分恐惧的神色。劳拉凑近他观察了一会儿，这时看门人用器械拧开了门，她的同伴驱车通过，很快他们又被那白茫茫的沉寂的世界所吞噬。

劳拉的指挥者刚才对她说，他在收费关卡想去问路，可是他并没有问。

他们还没走太远，不知是有意还是无意，由于没问清路，他们遇上麻烦了——他们迷路了。在他们正在穿行的这个封闭的地方的那一面，有一条明显人们常走的路，从那儿往前走比较顺当，那条路上的雪很可能已经被来往的车辆碾得差不多了，可是他们没能到达那儿，因为没人给他们做向导，感觉他们比刚出发时更没法儿走了。他们进入的那条小道沿上坡通到另一座小山，似乎转向去马丁崖的相反的方向行进，此刻问题更严重了。自从在收费关卡无意中听到那些谈话后，劳拉一直沉默不语，甚至从她的情人身边稍稍退缩了一些。

“劳拉，为啥不说话？”他强装没事儿似的，“看看我们该咋走？”

“哦是的，我会。”她回复道，声音里听得出她异常害怕。

之后，她偶尔说了几句，意思是让他相信她丝毫没有起疑心。最后，他拽了马缰绳，可疲惫的马儿一动不动。

“我们陷入困境了。”他说。

她热切地说：“我来拿缰绳，你往前跑到山梁顶上，看看这条路在那儿能不能拐出去。顺便马儿可以休息几分钟。如果方向不能转的话，我们还是走原路，在那儿转向。”

眼下看来这是个权宜之计，尤其是劳拉用热情的声音推荐的。他把缰绳递到了她手里——考虑到目前他们这匹马的状态，真是无须提防担心。他迈步穿过雪地向前走去，直到消失在了她的视野之中。

他刚走得看不见了，劳拉就一改先前的僵化被动，迅速将马缰绳放到马车一角，溜出马车来到对面，拼命原路跑下小山，一直来到一个栅栏的开口处。她穿过栅栏，一下子钻进了小路边上的小灌木林。她站在一大丛灌木之中藏了起来，身体紧靠着树丛，好像她就是这大片树丛的一部分，专心听着哪怕探路者最微弱的声音。但是一片死寂，只有偶尔积雪从粗树枝上滑落下来的声音，或是一些野生动物爬过沾着雪片的干脆的野草时发出的声响。最终，她确信她刚才的伴侣找不到她，抑或在眼下这种奇怪的情势下并不急于找她，她这才从灌木丛中爬了出来。不到 1 小时后，她发现自己又来到了来希旅馆的门口。

一靠近旅馆，劳拉就看见，远离黑暗的地方，如她所料，种种迹象显示所有的房客都很警觉，前方开阔处灯火四处游走。当她分辨清楚男中音和他的马车没再出现的时候，脸上看起来踏实多了，可是很快又陷入了悲伤和苦闷，因为灯光下模模糊糊她看见一个人躺在担架上，被两个人抬进了旅馆门廊。

“这一切都是我造成的，”她双唇颤抖着喃喃自语，“他谋害了他！”她跑到门口，急忙问她碰到的第一个人担架上的人是否死了。

“没有，小姐，”那个干活儿的人说，眼睛上上下下打量着她，好像她是个不期而遇的幽灵，“他们说，他还活着，但是神志不清。他要么是从瀑布那儿跌下去了，要么是被人推下瀑布的。据判断是推下去的。他是刚才和老爵士一起来的那位先生，据推测，他后来和一个早来一会儿的陌生人一起出去了。嗯，我就知道这么多。”

劳拉进了旅馆，一点儿也没矜持，主动承认自己是受伤者的妻子，很快就承担了为他床边护理的工作。有人把两位外科医生请来的时候，她从医生口中得知他伤得极其严重，恢复的希望非常渺茫，就这样也是很出奇了，他没有像他的敌人十拿九稳地认定的那样当场毙命。她心里清楚那个敌人是谁，想到这她一阵颤抖。

劳拉守护了一整夜，可是她的丈夫无法知道她的存在。第二天，他模模糊糊地认出了她，到了傍晚便能开口说话了。他告诉医生他被史密斯欧兹先生推下了瀑布，可是对伺候他的她却什么都没说，不管她说什么都不搭理她。对她的殷勤照顾只是礼节性地点点头，仅此而已。

过了一两天后，公开宣布尽管伤得不轻，可他恢复得很好。与此同时，对史密斯欧兹展开了全面搜捕，虽然忏悔的劳拉交代了她知道的所有情况，可是仍然没有任何关于他下落的消息。据推测，他搜寻出路后回到了马车，发现年轻姑娘不见了，就四处找她一直到筋疲力尽，然后就驱车去了马丁崖，第二天早晨卖了马和车，溜之大吉了，可能坐了去最近火车站的大马车。与他当初的计划唯一有所不同的是，这回他形单影只地走了。

詹姆斯恢复身体的漫长而无聊的那些个日子里，劳拉勤勤恳恳，无微不至地在床边照顾丈夫。按理说这份付出也会让人谅解一个人的过错，可是她犯的错太大了，很显然丈夫还是没有原谅她。仅凭把枕头放平整些，让他的身子躺着很舒适，换一换包扎带，抑或通通风这些小举动，只能换来几句感谢的客套话，这种话他大可以说给这世上任何一位给他提供类似周密服务的别的女人。

“亲爱的，亲爱的詹姆斯，”有一天她带着浓情蜜意将脸伏在床上说，“你受了多大的罪呀！太残忍了。令人欣慰的是，你身体恢复得比我想象的好。我一直在为你祈祷，我为我的行为感到非常内疚，我好赖不分，无知之极，嗯，我希望你不要把我想得十恶不赦，詹姆斯！”

“哦不。相反，我觉得你很优秀——作为护士。”他回答，很明显柔弱的口气中带有严肃的讥讽。

劳拉默默地掉了两三滴泪水，那天没再说话。

无论怎样，史密斯欧兹先生似乎巧妙脱逃了。有消息公开透露，已确定他逃出了这个郡，但他并不是搭乘其中令人怀疑的马车逃走的，总之，抓住他的机会似乎比较渺茫。

诺斯布鲁克上尉不但从伤害中活了下来，而且不久在几周的康复过程中，他似乎完全恢复了健康，没有留下任何后遗症。与此同时也可发现，劳拉极度担忧与他的未来关系，尽管每天更清晰地认识到这个行为的严重性，她心里还是暗暗期许丈夫能够原谅她干的傻事。再者，使事态更加复杂化的是，她作为逃跑的妻子，得不到丈夫谅解的同时，她和丈夫二人作为逃跑的夫妇，也得不到父亲的谅解，父亲自从离开旅馆后一次也没有跟他们任何一人联系过。不过她最迫切的希望是要赢得丈夫的原谅，躺在病榻上的他可能一直记得布拉班提奥①的熟悉的话：“她欺骗了她的父亲，也可能欺骗你。”

情况就这样持续到诺斯布鲁克上尉能够四处走动。然后他和妻子迁到了南面海岸环境安静的一所公寓，在这里他的身体恢复很快。有一天像往常一样，他在妻子的搀扶下走上了悬崖，她直爽地对他说：“詹姆斯，假如我一如既往细微周到地服侍你，除了衷心于你别无他念的话，你会——不妨试着喜欢我一点儿吗？”

“这个问题需我慎重考虑，”他说，口气同样阴沉冷淡，这是目前他冲她说话的态度，“什么时候考虑好了，我再告诉你。”

当天晚上尽管她一直长时间逗留干一些惯常杂事，一会儿往舒适里整理床铺，一会儿摆放一下灯，不让灯光直照着他的眼，然后守着他入睡，最后才悄无声息地退到了自己的房间，可是他还是没有告诉她。次日早晨一起吃早饭的时候，她照例问他晚上是否睡得好，然后战战兢兢问他：“你考虑好了吗？”沉默良久，只听他如此回答：“没有，我还没考虑好能给你一个答复。”

劳拉叹了口气，但徒劳无益，这一天就这么过去了，她的心事越发重了，而他逐渐恢复了气力。

第二天早上，她问了同样的问题，绝望地抬头审视着他的脸，好像她整个人生都指望着他的答复。

“是的，我考虑好了。”他说。

---

① 莎士比亚著名悲剧《奥赛罗》中的威尼斯城元老，他的女儿苔丝狄蒙娜隐瞒父亲私下与奥赛罗成婚，因此父女之间断绝了关系。后因受伊阿古挑唆，奥赛罗杀死了妻子，最后真相大白后，奥赛罗悔恨自尽。

“啊！”

“我们必须分手。”

“哦詹姆斯啊！”

“我无法原谅你，是个男人都不会。不管你父亲对你怎样，你的一切都安顿好了，你可以舒适地过活。我将变卖家当，逃离这种环境。”

“你意已决了吗？”她痛苦地问道，“现在我了无牵挂——”

“我意已决，”他随即回答，“我们就在此分手。你可以回去找你的父亲。我没有理由陪你去，你父亲本来能原谅你的，而因为有我在，反而不会原谅你。3 天后我们互相告别。我已经计划好了，准备那天动身。”

她因烦恼而沮丧，回到了自己的屋子。3 天时间过去了，其间丈夫忙着写信，打理其他事务，几乎没跟她说一句话。转眼已是那个早上，他们该分手了，马还没有套好，要带同样的一份东西前往不同的方向，这一去也许永远不会再见，这时邮递员带来了早晨的信件。

有一封是上尉的，没有她的——根本没有她的信。不过这时在他的信中发现附着一封她的，他把信递给她。她读过信，无助地抬起了头。

“我亲爱的父亲——去世了！”她说。过了一会儿，她又小声说：“我必须回到庄园安葬他……詹姆斯，你愿意跟我一起去吗？”

他向窗外看着，陷入了沉思。“我想让一个女人独自料理这事着实有些为难和伤感，”他冷漠地说，“唉，唉，我可怜的舅舅！好吧，我跟你一起去，帮你料理完这事！”

于是他们一起出发了，没有像原计划的分头行动。至于旅途细节，以及接下来一周在父亲家如何伤悲，在此无须赘言。匡托克爵士的府邸是坐落在自家院子里的一座建筑考究的老宅子，如果夫妻刻意用心的话，有的是机会相互回避或相互妥协，至少其中一人是这样。宣读遗嘱的时候诺斯布鲁克上尉不在场。事后她来找他，发现他正收拾行李，打算第二天早晨动身，因为他已经帮她度过了她父亲死后乱糟糟的那个阶段。

“他给我留下了能留的一切！”她对丈夫说，“詹姆斯，现在能原谅我，留下来吗？”

“我不能留下来。”

“为什么不能？”

“我不能留下来。”他重复了一遍。

“可是为什么呀？”

“我不喜欢你。”

他说到做到。第二天早晨，她下楼来时，有人告诉她他已经走了。

劳拉尽可能地忍受着双重的悲哀。她早先居住的偌大的房子和它具有年份的家当，全部归父亲的爵位继承人所有，可她自己得到的那一份也着实不少，四周是高低起伏的园子，点缀着比她年龄大十几倍的树木。园子的另一面是树林，树林的后面是大片农场。这一切漂亮安静的风景归她所有。可是她还是不免有些孤单寂寞，悔恨沮丧，她本想把她大部分财产赠予丈夫，以换来丈夫的相伴和情感，现在希望终成泡影。丈夫节俭和克制的处事方式曾一度让他们疏远，可现在却似乎成了他性格中值得崇尚的美德。

她百般渴望，可是终究徒劳。诺斯布鲁克上尉还是没有改变主意，也没有回家，他不是那种轻易改变主意的人。她最终绝望地强迫自己接受了这个现实。接下来她不再奢望，安心过着一种机械的按部就班的生活。这种生活在某种程度上减轻了她的悲伤，不过这是有代价的，她放弃她活泼的本性和愉悦的任性，这些皆为曾经吸引朋友的个人魅力，当然也可能成了一直造成她不幸的因素。

要说随着年岁的增长她已人老珠黄，这着实有点儿言过其实。大家都知道，岁月无情催人老，就拿她这个女子的情况而言，他怎么也脱不了干系。除了年岁的摧残，她还要额外承受精神折磨。就这样冬去春来又过了 11 年，掌管这偌大家业的劳拉·诺斯布鲁克一直独守空房，丈夫却杳无音讯。种种迹象似乎表明，人们的推测大概不会有错，他极有可能已客死他乡，时间一长，推测基本成了事实。向她求婚的人也不少，可是她从来没有动过改嫁的念头。谁也不能明断她是否还在希望丈夫归来，不管怎样，她都过着与丈夫走后前半年一模一样的生活，方式丝毫没有改变。

劳拉已孤独了 12 年，第 13 个年头马上临近。曾经见证了她不幸的冒险的季节来临了，只因此冲动，她长期受尽煎熬。圣诞节历来阴湿胜过寒冷，劳拉庄园周边的树木乏味地一天天将树叶落在她家紧邻的收费公路上。这周的一个下午，三四点钟，只见一辆雇用的轻便马车沿着这边的公路走着，到了山顶停了下来。从车上下来了一位中年绅士。

“不必再走了，”他对马车夫说，“雨看来快要停了。我溜达一会儿，晚饭前走回旅馆。”

马车夫礼节性地轻触帽檐，调转马头，按吩咐的驾车回了。不一会儿，马车夫看不见了，那位绅士继续散步。可是他还没走远，雨又无情地落下来，尽管如此，行路人也不太在意，继续悠闲地走，一直来到劳拉的庄园门口，他走进了门。天上乌云密布，白昼较短，当他立在主楼前的时候天色已晚。尽管如此，一下车就可看出，他并没变样，依旧相貌堂堂，可现在浑身湿透，狼狈不堪，似乎并不受老天眷佑而幸运。他在前面的入口处停留片刻，然后绕道来到佣人的住处，好像早就想好了打算。他按响了门铃，一个门童走过来，他问门童能否行行好，让他在厨房的火边烤干衣服。

门童回去了，小声说了会儿话后，带过来一个厨师，厨师告诉这位浑身又湿又有泥巴的人，虽然她一般不接受陌生人，但倒也不太反对他烤烤衣服，因为这个夜晚既潮湿又阴冷。这样这位旅行者进来，在火炉旁坐下来。

“这宅子的主人是个非常富有的绅士，肯定没错吧?”他问，一边看肉在烤叉上翻转。

“不是男士，是位女士。”厨师说。

“我猜，是一个寡妇?”

“是寡妇。可怜的人儿，她丈夫在国外，多年来一直没有音讯。”

“毫无疑问，她一定找了不少伴侣，来弥补他不在的空缺吧?”

“不，真的，一个人都没找。这里的起居就像修道院一样清绝寡淡。”

简洁地说，刚开始遭到冷遇的旅行者，凭借自己的坦诚和愉快的方式，想办法将厨房的女佣也拉拢参与到这场求证的谈话中，其间劳拉自丈夫离开之日到现在这些年来的生活都被详详细细展露无遗。

显然他获悉了他想知道的一切信息——她目前还是单身，一直单身。旅行者说他衣服都烤干了，谢过了佣人们的好心后，像来时那样走了，在黑夜中一会儿就不见了。然而他没有像来时那样顺着大道走，而是径直绕过去来到了前门。他按了门铃，一个男仆来开门，在宅子那一头短暂的逗留中他没看见这个人。

向佣人回答了自己的名字后，他很讲究客套地说：“你是否可以向你家尊敬的诺斯布鲁克夫人转告，她多年前照料过的那个男人，在经历了一场可怕的事故后，来向她表示感谢？”

跑腿的人退下了，过了相当长的一段时间后，好像才有了一点儿有人来招呼的迹象。随后他被引进客厅，门随手关上了。

床上躺着劳拉，浑身颤抖，脸色发白。她张开嘴，向他伸出了手，可是说不出话来。他倒也不需要话语，很快拥抱在一起。

第二天以及接下来的几天，那座宅子和附近的镇上流传着令人难以置信的消息。可是这世界自有一套习惯于新生事物的路数，对于尊敬的诺斯布鲁克夫人阔别多年的丈夫回家的消息，人们很快就习以为常，平淡处之。

再过几日就是圣诞节了，原本落寞的劳拉·诺斯布鲁克的府上，从地下室到阁楼，到处张灯结彩，喜气洋洋。虽不是宾客盈门，熙熙攘攘，但还是有许多人来造访，12 年的冷寂终于走到了尽头。旧年底营造的红火生气并没有因新年的到来而退减，就这样像先前一样过了 12 个月后，子嗣稀少的诺斯布鲁克家族又增添了一个男丁。

在这段故事结束之际，大伙儿感谢了讲故事的人——他们感到很吃惊，谁也没想到他有讲故事的天赋。尽管已做出决定这个故事是最后一个，几位饱经风霜的老听众还是一直坐到凌晨时分，他们抽烟喝水，搜肠刮肚地找更多家族历史的片段。可是大多数人嘟囔着需要赶快回家的理由。

外面一片漆黑，只有附近邻里街灯还发出微弱的光，几个橱窗还在倔强地开着，尽管很明显这个时段就是碰巧穿行在这泥泞的大街上的顾客也不可能有。一个，两个，三个，田野俱乐部赶夜场的成员从座位上站起身，握了握手，做好约定，各自回到住处，不管是空闲还是有事在身，都憧憬着一个美好的明天。

# 浪子回头

## *1*

邻近故事主人公的那个人碰巧知晓他们的大部分故事，他就住在“小镇高地”（这个地段当时就这么叫）下方一座古老坚固的宅子，在左邻右舍中算是卓尔不群，宅子二楼带一个凸肚窗，从这儿可以扫视大街景致，东西两面，西面包括劳拉的住宅，紧邻的镇街终端（这里上演了后面要提到的恶作剧），波特－布雷迪路朝西逐渐成上坡，拐弯到上尉驻扎的骑兵营。从相同的位置极佳的眺望台往东看过去，长长的房景慢慢模糊缩小，直到和穿过沼泽的公路交汇在一起。白练一样的公路翻过四分之一英里外的格雷山梁就消失了，化身无数条乡村弯曲小路，然后没入隐蔽的阴影，穿过崎岖不平的偏僻地带，爬上山丘，下到谷地，绵延 120 英里后，在海德公园处变得平坦宽阔，最终与繁华时髦的世界相接。

第某某轻骑兵团最近进驻到前面所说的兵营，这是当地新来的一个团。镇上的人还没来得及认识兵团的军人，已有报道说这些军人各个训练有素，还带来了一个技艺高超的乐队。因这样那样的缘故，该镇没被用作骑兵营已有多年，驻扎在那儿的各种部队仅仅是一些非正式的临时分队，因此，获悉这个资质不凡的骑兵团到来的消息，镇上的人都觉得十分荣耀，小小的家具经销商还把桌椅租借给已婚的骑兵。

在那些日子，骑兵团还在左肩膀上披着帅气的披风，一种带褶边的短大衣，像受伤的鸟的翅膀一样松松地垂在后面。人们管它叫皮上衣，但骑兵自己称之为“斯林斗篷”。这在女人眼里那可是平添了几分魅力，使他们异常帅气，在男人眼里的确也无二致。

住在带凸肚窗的宅子里的人平日里大部分时间都喜欢坐着瞎猜测，因为他是个身体虚弱的病人，手上有大把的时间需要消磨，对外面发生的一系列事情一直很好奇。骑兵到来不到一周的时间里，他被下面街上学生们相互之间的叫喊声吵得难受。

“你听到骑兵的事儿了吗？他们被鬼魂缠上了！是的，有个鬼魂老打扰他们，多年来他一直跟着他们满世界跑。”

一个闹鬼的兵团，这不管对体弱者还是健壮者来说，都是一个新鲜玩意儿。凸肚窗里的听者最终得出了结论——第某某骑兵团里一定有一些有趣味的人物。

有一次他坐着轮椅去喝下午茶，茶会上不经意间认识了默恩布里上尉，这是他在这等身体状况下罕见的其中一次外出。默恩布里本人相貌英俊，年纪约 28 或 30 岁，行为举止中带有一种魅力十足的痞帅劲儿，这确实会赢得年轻漂亮姑娘的喜爱。镶嵌在白皙脸上的那一双熠熠生辉的黑色大眼睛，充分体现了这种诱人的痞气，他的眼光那可是灵活多变，只要他有那个意念的话，这会儿还在伤感，旋即又很庄重，简直操控自如。

在场的一位又老又聋的妇人很唐突地问默恩布里上尉："我们听说了有关你们的怪事，他们说你的兵团一直闹鬼。"

上尉脸上露出了严肃甚至伤感的忧虑神色。"是的，"他回答道，"千真万确。"

一些年纪轻点儿的姑娘微微笑了笑，当看到他神色很严肃的时候，她们同样也严肃了起来。

"真的吗？"那位老妇人问。

"真的。实际上关于此事我们并不愿多谈。"

"是，是。当然不想提。可是，怎么闹得呀？"

"嗯，这——东西，我这么叫它，一直跟着我们。无论是在乡村营地还是镇上，国外还是国内，都一个样。"

"那你说为什么呀？"

"嗯。"默恩布里放低了声音，"我们认为过去几年我们团有人犯了罪。"

"我的天……多可怕呀，多离奇呀！"

"正如我说的，我们不太提起这个。"

"是……是。"

当骑兵走了以后，一位年轻的姑娘再也压抑不住长期萦绕在心头的好奇，问镇上是否有人见过那个鬼。

律师的儿子是个消息通，向来有镇上最新的消息。他说尽管除了骑兵其他人轻易见不到，可是镇上还是有一男一女见过它，听说特别吓人。这个鬼魂多半是在夜深人静的时候，出现在离兵营最近的镇主街道树木密集的地方。大约有 10 英尺高，牙齿咯咯作响，声音干巴巴的，好像是骷髅发出的声音，连他的膛骨在长筒袜里摩擦发出的响声都能听见。

在冬天最黑暗的几周里，有几个胆小的人着实被以上所描述的这个东西给吓破了胆，警察开始着手调查此事。后来鬼魂出现的次数越来越少了，兵团里的小伙子们很感激地说，多少年没有像来卡斯特桥镇这么悠闲了，不被鬼魂出没而骚扰。

这种闹鬼游戏只不过是那些优秀青年十分投入的最无伤大雅的一种娱乐而已，这些人住在镇高处红砖砌成的房子里，房子上标着“W. D.”字样，外角上有一个宽大的箭头，墙面上长满了青苔。

人们不无夸张地谈论十分严肃的恶作剧——和爱情、酒、扑克、赌博有关的轻浮行为。包括默恩布里上尉在内的骑兵，使镇上和乡村几位年轻女子伤心落泪，这是千真万确的，尽管在这个老式传统的地方，这些年轻人的欢乐比在摩登大城市披上了更加怪异的色彩。

## 2

一周一回，他们很规律地迈着行军步伐走出兵营。

其中有一回他们来到镇上，在温柔的西南风中，浪漫的皮上衣在每个骑手的肩后摆动，默恩布里上尉抬头扫了一眼凸肚窗。他和坐在那儿读书的那个人相互点头招呼对方。这位读书人和他屋内的朋友一起目送这支军队一路走过了街道，一直到这些士兵来到劳拉住的房子的对面，可以辨认出年轻的姑娘在阳台上。

“我听说他们已订婚准备结婚了。”朋友说。

“谁？默恩布里和劳拉吗？不会——这么快吧？”

“是的。”

“他绝对不结婚。听人说有好几个姑娘都跟他这个名字有扯不清的关系。我为劳拉感到遗憾。”

“哦，这你也大可不必。他们般配得很。”

“她不过是另加的一个。”

“她是另外一个，还会有的。她经常勾引他。她是天生玩弄情感的高手，知道以其人之道还治其人之身。假如镇上只有一个能抓住自己的机遇嫁给他的女人的话，这个人就是她。”

结果事实的确如此。因生来的癖好，从一开始劳拉就迷恋军旅的浪漫情调，从她喜欢扮演的那些人物以及和士兵们演出的剧情，就可以清清楚楚地看出这一点，她是风月场上的高手。从少女时代，只要有一个哪怕有多卑微的战士在场的话，一般的市民无论前景怎样光明，也无法打动她的心。也许是这个缘故，她叔叔家（她住在叔叔家）在离兵营最近的西街角上，这个位置很特殊，从她家窗户一弗隆[①]外就可以看见每天军人从街上穿过，听到集合号不断地吹奏，加之她对军队生活内在现实一无所知，进而对此进一步理想化，以至于形成了她那种偏见，认为只有军人才配得上女子的芳心。

① 英国长度单位，相当于 201.168 米。

默恩布里上尉是个典型的男神，他是周围所有姑娘觊觎的白马王子，她们为之痛苦，为之垂涎，为之哭泣，最终由于她手段高明，落入了她的圈套，被她俘获。除了嫁给她所倾慕的人的快乐外，劳拉还感受到了被左邻右舍适婚年龄的姑娘们的母亲憎恨的那份特殊的愉悦。

凸肚窗里的男人参加了婚礼，他并不是客人，此时他只是稍稍认识那伙人，主要原因是教堂离他家很近，另外一部分原因是和别的许多人一样，被驱使着去目睹那个仪式。他们潜意识中认为，尽管那对夫妇可能会生活得很幸福，但也极有可能不幸福，人们以旁观者的姿态，在一种魔幻般的欢乐气氛中尽情想象，这就是人们参加婚礼的原因所在。届时他会做一首那个时代的韵诗，在祈祷书的空白页上，用铅笔写上几行不公开的诗句，消磨等待的时光，这诗可能如下：

## 在一个仓促的婚礼上

（八行两韵诗）

若能天长地久，二人必定有福。
莫因一时贪欢，引来终生羁绊。
结一世之姻缘，受一生之约束。
若能天长地久，二人必定有福。
愿东升之太阳，永远不要西落。
愿熊熊之烈火，永远不要熄灭。
若能天长地久，二人必定有福。
莫因一时贪欢，引来终生羁绊。

可是事实有违众人预测，这对夫妇似乎发现了婚姻中永葆爱情魅力的秘诀，至少在默恩布里一方，一开始只是三心二意并未当真。接下来的冬天，他们是卡斯特桥镇及周边最受欢迎的一对——不，在南威塞克斯。镇上驾马车跑一趟的距离内年轻人举办的热闹快乐的乡村家庭宴席上如果缺了他俩，那就是不完美的遗憾，默恩布里夫人是郡舞会上最得意的飞旋的舞者，有军事要塞的镇上并不缺活动，业余的戏剧娱乐也完全一样。演出完全是为了搞慈善——谁也不在乎演什么，只要有剧能演——默恩布里上尉和他的妻子意见一致，实际上他们是演出的发起者。因此，狂笑，陶醉，舞动，一切欢乐无比。不过这两口子付账时往往比较拖拉，可是说实在的，需要再补充一句，所有欠债迟早会还上。

## 3

一个礼拜六，在军队常去礼拜的小教堂高高的牧师讲坛边上出现了一张陌生的面孔，这是一位新副牧师的脸。他在桌子上没有放置大家熟悉的布道书，而只是放了一本《圣经》。讲这些话的人本身没有参加礼拜仪式，可是他很快就得知这位年轻的副牧师令教区信众大吃一惊。礼拜仪式上通常人员混杂，虽然骑兵占据了教堂的主要部分，角角落落还是挤满了百姓。至今他们中间哪怕最宽厚的人都这样描述，与其说是仪式吸引了他们，倒不如说是士兵们吸引了他们。

另外还有一个因素可以解释人们为什么挤进本就人满为患的教堂。那就是塞恩威先生展现出来的那种循循善诱亲切温和的感人口才，魅力十足，吸引了那些早就厌烦了宣教者一味干巴巴地唱高调的信众，一段时间镇上其他教堂参加礼拜的人员不断流失。

在 19 世纪这个年代，对于一大批教区信众来说，布道是他们上教堂的唯一理由。圣餐仪式是比较正式的准备环节，就像审判庭上的皇家宣言一样，在真正有趣的正文开始前总要有这么一个类似的开场白。回到家不过问些诸如此类的问题：谁宣教？他怎么宣讲他的话题？就是有一个官宣的主教来主持仪式，谁也不会太在乎说了什么还是唱了什么。早先那些去参加早上仪式的人开始晚上去，甚至去听下午那个别开生面的讲话。

有一天，默恩布里上尉来到妻子的房间，里面放满了租来的家具。她还以为是别人，因为这个人上楼的时候没有玩世不恭地哼唱音乐界顶流行的曲子。

“怎么了，杰克?”她问，眼睛并没有离开正在写着的乐谱。

“嗯，没啥大事，我知道。”

“哦，可还是有。”她一边写一边小声嘟哝。

“嘿，这该死的别扭家伙——我是说新来的牧师！他叫我们停止礼拜天下午的乐队演出。”

劳拉惊愕地抬头看他。

“哎呀，这是唯一能让这一带那几个理性的家伙从礼拜六到礼拜一活下来的手段!”

“他说镇上所有人都涌去听音乐，不来做礼拜，而演奏的曲目很世俗、愚蠢且有亵渎神灵之意，过于低级趣味——不适合在礼拜日演奏。当然了，是劳特曼安排曲目。”

劳特曼是乐队指挥。礼拜六下午，军营草坪确实成了镇上许多居民喜爱的公共场所，甚至包括许多早晨参加塞恩威先生礼拜的人，本应聆听副牧师下午演讲的小男孩儿们也经常被发现在草地上打滚，要么就在比较尊贵的听众背后做鬼脸。

劳拉有两三周了没再听到相关消息，此刻突然想起来此事，便问丈夫，副牧师是否还继续持反对意见。

“哦，塞恩威先生。我忘了告诉你。我跟他交了个朋友。他人还很不错。”

劳拉问默恩布里，他或其他一些军官是否因他们的活动老受其干扰而为难自高自大的副牧师。

“哦，哎呀，我给忘了。人们告诉我，他是个极具影响力的传教者。”

默恩布里与牧师间的友情显然有了发展，之后不久上尉对她说：“塞恩威不赞成礼拜天下午举办演奏会还是很有道理的，毕竟离他的教堂很近。可是他的反对并没有强硬得超出底线。”

“听你的话你是在维护他，我感到很吃惊!”

“这是我一时的想法。我们当然不愿意得罪镇上的居民，假如他们不喜欢的话。”

“可是他们喜欢哪。”

凸肚窗中的病人从来没有清楚地搜集到俗人和牧师之间意见冲突的细节过程，可是不管怎样，卡斯特桥镇军营礼拜天下午举办的演奏会停了，这令音乐家们很失望，喜欢在外面散步的人们很郁闷，镇上以及周边乡村的年轻人们很遗憾。

到此时，默恩布里夫妇经常听这位性格温和或许心胸狭窄的副牧师的传教，因为这些性情单纯、漫无目的、喜欢喧闹的人们去教堂仅仅是为了表示对人的尊重，根本没有纯粹世俗之人的那种正统。更值得一提的是，这位病人从窗户里面，看见默恩布里上尉和塞恩威先生沿着大街边走边真诚地交谈。给一位来访者谈及此事的时候，客人确信那只是一般的闲谈，他们经常一起这样交流。

就算没有人告诉他，这位观察者也会很快亲眼看到这个事实。他们两人几乎每天都会一起走过。前不久还能经常看到默恩布里夫人也会穿着散步时穿的时髦衣服陪伴在丈夫左右，可是最近次数少了。这两个男人之间的亲密友谊和私密关系持续了将近一年，这时塞恩威先生被派到中部郡县一个人口众多的镇上工作。他依依不舍地告别了他的老教区的教民们后离开了，当地报纸公开发表了他离别时做的感人布道。镇上每个人都为失去他而感到遗憾。卡斯特桥镇的会众们后来很悲伤地听说，塞恩威先生刚被迎接并介绍到新的有奉圣职后不久，由于那段时间天气极为严寒，他患上了肺炎，最终不治而亡。

现在我们深究这些事件。在所有认识已故副牧师的人中，谁也伤心不过一到任就叫他“别扭家伙”的那个人。默恩布里夫人从来没有真正同情过这个感人的牧师，相反她还暗自窃喜，他去高升去了。默恩布里明显减少了与妇人间的嬉戏作乐，曾几何时，他将世俗的欢乐以及和女人相拥的情趣奉为极致。她为丈夫失去挚友感到遗憾，不过这个朋友并不是她的，可是她对随后的结果却始料未及。

“亲爱的，有件事最近我一直想着要告诉你，”有天早晨吃早饭的时候，他犹豫不定地说，“你猜到是啥事了吗？”

她没有猜到。

“我想退伍。”

“什么！”

“塞恩威死后我越来越想念他，想起他那么真诚地对我讲的话。我已经确定了，我应该遵照我内心的召唤，放弃这个打仗的营生，投入教会。”

“什么——那要当牧师？”

“是的。”

“那——我——该咋办?”

“做个牧师的妻子?”

“绝不!”她口气坚定地说。

“那你咋办?”

“我宁可逃走!”她很激动地说。

“不，你不应该，”默恩布里回答道，口气十分坚定，那是心意已决时惯用的口气，“你会慢慢习惯这个想法的，尽管这也有悖于我的世俗追求，我也在克制自己来践行它。有一只外在的手强迫我去步塞恩威的后尘。”

“杰克，”她面色苍白，神情冷静，瞪大眼睛问，“你意思是说当真要准备做副牧师而不做士兵了?”

“我可以说牧师也是士兵——教堂这个阵地的，可是我不想拿教规冒犯你。我明确地说，是的。”

过了一段时间，一个深夜，他碰见她坐在自己屋里昏暗的炉火旁。她不知道他何时进来的，他发现她在哭泣。他问：“可怜的亲爱的，你为什么哭啊?”

她吃了一惊：“就因为你给我说的事!”上尉觉得很不高兴，可是他的计划并未因此而受阻。

不久后，镇上人得知，默恩布里上尉已经从第某某骑兵团退役后进入方涛神学院学习，准备做牧师，人们对此感到很诧异。

## 4

“哦，真可惜了！这么风度翩翩的士兵，这么受人喜爱，镇上难得的财富，本地社交界的风云人物！可现在！……人不该说死者的坏话，只怪那可怕的塞恩威先生——他也太残忍了吧！”

这是当时人们的普遍言辞。曾经的上尉，如今的牧师——默恩布里因工作所需，准备做一个热心的福音教牧师，如他所愿返回到原先打拼过的地方。镇上地势较低的那个地区当时挤满了贫困居民，那里急需一个副牧师，默恩布里先生很慷慨地毛遂自荐，自愿承担这里的艰难事务。当然他的付出既不会有什么成果，也无人感恩戴德，既无荣誉又无薪酬。

现在我们来谈一谈他作为牧师的真实状况，事实证明他干得确实谈不上非常成功。他吃苦耐劳，一心一意，诚恳热情，大家有目共睹。他演讲很卖力，但是布道听着枯燥无味，哎呀，太——太长了。甚至当时坐在白鹿客栈酒馆里的公正的评委——地处前面所说的贫困区和默恩布里原先混得不错的时尚区交界处的一个客栈，这些评委后来被给予严肃公正的美誉——实际上也同意小镇西区年轻妇女的观点，尽管她们表达得更简洁犀利：“全能的上帝确实把一个优秀的士兵变成了糟糕的牧师！”

默恩布里知道有人说这样的闲话，但还是在那些破烂小屋里里外外忙活着，毫无顾忌，一如既往，尽心尽力。

大约这个时期，那位凸肚窗里的病人与默恩布里夫人之间不再只是点点头的相识关系。她和丈夫回到了镇上，和他一起住在位于他牧师管辖地区中心的一座小房子里，届时她设法成了那位体弱多病的人的座上客。坐在他的屋子里，和两人共同的朋友进行了一番寒暄后，一个小插曲勾起了让她内心仍无法释怀的事。她的脸色比以前白皙了，也消瘦了，甚至更迷人了，她失望的神情像淡淡的忧思镌刻在曾经浮躁的面容上。两位女子请求让她们利用窗户观察骑兵的撤离，他们要前往离伦敦更近的营地。

骑兵们拐过兵营路的拐角来到大街上，前方有乐团带路，演奏《我身后留下的姑娘》(这是过去骑兵撤离时经常演奏的曲子，可是现在几乎废弃不用了)。他们走过来，经过了凸肚窗，在此有一两个军官抬头往上看，在发现默恩布里夫人的时候向她行了个军礼，当乐团的音乐渐渐模糊的时候，她两眼泪光盈盈。这俩人还没有从这个场景营造出的浪漫情调中回过神来，默恩布里先生沿人行道走了过来。他很可能从街的高处向他以前的战友告别。他身穿十分破旧的牧师服，从那个方向走来，胳膊上挎着一个篮子，里面好像放着一些他刚为他的穷苦的教区居民买的东西。不像那些士兵，他走路时根本没意识到他在周围环境中的形象。

这种巨大的差异使劳拉接受不了。她嘴唇颤动着问病弱者他怎么看她需要面对的这种变化。

该问题实难答复。带着内心强烈的意愿，她再次故意问了这个问题。

“你觉得，”她又问，“一个有妇之夫有权利这样做吗？即便他确实感到有义务这样做。”

她的倾听者对二人都非常同情，因此他的答复自然不会令她满意。劳拉久久盯着窗外骑兵队伍扬起的依稀可见的尘雾，骑兵队渐行渐远，朝梅尔斯托克山梁移动。“我，”她说，“本该坐在他们的厢式货车里一路上去伦敦才对，但现在却注定要在德诺福巷的洞穴里受罪!”

那天她告辞之后到体弱者再次见到她之前，发生了好多事情，流传着许多有关她的谣言。

## 5

卡斯特桥知晓许多军人的和市民的奇闻逸事。她经历了幸福，也体验过落寞，现在该她领受磨难了。祸乱蔓延，疫情肆虐，生灵涂炭，这个古镇地势低洼的周边地区形势更加严峻，民众备受痛苦。位于德诺福地区，在默恩布里教区的米克申巷的疫情最为严重。好在天降慈悲，疫情期间正好是默恩布里担任牧师负责管理。

这个流行病传播速度极快，许多人从镇上离开，找房子搬到了乡村和农场。默恩布里先生的家靠近感染最严重的那条街，他本人起早贪黑，一直忙着消除瘟疫，以减轻患者的痛苦。因此，为了做到正常防范，他决定让妻子到别的地方，暂时远离他。

她建议到巴德茅斯—瑞吉斯附近的海边小村，房子在克雷斯顿给她找好了，从卡斯特桥河谷由高耸的山脊分隔开的地方，尽管不过 6 英里开外，但这里竟然是另一番天地。

她去了那里。当她在那个安全的地方过着乡间生活的时候，丈夫却在贫民窟里忘我奉献。她碰巧结交了第某某步兵团的一位旅长范尼考克先生，他和他的团驻扎在巴德茅斯陆军营。劳拉经常坐在斜坡状的海岸上，看每一次小海浪向她滑溜上来，漫不经心地倾听着退去时海浪冲噬着卵石，这时他经常在这条路上散步。

他们的友情逐渐发展成熟。她的处境，她的过往，她的美貌，她的年龄——比他大一两岁——一切都给年轻人心上留下了深刻的印象，很快两人就开始在那个偏僻无人的海滨肆无忌惮地打情骂俏。

后来据诋毁她的人讲，她当初故意在靠近这位男士的地方找了住房，可是有道理相信，她是到那儿才看见他的。就在此时，卡斯特桥正被它自身不幸的遭遇所困扰——每天埋葬死者或销毁污染了的衣服和床单——根本无暇顾及或许传到他们耳朵里的关于这对男女的如此的流言蜚语。无人长久地考虑劳拉及笼罩在她上方的悲剧阴云。

与此同时，山那边的巴德茅斯，人们的心情截然相反。那儿疫情轻微，而且来得早得多，已经恢复了正常的工作和消遣。默恩布里先生安排一周两次在户外见劳拉，以免她因他而冒险。他因为丝毫没听到那个隐约相传的谣言，一个干燥刮风的下午，他照常在分界山与她见面。在那里，镇与镇相通的公路从合适的角度穿过老山脊路。

当她走近的时候，他挥挥手，微笑着对她大声喊道："亲爱的，我们以此墙为界！（田篱在此构成了墙。）你不应该有危险。有上帝帮助，疫情不会长久！"

"杰克，我按你说的做。可是你自己风险太大，不是吗？我很少获悉你的消息，可是我想你很危险。"

"跟别人一样。"

他们就这样比较正式地谈话，一阵隔离在一面的风像水拍打水堰一样，拍打着他们之间的隔墙。

“你想要问我什么吧？”他又说道。

“是这样的。我知道你正在巴德茅斯为你的受苦的人筹资，我们的想法是靠戏剧表演。他们想让我扮演角色。”

他的脸上有些伤悲：“我太了解那类事情了，以及所有与之相伴的事情！我希望你们考虑别的办法。”

她轻松地说恐怕这事已经定了：“这么说你不赞成我扮演角色？当然——”

他告诉她他不想说他绝对不赞成。他希望他们选择演讲、讲座或别的方式，能有针对性地满足人们的需求。

“可是，”她不耐烦地说，“人们不愿来听演讲或讲座！他们愿意拥挤着来看戏剧和闹剧。”

“唉，我不能给巴德茅斯发号施令应该怎样给我们赚钱。谁来演出啊？”

“第某某团的小伙子们。”

“啊，是的，我们的老节目！”默恩布里先生回答，“卡斯特桥的悲哀成了他们轻浮举止的借口。坦诚地讲，亲爱的劳拉，我不希望你参加演出。可是我也不能禁止你演。还是由你自己决定吧。”

见面结束了，他们各奔南北。时间向所有相关的人揭示了真相，默恩布里夫人在戏剧中扮演了女主角，情人一角由范尼考克先生担任。

## 6

相互吸引的二人有段时间一直在酝酿着一个大的行动，有一件事起到了推波助澜的作用。

个中原因无须细述。第某某步兵团离开去了布里斯托尔，这加速了他们的行动。经过一周的犹豫后，她同意从克雷斯顿搬走，在附近的山脊上和范尼考克会合，陪他一起去巴斯，他在那儿已经为她安顿好了住处，这样她离他的兵营驻地只有大约 12 英里。

于是在约定的那个晚上，她在梳妆台上给丈夫留了一封便信，上面写着：

> 亲爱的杰克：
>
> 我再也忍受不了这种生活，我决定要结束它。我曾经告诉过你，如果你执意要做牧师的话，我会逃走，现在我要履行诺言。本性难移。我已决定去投奔范尼考克先生，我希望但不期盼你会原谅我。
>
> ——L.

因此，只带了一丁点儿的行李，她就出发，黄昏时分登上了山脊。几乎就在和她丈夫最后一次约会时站的相同的那个地点，她看见了范尼考克的身影，他从布里斯托尔一路过来接她。

“我不喜欢在这儿会面，太不吉利了！”她冲他喊道，“看在上帝的份儿上，我们选个属于我们自己的地点。回到那个里程碑，我马上过来。”

他走回到山脊北坡的那块儿里程碑，新旧两条道路在此分叉，一会儿她和他会合了。

当他问她为啥不愿在顶上见面的时候，她沉默不语，神色看着很悲伤。最后她询问他们的旅行方式。

他解释说他建议步行到梅尔斯托克山，在卡斯特桥镇的另一面有轻便马车等着接他们穿行到艾维尔路，再继续走到那个镇上。布里斯托尔的铁路在艾维尔镇有站。

他们按此计划行事，轻松愉快地穿过了乏味的阴暗区域，接近了卡斯特桥，他们有意在罗马圆形剧场处向右转，躲过卡斯特桥，绕着来到德诺福十字。从这儿开始，路很偏僻开阔，穿过沼泽地通向艾维尔镇马车等他们的那座小山。

“我留意一会儿了，我看到在镇的德诺福尽头有一种令人毛骨悚然的刺眼光亮。好像是从米克申巷的位置发出来的。”

“是灯光。”他认为。

“整个那条巷子根本没有和灯芯草灯一样大的灯。那是霍乱疫情最严重的区域。”

在斯坦法斯特角，离十字稍微远点儿的地方，他们突然看到了巷子尽头的景象。路中央点着大堆篝火，旨在净化空气，人们从当时巷子两边破旧不堪的廉租房中不断搬出床单和衣服。一些被扔进大火，其余的放到手推车里，直接沿着两位逃跑者的路线推到沼泽地中。

他们继续往前走，来到露天架着一个大铜锅的地方，在这儿那些亚麻制品被翻煮消毒。在灯笼的亮光下，劳拉发现她的丈夫就站在铜锅旁边，是他卸下推车里的东西然后浸泡。夜晚那样沉静，空气那样湿热，铜锅边的谈话声传到了她的耳朵里。

“今晚还有许多要处理吗?”

“先生，还有下午死了的人的衣物。不过那些可以明天收拾，要不你会累坏的。”

“我们现在立刻处理掉，我不想麻烦别人来做。把这些倒在草地上，然后去取剩余的。”

那人按照吩咐推着车子走了。默恩布里停了一会儿擦了一下脸，然后接着在这种臭烘烘的、肮脏不堪的地方干他的家常苦差，用一个看着像擀面杖一样的东西把锅里的东西往下压，然后搅动翻腾。那里冒出的蒸汽充斥着死亡的气息，低沉地在草地上飘过。

突然劳拉说话了：“今晚我压根儿不走了。他这么疲惫，我必须帮他一把。我不知道情况如此糟糕!”

范尼考克的手臂从她的腰部落了下来，他们走路的时候他一直搂着她的腰。“你要走吗?”她问。

“你说我走，我就走。可是我也想帮帮忙。”他说话的口气中并无反驳之意。

劳拉走上前去。“杰克，”她说，“我来帮你!”

疲惫不堪的牧师转身举起了灯笼。“哦——怎么，是你，劳拉?”他吃惊地问道，“你为什么到这儿来了？你最好回去，这里危险得很。”

“可是，杰克，我想帮助你。就让我帮你吧！我不是一个人来的，范尼考克先生陪我来的。他也想干点儿有意义的事，假如他还没走的话。范尼考克先生！”

年轻的旅长勉为其难地走上前来。默恩布里先生很正式地和他说话，一边继续干活，一边又说：“我想第某某步兵团已经去了布里斯托尔。”

“我们已经到那儿了。可是我跑下来办几件事。”

两位新来的人开始帮忙，范尼考克把他带来的装着劳拉梳洗用品的小包放到地上。推车人很快又推着一车衣物来了，大家都继续干了近半小时，这时从北面黑暗方向走过来一个车夫。

“请原谅，先生，”他小声对范尼考克说，“我在梅尔斯托克山等了很长时间，最后我驾车来到收税关卡看见这儿的火光，跑过来想看看出什么事了。”

范尼考克旅长叫他等几分钟，最后一推车东西马上处理完了。默恩布里先生伸伸腰，深深地吸了一口气说：“嘿，终于干完了。”

由于突然从劳累中一放松，他好像感到了一阵剧烈的疼痛。他双手紧紧地卡在身体两肋，往前躬身下去。

“啊！我想瘟疫最终还是把我拿下了，”他艰难地说，“我得回家。劳拉，让范尼考克先生带你回去。”

他们搀扶着他，他走了几步，就瘫倒在草地上。

“我——恐怕——你们得派人找个架子，或者百叶窗，或其他。”他声音很微弱，“要么想办法把我放到推车上。”

范尼考克叫了轻便马车的车夫，他们一直等到马车从附近的收税关卡赶过来。默恩布里先生被抬到了车里。劳拉也和他一起坐在车里，他们坐车来到他十字附近的寒微住处后，把他抬到了楼上。

范尼考克在外面空空的马车旁站了一会儿，可是劳拉没再出现。于是他坐上车，告诉车夫把他送回艾维尔镇。

## 7

默恩布里先生在帮助受灾穷人的工作中劳累过度，成了瘟疫的一个受害者——最后一批患者中的一个——此次瘟疫已带走了许多人的性命。两天后他躺在了棺材里。

劳拉在楼下的屋里。佣人拿来一些信，她瞄了一眼。一封是她写给默恩布里的，信里告诉他她再也忍受不了跟他在一起的生活，准备和范尼考克私奔。看完后，她拿着信上楼来到亡夫的尸体停放处，把信塞进了棺材。第二天，她埋葬了他。

现在她自由了。

她锁好了位于德诺福十字的他的家，回到了克雷斯顿的她的住处。不久她收到了范尼考克的来信，丈夫死后 6 周，她的情人来看望她。

“我忘了把这个给你——那天晚上。”他马上说，把小包递给了她，这是当初她离开时带的所有行李。

劳拉接过小包，心不在焉地把东西摇晃着倒了出来。只见地毯上掉下来她的牙刷、梳子、拖鞋、睡衣，还有其他路上用的必需品。眼下这些东西看着令人毛骨悚然，简直叫人受不了，她想办法盖住了它们。

“我现在能，”他说，“合法地求你嫁给我了。时隔这么久了，而不像当初计划的那样私奔了。”

他说话无精打采，倦怠无神，那副漫不经心的样子让人感觉可能在敷衍塞责。劳拉捡起了那些用品，回答说他当然能这样求她——她是单身。然而，她的表情也算不上是一种热情的回应。然后她的眼睛眨得越来越快，接着把手绢蒙在脸上，开始放声大哭。

他既没有离开，也没想办法安慰她。他们之间到底发生了什么？根本不像有血有肉的人。可他们一直是恋人。现在他们二人的结合不存在任何客观的障碍。可是无意识中的一些阴影一再作祟，他那个单薄的身影，在阴暗的德诺福沼泽可怕的火炉前来回晃动。

然而范尼考克在附近的时候也会来看望劳拉，不过不是常来。两年后第某某步兵团又回到了巴德茅斯－瑞吉斯，好像天意要延续人人期盼的这桩婚姻。

因此二人也免不了时常见面。可能因为障碍才是爱情的源泉，还是出于某种错觉，或是因为作为寡妇的默恩布里夫人魅力不如从前，他们之间的感情从原先的炽热激情变成了一种不冷不热的客气。有关范尼考克后来人生中的家事细节，凸肚窗中的人一无所知，可是默恩布里夫人一直以寡妇的身份终其一生。

1900 年

# 哈代小说、诗歌作品及出版年份

**十四部长篇小说**

《非常手段》(1871)

《绿荫下》(1872)

《一双蓝蓝的眼睛》(1873)

《远离尘嚣》(1874)

《贝妲的婚姻》(1876)

《还乡》(1878)

《号兵长》(1880)

《冷漠的人》(1881)

《塔上二人》(1882)

《卡斯特桥市长》(1886)

《林地居民》(1887)

《德伯家的苔丝》(1891)

《无名的裘德》(1895)

《意中人》(1897)

**五十篇中短篇小说收于四部故事集**

《威塞克斯故事集》(1888)

《贵妇群像》(1891)

《人生的小讽刺》(1894)

《浪子回头及其他故事》(1913)

**诗歌收于八部诗集**

《威塞克斯诗集》(1898)

《今昔诗集》(1901)

《时光的笑柄》(1909)

《命运的讽刺》(1914)

《瞬间一瞥》(1917)

《早年与晚期抒情诗》(1922)

《人世杂览》(1925)

《冬日之言》(1928)

**两部戏剧**

《列王》(1904—1908)

《康沃尔王后的著名悲剧》(1923)

# 哈代生平年表

| | |
|---|---|
| 1840 | 6月2日,哈代出生在多塞特郡多切斯特的上伯克汉普顿村 |
| 1848—1849 | 就读于博克汉普顿国立学校 |
| 1849—1853 | 就读于多切斯特不列颠学校 |
| 1853—1856 | 就读于伊萨克·拉斯特私人学校 |
| 1856—1862 | 成为多切斯特当地建筑师约翰·黑科斯的学徒,结识贺拉斯·莫尔,从此成为挚友 |
| 1860 | 成为黑科斯助理 |
| 1862 | 离开多切斯特,前往伦敦,开始在亚瑟·布洛姆菲尔德的建筑师事务所工作 |
| 1865 | 开始诗歌创作 |
| 1866 | 宗教信仰开始减退 |
| 1867 | 回到多切斯特担任建筑师,为黑科斯做教堂修复工作<br>开始创作《穷汉和贵妇》 |
| 1868 | 首部小说《穷汉和贵妇》完稿,出版被拒 |
| 1869 | 在威茅斯为建筑师克里克梅工作,继续进行教堂修复 |

| | |
|---|---|
| | 工作 |
| | 开始创作《非常手段》 |
| 1870 | 在北康沃尔的圣朱利奥特与埃玛·吉福德相遇 |
| 1871 | 《非常手段》在《丁斯利杂志》连载 |
| 1872 | 《绿荫下》在《丁斯利杂志》连载 |
| 1873 | 《一双蓝蓝的眼睛》在《丁斯利杂志》连载 |
| 1874 | 《远离尘嚣》在《康希尔杂志》连载 |
| | 哈代和埃玛在伦敦圣彼得教堂成婚 |
| 1875 | 哈代夫妇离开伦敦，迁居多塞特斯旺里集 |
| 1876 | 《贝妲的婚姻》在《康希尔杂志》连载 |
| 1878 | 《还乡》在《贝尔格莱维亚杂志》和美国《哈泼新月刊》同时连载 |
| | 哈代夫妇迁往伦敦 |
| 1879 | 开始发表短篇小说 |
| 1880 | 《号兵长》在《好消息》上连载 |
| | 10月起，哈代患重病数月 |
| 1881 | 《冷漠的人》在《哈泼新月刊》连载 |
| | 哈代夫妇返回多塞特，住温博恩 |
| 1882 | 《塔上二人》在《大西洋月刊》连载 |
| 1883 | 从温博恩迁至多切斯特 |
| 1884 | 开始创作《卡斯特桥市长》 |
| 1885 | 哈代夫妇迁居多切斯特的麦克斯门 |
| 1886 | 《卡斯特桥市长》在《图文报》连载 |

| | |
|---|---|
| 1887 | 《林地居民》在《麦克米伦杂志》连载 |
| 1888 | 第一部故事集《威塞克斯故事集》出版 |
| 1891 | 《德伯家的苔丝》在《图文报》连载 |
| | 《贵妇群像》出版 |
| 1892 | 7月，哈代父亲去世 |
| | 《意中人》开始连载 |
| 1893 | 结识弗洛伦斯·亨尼克，二人成为挚友 |
| 1894 | 《人生的小讽刺》出版 |
| 1895 | 《无名的裘德》出版 |
| 1895—1896 | 《威塞克斯小说集》出版 |
| 1897 | 修改后的《意中人》出版 |
| 1898 | 《威塞克斯诗集》出版 |
| 1901 | 《今昔诗集》出版 |
| 1902 | 麦克米伦成为哈代的出版商 |
| 1904 | 4月，哈代母亲去世 |
| | 《列王》第一部出版 |
| 1905 | 哈代结识了未来第二任妻子弗洛伦斯·埃米莉·达葛戴尔 |
| | 获得艾伯丁大学荣誉法学博士学位 |
| 1906 | 《列王》第二部出版 |
| 1908 | 《列王》第三部出版 |
| 1909 | 诗集《时光的笑柄》出版 |
| 1910 | 获功绩勋章，被评为多切斯特荣誉市民 |

| | |
|---|---|
| 1912 | 11月,埃玛去世 |
| | 获得皇家文学协会金质奖章 |
| 1912—1913 | 麦克米伦出版哈代威塞克斯全集修订版 |
| 1913 | 《浪子回头及其他故事》出版 |
| | 获得剑桥大学荣誉文学博士学位 |
| 1914 | 哈代与弗洛伦斯·埃米莉·达葛戴尔结婚 |
| | 诗集《命运的讽刺》出版 |
| 1915 | 11月,哈代妹妹玛丽去世 |
| 1916 | 《哈代诗选》出版 |
| 1917 | 诗集《瞬间一瞥》出版 |
| 1922 | 诗集《早年与晚期抒情诗》出版 |
| 1923 | 诗剧《康沃尔王后的著名悲剧》出版 |
| | 威尔士王子访问麦克斯门 |
| 1924 | 戏剧《德伯家的苔丝》在多切斯特演出 |
| 1925 | 诗集《人世杂览》出版 |
| 1928 | 1月,哈代去世,哈代弟弟亨利去世 |
| | 诗集《冬日之言》出版 |
| 1928—1930 | 哈代自传《哈代生平》由第二任妻子弗洛伦斯以她的名义整理出版 |
| 1937 | 哈代的第二任妻子弗洛伦斯去世 |
| 1940 | 哈代妹妹凯特去世 |